디아스포라를 사는
시인 김시종

DIASUPORA O IKIRU SHIJIN, KIM SHI JONG

by Kazuyuki Hosomi

ⓒ 2011 by Kazuyuki Hosomi

First published 2011 by Iwanami Shoten, Publishers, Tokyo.

This Korean language edition published 2013

by Amoonhaksa, Seoul

by arrangement with the proprietor c/o Iwanami Shoten, Publishers, Tokyo.

디아스포라를 사는
시인 김시종

호소미 가즈유키(細見和之) 지음
동선희 옮김

어문학사

▶ **일러두기**

● 일본의 지명 및 인명, 고유명사는 현 외래어 표기법에 따라 표기하였다.

● 논문이나 국가 간 합의 문서, 법 조문, 노래, 시, 연극, 소설 제목 등에는 「」, 신문은 〈〉, 잡지와
  단행본 등 책으로 볼 수 있는 것은 『』로 표시하여 구분하였다.

『디아스포라를 사는 시인 김시종』 한국어판에 부쳐

이번에 제가 쓴 책, 『디아스포라를 사는 시인 김시종』을 한국어로 출판하였습니다. '재일'을[1] 대표하는 시인, 김시종 선생은 원산에서 태어나 제주도에서 어린 시절을 보내고 4·3 사건 때 일본에 건너가 일본어로 시를 쓰는 시인입니다. 이 책은 김시종 시인의 생애와 시에 관한 책이며, 나라현(奈良県) 이코마시(生駒市)에 사시는 김시종 선생은 지금도 왕성하게 활동하고 계십니다. '재일'로 살아가는 선생의 삶의 방식은 우리의 과거뿐만 아니라 우리의 미래를 보여주며, 그가 '재일'로서 일본어로 빚은 작품에는 진정한 의미로 '세계 문학'의 모습이 깃들어 있다는 것이 제 생각입니다.

저에 대해 약간 소개를 하겠습니다.

제가 대학에 들어간 것은 1980년 4월, 바로 한국의 광주사건과 거의 같은 시기였습니다. 캠퍼스에는 이전부터 김대중 선생 구명 활동에

---

1) *역자 주 - 일본의 식민지 지배가 직접적인 배경이 되어 한반도에서 일본에 건너와 살게 된 사람들과 그 후손을 가리키는 말로 재일, 재일 조선인, 재일 코리안, 재일 한인, 재일 한국·조선인 등이 쓰인다. 해방 이후 일본에 건너가 사는 사람까지 통칭하는 경우가 많으나 아직 합의된 명칭은 없다. 이 책에서 가장 많이 사용하는 말은 '재일 조선인'이며 경우에 따라 '재일', '재일 코리안'도 사용되었다. 번역에서는 저자의 용어를 그대로 썼다.

관여하던 그룹이 있었고 저도 곧 그 주변에서 활동하였습니다. 그러나 일본에서 학원투쟁이 가장 성행한 시기는 1970년 전후였고, 이미 저희는 압도적으로 소수파였습니다. 몇 명 안 되는 동료와 대학의 자치(自治)기숙사를 지키려는 운동을 중심으로 전단을 돌리고 데모를 하고 단식농성을 하기도 했습니다. 그런 가운데 광주사건에 관해 열심히 호소하는 재일 학생과 그에 대해 너무 무관심한 일본인 학생에게 있는 차이를 통감할 수밖에 없었습니다.

저는 그와 같은 활동을 하며 대학에서 먼저 헤겔(Hegel, Georg Wilhelm Friedrich) 연구를 했습니다. 원래는 마르크스(Marx, Karl Heinrich)를 공부하고 싶었지만, 『자본론』과 어떻게 씨름해 나갈지 알지 못했고, 그래서 그 원류인 헤겔로 향한 것입니다. 대학원 석사과정까지 시간만 나면 늘 헤겔의 『정신현상학』을 읽었습니다. 그 후 박사과정부터 아도르노(Adorno, Theodor Wiesengrund), 벤야민(Walter Benjamin) 등의 철학자의 20세기 유대 사상을 연구하였습니다. 따라서 저의 전공은 소위 프랑크푸르트 학파(Frankfurt學派)를 중심으로 한 독일의 사회사상이라 할 수 있습니다.

또 20세 무렵부터는 시를 쓰기 시작했는데, 차분하게 공부할 시간이 없어 졸업논문을 쓸 수 없었습니다. 동인지 동료가 대학원에 진학하는 것을 지켜만 보면서 저는 결국 유급을 했습니다. 그때의 고립감이 지금도 제 마음속에 똬리를 틀고 있습니다. 그러나 그 무렵 오사카 문학 학교에 들어가 김시종 선생을 만나면서 그 후의 내 삶을 결정한 것 같습니다. 저는 제 나름대로 시를 쓰겠다고 결의할 수 있었습니다. 그때부터 사상연구와 시 쓰기가 저의 두 지주가 되었습니다(오사카문학

학교란 지금도 오사카에 있으며 시민의 평생학습센터 같은 곳입니다).

　일본인이 '재일'의 문제와 마주할 때 일본의 식민지 지배 침략전쟁이라는 과거의 죄악을 잘 이해하고 반성하는 것이 큰 전제입니다. 이 벽을 넘지 않는다면 애당초 진지한 대면이 불가능한 주제입니다. 그러나 김시종 선생과의 만남은 그런 긴장을 풀어주는 데가 있었습니다. 특히 「클레멘타인의 노래」를 비롯한 김시종 선생의 에세이는 내 가슴을 파고들었습니다. 그것이 출발점이 되어 『니가타』, 『이카이노 시집』, 『광주시편』 등 김시종 선생의 시를 내 나름의 관점으로 고찰했습니다. 그러던 중 하이네와 김시종 선생의 역설적인 중첩이라는 중요한 주제도 떠올랐습니다.

　한국 분들과 제가 직접 연결된 부분을 말씀드리면, 1998년 작가 신경숙 씨, 시인이자 평론가인 방민호 씨가 일본에 오셨을 때, 교토에서 만난 일이 있습니다. 또 도쿄에서는 방민호 씨와 공개 대담을 했습니다. 그 후 서울대로 옮긴 방민호 씨가 2008년 '동아시아문학포럼' (POSCO TJ Foundation & ASIA)에 저를 초청해 주었습니다. 또한, 2010년 단국대학교 부설 한국문화기술연구소 주최로 오사카에서 열린 '아세아문학과 문화콘텐츠 IV'라는 심포지엄에서 저는 김시종 선생과 함께 단상에 올랐습니다. 이 책의 제6장은 그때 발표한 것을 기초로 한 것입니다. 원래 이 책의 타이틀에 일본에서 별로 친숙하지 않은 ―아마 한국만큼은 아직 친숙하지 않은― '디아스포라'라는 단어를 굳이 쓴 것은 그때의 심포지엄에서 재일 문학과 문화를 코리안 디아스포라의 관점에서 생각했다는 점도 있습니다.

　저는 지금 제가 태어난 고향, 사사야마(篠山)라는 곳에서 삽니다.

교토에서 가깝고 인구 5만 명이 안 되는 시골 마을입니다. 이곳으로 돌아온 지 꼭 10년이 됩니다만, 귀향하고 2년 뒤 생각지도 않게 사사야마의 '재일 코리안 족적(足跡) 조사'에 종사하였습니다. 사사야마에서는 일찍이 규석(硅石)을 중심으로 광산업이 성했습니다. 일본 식민지 치하에서 많은 조선인이 일본에 건너왔는데 사사야마의 광산에도 조선인 다수가 일했습니다. 전쟁 말기에는 강제로 사사야마까지 끌려온 분도 있었습니다. 일본 패전 후 사사야마에는 조선인 손으로 민족학교가 만들어지고, 또 저의 모교인 사사야마소 학교에는 제가 졸업하기 훨씬 이전부터 민족학급이 개설되어 있었습니다. 중요한 것은 제가 이러한 일련의 사실을 10년 전 귀향 시점에는 거의 몰랐다는 것입니다.

김시종 선생의 생애와 표현을 생각할 때 일본 패전 후 제주도를 뒤흔든 '만세!' 소리를 잊어서는 안 되겠지만, 같은 만세 소리가 저의 고향 사사야마에서도 분명 울렸을 것입니다. 저는 그러한 것에 새삼 미묘한 인연을 느끼면서 사사야마 각지에 재일 코리안의 발자취를 기록하는 표지판을 설치했고, 마을 어르신에 관한 구술청취 조사를 다른 분들과 함께 지금도 계속하고 있습니다(그 중간보고 형식으로 일본 월간지 『현대사상』 2005년 6월 특집, 「반일」과 대면하다」에 저의 글을 실었습니다. 가능하다면 이 글도 읽으셨으면 합니다만……).

이 책은 일본에서, 결코 많지는 않으나 열성적인 독자층을 얻었습니다. 그리고 한국에서 새로운 독자와 만날 수 있으리라는 기대로 가슴이 벅찹니다. 저 자신이 지금까지 독일어, 영어, 이디시어(동유럽 유대인의 일상언어) 번역을 해 왔기 때문에 번역의 고통을 잘 안다고 할 수 있습니다. 특히 이 책의 경우, 인용된 김시종 선생의 시를 한국어로 번역하는 것은 정말 힘든 일이었을 거라고 생각합니다. 번역자인 동선회 선생에게 깊이 감사를 드립니다. 그리고 이 책을 통해 김시종 선생 시가 한국의 많은 독자 곁에 다가가기를 충심으로 바랍니다.

2013년 3월 10일

호소미 가즈유키

머리말
—「클레멘타인의 노래」

2007년 NHK는 김시종의 생애와 표현을 추적한 귀중한 다큐멘터리 『바다의 울음 속을-시인 김시종의 60년』을 방영했다. 첫 장면은 출렁이는 검푸른 파도와 함께 「클레멘타인의 노래」 1절을 읽는 아나운서 목소리가 천천히 흘러나온다.

> 넓고 넓은 바닷가에 오막살이 집 한 채
> 고기 잡는 아버지와 철모르는 딸 있네
> 나의 사랑 나의 사랑 나의 사랑 클레멘타인
> 늙은 아비 홀로 두고 영영 어디 갔느냐[2]

그리고는 아코디언과 기타의 느린 선율이 겹쳐진다. 이윽고 화면에 김시종이 등장하여 「클레멘타인의 노래」를 한국어로 부르는데, 그의 노랫소리와 기타 코드가 잠시 일치한다. 그곳은 김시종이 유년 시

---

2) 金時鐘, 『'在日'のはざまで』, 平凡社ライブラリー, 2001, 25쪽.

절을 보낸 제주도 부둣가이다.

김시종은 노래의 후렴 부분을 한국어로 이렇게 표기했다.

내 사랑아 내 사랑아 나의 사랑 클레멘타인
늙은 아비 혼자 두고 영영 아주 갔느냐[3]

김시종은 1948년 4월 3일 일어난 '4·3 사건' 관련자이며 50년의 세월 동안 고향인 제주도에 가지 못했다. 4·3 사건은 한반도를 남북으로 분단하는 남쪽의 단독선거에 반대하여 제주도에서 일어난 무장봉기이며, 제주도민에 대한 철저한 탄압 사건이기도 하다. 소위 냉전구조가 막 시작된 시점에서 제주도민에 대한 폭력은 처참하기 그지없었다. 김시종이 노래하는 화면 뒤쪽에 제주도의 푸른 하늘과 푸른 바다가 펼쳐지고 제주 특유의 거센 바람 탓인지 장대에 걸린 깃발 같은 천 조각이 세차게 나부낀다.

원래 「클레멘타인의 노래」는 미국 민요인데, 일본에는 '눈이여, 바위여, 우리가 머무르니……'라는 가사를 붙인 「설산찬가(雪山讚歌)」의 멜로디로 더 알려졌다. 그런데 바로 이 노래가 김시종의 생애에서 결정적인 역할을 했다. 김시종은 1929년, 현재 조선민주주의인민공화국에 속하는 원산에서 태어나 어머니의 친정인 제주도에서 유년 시절을 보냈다. 어머니 김연춘(金蓮春)은 큰 요정을 경영하는 주인이었다. 아버지 김찬국(金鑽國)은 토목기사로 항만공사 등을 했는데 전문학교에

---

3) 『'在日'のはざまで』, 24쪽.

도 재적한 적이 있는, 당시 조선에서는 지식인이라 할 만한 인물이었다.[4] 외동아들이었던 김시종은 양친의 사랑을 온전히 한몸에 받고 자랐다. 그러나 양친 사랑에 둘러싸인 평온한 유소년기의 이미지를 결정적으로 깨부수는 현실이 존재했는데, 그것은 바로 한반도와 제주도가 일본의 가혹한 식민지 지배하에 있었다는 사실이다.

학교 교육에서 조선말을 몰아내고 급기야 성을 일본식으로 바꾸는 창씨개명에 이르는 현장에서 자랐다. 더욱이 조선사람도 '천황의 적자(赤子, 갓난아이)'라는 황국신민화 교육이 폭력적으로 추진되는 가운데, 김시종은 어처구니없게도 '국어'(물론 일본어)와 '창가'(일본의 동요와 군가)에서 뛰어난 성적을 올리는 소년이었다. 이것이 식민지 지배의 무시무시한 측면인데, 소년 김시종에게 황국신민화 과정은 그렇게까지 날 선 폭력으로는 느껴지지 않았다. 오히려 많은 사람의 유소년기가 그러하듯 뒤돌아보면 거기에는 양달 같은 따스함이 있었다. 아버지, 어머니는 그런 자식을 어떻게 보았을까?

어머니는 일본어를 알지 못했으나 아버지 김찬국은 일본어를 잘하여 일본어 신문을 구독했으며, 집에 일본어 장서도 많았다고 한다. 그러나 아버지는 일상생활에서 일본어를 전혀 쓰지 않고 바닷가 바위 위에서 온종일 낚싯줄을 드리우곤 했다. 소년은 그런 아버지에게 알 수

---

4) 김시종은 월간지 『図書』(이와나미서점), 2011년 6월호부터 자전적 에세이를 연재 중인데, 김시종의 아버지, 어머니에 관한 가장 상세한 내용은 야기 코스케(八木晃介), 『차별 속의 여성-저변을 걸은 어머니들』, 三一新書, 1978, 215~236쪽 구술작업에 수록되었다. 이 책은 저자인 야기가 전적 야구선수 장훈(張勳)의 어머니 박순분(朴順分), 여배우인 미야코 조초(ミヤコ蝶) 등 12명의 여성을 취재한 내용을 정리한 것으로 김시종의 어머니 김연춘(金蓮春)도 포함되었다.

없는 위엄을 느끼기도 했지만, 일본에 미증유(未曾有)의 위기가 왔는데도 아무 일도 안 하기로 작정한 듯한 아버지가 답답하기만 했다. 학교에서 돌아와서도 일본말만 하려는 소년 앞에서 집안 공기는 싸늘히 식기 일쑤였다.

그러나 일본이 패전했을 때 아버지와 자식의 입장은 반대가 된다. '만세' 소리가 울려 퍼지는 제주도에서 부친은 바삐 움직이고, 이번에는 자식이 종일 물끄러미 바위에 서 있었다. 입을 벌리면 나오는 것이 일본어 동요나 군가뿐이었다. 김시종은 그때의 자기 모습을 대표적인 에세이 「클레멘타인의 노래」에서 이렇게 묘사한다.

> 한글로 아이우에오의 '아'도 못 쓰는 내가 망연자실한 가운데 떠밀리듯 조선사람이 되었다. 나는 패주한 '일본국'에서도 내버린 정체불명의 젊은이였다. 이제는 인정할 수밖에 없는 '패전' 앞에서 결의를 굳혔다. 이제 곧 진주(進駐)해 올 미군 병사 어떤 놈이든 제대로 찌르고 나도 죽을 각오였다.[5]

그해 8월 말 무렵이었다. 이런 상태였던 소년의 기억 저편에서 아버지가 조선말로 부른 「클레멘타인의 노래」가 불현듯 떠올랐다. 아버지가 바위에서 낚시할 때 야식으로 도시락을 배달하는 것이 어린 김시종의 일과였는데, 언젠가 부친이 조선말로 소년에게 「클레멘타인의 노래」를 불러 주었다. 말하자면 그 노래의 기억은 그를 '조선사람'으로 되돌려놓았다.

---

5) 『在日'のはざまで』, 13쪽.

노래를 그냥 잊어버렸을 수도 있었는데 가사는 없어지지 않고 마음 한 구석에 남았다. 낚싯줄을 내리는 아버지의 무릎에서 조그만 어린아이일 때부터 아버지와 함께 불렀던 조선 노래였다. 아버지, 어머니가 알고 쓰는 말이고 몸짓이었으며 노래에 담은 마음의 목소리로 내게 남긴 생리적인 말이었다. 이제야 알게 된 아버지의 슬픔이 나를 넘치도록 씻겨냈다.[6]

60년 전, 이 결정적인 일이 일어난 건 다큐멘터리 『바다의 울음 속을』에서 김시종의 노래와 함께 등장한 제주도의 그 부두 근방이었다. 이것은 새삼 노래라는 것의 힘을 실감케 하는 것일 수도 있다. 어떤 흔한 노래가 어쩌다가 실현한, 말로는 생각 못할 전수(傳受)……. 또한 거기에는 고유한 기억과 문화적인 전승을 둘러싸고 수많은 굴곡과 주름이 잡혀 있다.

앞서 기술했듯이 「클레멘타인의 노래」는 원래 미국 민요이다. 1884년 퍼시 먼트로즈(P. Montrose)가 만든 곡이지만, 더 오래된 노래의 원형이 있었던 듯하다. 어쨌든 이 노래가 세계적으로 알려진 것은 1946년 공개된 존 포드 감독의 명작 서부극, 『황야의 결투(My Darling Clementine)』의 주제가가 되면서이다. 물론 김시종의 아버지는 그보다 먼저 조선말로 이 노래를 불렀다. 더불어 노래 내용의 차이도 대단히 흥미롭다. 영어 원작에는 몇 개의 버전이 있지만, 표준적인 일본어 번역(필자의 번역)을 실어 본다.

---

6) 『'在日'のはざまで』, 25쪽.

어느 계곡의 동굴에서
금광을 캐는
'49년 광부'와
딸 클레멘타인이 살았네

아아 나의 사랑
나의 사랑 클레멘타인!
너는 영원히 사라져 버렸구나
슬프도다 클레멘타인

요정처럼 가벼운 몸에
신발 사이즈는 9
덮개 없는 청어 박스가
클레멘타인의 샌들

아아 나의 사랑
나의 사랑 클레멘타인!
너는 영원히 사라져 버렸구나
슬프도다 클레멘타인

오리들을 물가에 데려가는 것이
매일 아침 9시의 일이었지
그루터기에 발이 걸려
소용돌이치는 바닷물에 떨어졌지
아아 나의 사랑
나의 사랑 클레멘타인!

너는 영원히 사라져 버렸구나
슬프도다 클레멘타인

붉디붉은 입술이 수면에 떠오르고
부드러운 물거품이 뿜어져 나왔네
아아 나는 헤엄칠 수 없어서
나의 클레멘타인을 잃었네

아아 나의 사랑
나의 사랑 클레멘타인!
너는 영원히 사라져 버렸구나
슬프도다 클레멘타인

원래 민요는 후렴 부분이 되풀이되면서 새로운 가사를 계속 덧붙이는 특징이 있다. 그 결과 전체적인 정합성을 파악하기 어려운 부분이나 난센스 같은 것이 생기며, 이 노래 역시 그렇다. 그렇지만, 금광붐에 편승하여 다소 경솔하게 광산에 온 남자와 그 딸의 노래라는 건 확실할 것이다. 첫머리에 나오는 '49년 광부(miner, forty-niner)'라는 것은 1948년 캘리포니아에서 금이 발견된 것을 계기로 이듬해에 일어난 '골드러시' 와중에 일확천금을 꿈꾸고 캘리포니아에 왔지만, 아니나 다를까 그 꿈이 산산이 깨진 사람들을 야유하는 말이다. 따라서 기본적으로 산(山)의 노래인데 딸이 빠진 것은 강이 아닌 바다인 듯하다. 소용돌이치는 바닷물의 원어 'the foaming brine'은 통상 거친 바다로 번역된다. 다만 클레멘타인의 각운(脚韻)에 맞춘 'mine(광산)', 'nine(9)', 'brine(바닷물)'의 흐름이므로 의미의 정확성보다 운(韻)의 리듬을 중시한 측면이 있다.

원곡은 아버지의 눈이 아니라 딸 클레멘타인을 사랑한 또 다른 남자의 눈으로 노래한 것이라고 할 수 있다. 더욱이 심각한 노래라기보다 약간 해학적인 기조와 함께 오히려 유희에 가까운 인상까지 받는다. 자조적인 울림에 깊은 슬픔이 들어 있다고 해석할 수 있겠다.

그럼 김시종의 아버지가 부른 조선말 가사를 김시종의 번역으로 다시 보자.

> 넓은 바닷가에 오막살이 하나
> 어부 아버지와 나이 어린 딸 있네
> 아아 사랑이여, 사랑이여, 애달픈 클레멘타인이여
> 늙은 아비 홀로 두고 너는 정말 갔는가
>
> 바람이 센 날 아침이었지
> 엄마를 찾는다고 물가에 갔는데
> 너는 결국 돌아오지 않는구나
> 아아 사랑이여, 사랑이여, 애달픈 클레멘타인이여
> 늙은 아비 홀로 두고 너는 정말 갔는가[7]

여기서 무대는 분명히 '바닷가'이고 없어진 딸을 아버지의 눈으로 노래하는 통렬한 슬픔에 찬 노래가 된다. 또 원곡에서는 딸이 우연히 나무 그루터기에 발끝이 걸렸지만, 여기서는 '엄마를 찾는다'는 분명한

---

7) 『在日'のはざまで』.

목적을 갖고 사라졌다. 그리고 당시 일본의 식민지 지배라는 상황을 생각하면 딸이 찾고 있던 '엄마'를, 잃어버린 모국이나 모국어의 암유(暗喩)로 읽는 것도 충분히 가능할 것이다. 그런 '엄마'를 찾아 행방불명된 딸 클레멘타인을 깊이 슬퍼하는 아버지의 노래.

말하자면 김시종의 아버지 김찬국이 원곡을 환골탈태한 조선어 「클레멘타인의 노래」를 노래했고 그 노래의 기억이 아들 김시종을 조선인으로 소환한 것이다. 어떤 불가사의한 연(緣)이 작용했다고 해야 할 것이다. 사라진 '딸'을 '아들'로 치환하면, 아버지가 사라진 아들에게 보낸 노래가 되기 때문이다. 아버지는 눈앞에서 '일본인'이 다 되어 행방불명과 다를 바 없는 아들에게 조선말로 이 노래를 불렀고 시간이 지나면서 그 노래의 기억이 한줄기 생명줄처럼 아들을 조선인으로 돌아오게 했다. 그리고 아들은 제주도 '4·3 사건'에 깊이 관련됨에 따라 양친을 섬에 남겨둔 채 목숨을 걸고 일본으로 건너가게 된다. 일단 돌아온 자식은 결국 노래처럼 '늙은 아비'를 섬에 두고 가 버린 것이다.

나는 『아이덴티티/타자성』[8]이라는 책에서 김시종에 관해 논한 뒤 김시종과 가까이 교류하는 행운을 누렸다. 언젠가 나는 이 노래와 그의 기구한 관계에 대해 본인에게 물어본 적이 있다. "그 노래는 신기하게도 마치 김시종 선생님 자신에 관한 노래인 듯해요." 그때 김시종의 대답은 매우 충격적이었다. "하지만 그 노래는 우리 아버지가 자기 아버지, 즉 우리 할아버지를 향해 부른 노래인지도 모른다고 생각하는데……"

---

8) 細見和之, 『アイデンティティ/他者性』, 岩波書店, 1999.

실은 김시종의 아버지 김찬국 역시 1919년 '3·1독립운동' 관계로 당시 다니던 전문학교에서 퇴학을 당하고 '만주'를 방랑하던 시기가 있었다. 말하자면 김시종의 아버지는 그때 행방불명된 '딸'의 위치에 있었고 그런 입장에서 「클레멘타인의 노래」를 자기 아버지, 즉 김시종의 조부를 향해 불렀을지도 모르는 것이다. 그렇다면 조선어판 「클레멘타인의 노래」는 할아버지로부터 손자에 이르는 3대의 생각에 관한 노래가 된다.

현재 이 노래는 한국 영화나 드라마에서 「사랑하는 사람이여」라는 타이틀로 종종 사용되는 등 한국에서도 대중에게 널리 알려진 듯하다. 가사도 김시종의 아버지 김찬국이 부른 것과 거의 같은 내용인 듯하다.[9] 그러나 오히려 이 노래의 내력은 실종되었는지도 모른다. 김시종의 아버지가 그러했듯이 일본 식민지 치하에서 고향으로부터 쫓겨나 방랑한 사람들, 고향을 떠나 빨치산에 뜻을 둔 사람들이 줄곧 이 노래를 부른 것이 아니었을까? 그들은 원래 해학적 요소마저 있었던 이 노래를 엄마=모국·모국어를 찾는 애절한 노래로 다시 읽고 되풀이하여 부른 것이 아닐까? 그리고 지금까지 그 노래로 그렇게 이어진다……

에세이 「클레멘타인의 노래」의 끝맺음은 다음과 같이 강렬하다.

아아 사랑이여, 애달픈 클레멘타인이여! 누가 처음 불러 내게 다다른 노래인가. 어떠하든 이것은 나의 '조선' 노래다. 아버지가 내게 준 노래이고 내가 아버지에게 돌려드리는 기도와도 같은 노래다. 내 노

---

9) 도야마(富山)대학의 와다 토모미(和田とも美)씨가 알려 주었다.

래. 내 언어. 이 차마 품을 수 없는 애증(愛憎)의 리프레인.[10]

　　조선어판 「클레멘타인의 노래」가 일본 식민지 치하에서 온전히 체현한 것을 우리는 '탈식민지화의 상상력'으로 부를 수 있을 것이다. 유명한 이솝우화의 작가로 알려진 아이소포스(Aisopos)는 원래 고대 그리스의 '노예'였다고 한다. 아이소포스의 '주인'이라는 시민 이아돈에 관해서는 거의 아무것도 알려지지 않았으나 아이소포스의 기지(機智)는 이솝우화로 지금까지 전해진다. 그와 같은 관계를 우리는 「클레멘타인의 노래」에서 볼 수 있지 않을까. 식민지 개척자로 한반도에 건너간 '일본인'도 당시 상황에서 여러 난관이 있었을 것이다. 그러나 그들의 현실감각은 「클레멘타인의 노래」에 구현된, 식민화된 사람들의 탈식민지화의 상상력에는 크게 미치지 못했다. 「설산찬가」는 어디까지나 취미로 등산하는 사람의 노래이며, 처절한 슬픔을 띤 조선어판 「클레멘타인의 노래」와는 차이가 두드러진다.

　　이후 김시종의 생애와 표현은 작품마다 현실에 존재하는 인간·사회관계에 기반을 두고 일본의 전통적인 서정과는 대척점에 있는 새로운 서정을 탐색함으로써 탈식민지화를 끝까지 추구하는 것이었다. 감히 말하건대 스스로를 한편의 「클레멘타인의 노래」로 변화시키고자 한 것이다. 일본에서 일본어로 이루어진, 말과 상상력을 통한 그 과감한 투쟁을 탐색하는 것, 말하자면 그것이 본서의 과제이다.

---

10) 『在日'のはざまで』, 26쪽.
　　*역자 주 – 리프레인(refrain) : 후렴구.

차례

넓은 바닷가에 오막살이 하나
어부 아버지와 나이 어린 딸 있네
아아 사랑이여, 사랑이여, 애달픈 클레멘타인이여
늙은 아비 홀로 두고 너는 정말 갔는가

바람이 센 날 아침이었지
엄마를 찾는다고 물가에 갔는데
너는 결국 돌아오지 않는구나
아아 사랑이여, 사랑이여, 애달픈 클레멘타인이여
늙은 아비 홀로 두고 너는 정말 갔는가

제1장

출발선에 선 김시종
─제1시집 『지평선』과 시동인지 『진달래』

김시종은 일본 패전 후 '벽에 오이를 세우듯' 조선어를 배운다. 이 표현은 그가 이때를 회고할 때 반드시 쓰는 말이다. 그리고 해방된 고국에서 아직 20세 미만이었던 그는 이미 조선어로 표현활동을 하고 있었던 듯하다. 세계적으로 잘 알려진 노래 멜로디에 조선말 가사를 붙이고, 여러 편의 희곡과 최소한 두 편의 단편소설을 집필했다고 본인은 말한다.[1] 일본의 제국주의적 식민지 지배의 현실을 이를 악물고 되돌아 그는 사회주의 체제의 조국을 추구하며 최좌파(最左派)의 입장에서 정치활동에 들어간다. 특히 최현(崔賢)이라는 30세 정도의 활동가에 이끌려 광주 근교의 농촌에 가서 큰 충격을 받았다. 피폐한 농촌의

---

1) 다음 인터뷰를 참조. 「金時鐘さんに聞く-新詩集のありか」, 『ひーぐる-詩の海へ』 제4호, 澪標, 2009, 30~31쪽.

광경은 바로 '식민지 지배'의 통렬한 귀결이었다.[2] 따라서 그가 이 무렵 만들었다는 많은 희곡이나 가사는 모두 운동을 위한 작품이었을 것이다. 결국, 그는 사회주의 실현을 추구하는 남조선노동당의 가장 젊은 멤버 중 한 사람이 되었다. 그리고 1948년 4월 3일에 시작된 '4·3 사건'을 헤쳐 나와 이듬해 6월 겨우 목숨만 건져 일본에 건너갔다.

앞에서도 약간 언급했지만, 4·3 사건 때 미소냉전구조가 개시되면서 미군정의 후원을 입은 한반도의 우익세력은 제주도 주민에게 철두철미한 탄압을 가했다. '빨갱이 사냥'이라는 이름으로 마을 전체를 불사르는 처참한 폭력이 잇달았고 현재 확인되는 것만으로도 2만 명 이상이 학살을 당했다.[3] 그러나 그곳에 있던 김시종은 죽은 사람이 6만~7만 명에 이를 것이라고 말한다. 당시의 제주도 인구는 이십만 명 이상이었다고 하므로 섬에 몰아친 테러의 광풍이 어느 정도인지 상상하기도 어렵다. 이후 북한은 일당독재의 '사회주의' 나라로, 한국은 민주주의를 반대하는 군사독재정권이 지배하는 나라로 냉전의 최전선에 있었다. 애당초 독일이 전쟁을 책임지는 형태로 동서로 분단되었음을 생각하면, 아시아의 분단선이 일본이 아니라 조선에 그어진 것은 한반도에 사는 사람들에게는 당치않은 일이었다.

제주도에서 4·3 사건의 폭력이 휩쓸었을 때 일본에서는 재일 조선인들의 민족교육수호투쟁이 벌어졌다. 당시 재일 조선인연맹(조

---

2) 이에 관해서는 에세이 「私の出会った人々」 참조. 『在日』のはざまで』, 53~57쪽.
3) 4·3 사건에 관해서는 다음 참조. 文京洙, 『濟州道4·3事件-'島のくに'の死と再生の物語』, 平凡社, 2008. 또한 김시종, 김석범의 대담 참조. 金錫範·金時鐘著, 文京洙編 『なぜ書きつづけてきたかなぜ沈黙してきたか-濟州道4·3事件の記憶と文学』, 平凡社, 2001.

련)의 주도로 민족학교 설립운동이 전국에서 전개되었다. 이에 대해 GHQ(연합군 최고사령부)는 고베(神戸)에 '비상사태선언'을 발포하고 민족학교 폐쇄 방침을 단호히 관철하려 했다. 투쟁의 정점이 된 1948년 4월 24일을 전후로 효고현청(兵庫県庁) 앞과 오사카부청(大阪府庁) 앞에 수만 명이 모여 민족학교의 존속을 요구했으나 GHQ는 철저한 탄압으로 일관했다. 4월 26일 오사카부청 앞에서 경관의 발포로 16세의 재일 2세 소년이 사살당했다. 많은 사람이 검거되고 군사재판에 회부되었다. 이른바 한신(阪神)교육투쟁이다. 그렇다면 왜 그 시점에서 GHQ가 그토록 혹독한 민족학교 분쇄 방침을 취했는지에 대해서는 제주도를 포함한 동아시아 전체에서 미군이 어떤 전개를 보였는지에 비추어 생각해야 할 것이다. 바로 4·3 사건과 한신교육투쟁은 미군 입장에서는 하나였던 것이다. GHQ의 방침을 배경으로 조선인연맹도 강제 해산되었다.[4]

한반도가 분단된 상황 속에서 한국에서는 오랫동안 4·3 사건을 '공산폭동'으로 터부시했다. 본격적인 연구·조사를 시작한 것은 간고한 투쟁의 결과 민주화가 실현된 1990년대 이후였다. 일본에서 김시종은 4·3의 체험을 자신의 시에 촘촘히 직조해 넣었지만, 4·3 사건을 공적으로 언급한 것은 역시 50년 뒤인 1998년부터였다. 그 이전에는 일본에 건너온 계기에 대해서도 '부득이한 사정'이라는 식으로 말할 수밖에

---

4) '한신교육투쟁'에 대해서는 다음 참조. 金慶海, 『在日朝鮮人民族教育の原点-4·24阪神教育闘争の記録』, 田畑書店, 1979. 또한 한신교육투쟁과 4·3 사건을 비롯한 동아시아의 상황 전체와 관련된 것에 관해서는 특히 「6. なぜ神戸で非想事態宣言発令されたのか-神戸と朝鮮を結ぶ点と線」, 金贊汀, 『非想事態宣言1948-在日朝鮮人을 덮친 어둠』, 岩波書店, 2011.

없었다.

이 책의 '머리말'에서 보았듯이 황국 소년이었던 자신의 모습을 에세이로 쓴 것은 1979년이다. 그의 입장에서 자신의 유년기를, 특히 일본에서 얘기하는 것이 얼마나 힘든 일이었는가를 엿보게 한다. 더욱이 4·3 사건이라는 차마 말 못할 기억이 내부에서 더욱 격렬하게 요동치고 있었다. 그가 일본에 건너왔을 때 적어도 이 두 가지 기억이 봉인된 지층(地層)에 존재한 것이다.

이 장에서는 제1시집 『지평선(地平線)』과 『진달래』, 『카리온』 등 김시종을 중심으로 한 시지(詩誌)의 전개를 바탕으로 김시종이 일본에서 일본어로 쓴 초기의 표현을 나름대로 추적하고자 한다.

1. 시집 『지평선』의 세계

1955년 12월 간행된 제1시집 『지평선』은 김시종의 표현대로 명실공히 기념비적인 시집이다. 목숨만 부지하고 일본에 가서 일본어로 쓴 방대한 작품이 드디어 한 권의 시집으로 나왔다. 그런데 그는 이 시기에 심근증의 악화로 입원생활을 하고 있었다. 식사도 만족스럽게 하지 못하는 상황에서 조직 활동에 매진한 결과였다. 증상이 심해 본인이나 주변에서는 삶이 얼마 안 남았다는 생각까지 한 듯하다.[5]

『지평선』 권두에는 오노 도사부로[6]의 '서문'을 비롯하여, 서시(序詩)

---

5) 다음 인터뷰 참조. 「インタビュー－金時鐘さん・姜順喜さん－幻の詩集『日本風土記Ⅱ』復元に向けて」, 『イリプス』Ⅱnd 제7호, 澪標, 2011, 144쪽.
6) 오노 도사부로(小野十三郎) : 1903~1996. 아나키즘을 기반으로 한 시인. 제2차 대전 중 일

의 위치에 있는 「자서(自序)」를 비롯하여 총 47편이 실렸다. 제1부 '밤을 희구하는 자의 노래', 제2부 '가로막힌 사랑 속에서'로 나뉘어 있다. '후기'에서 밝혔듯이 1950년부터 1955년 9월까지 발표한 작품이다.

그러나 '후기'에 기록된 47편이라는 작품 수는 그의 시전집(詩全集)에 상당하는 집성시집『들판의 시』(1991)의『지평선』부분에 수록된 작품 수와 일치하지 않는다.『들판의 시』에는 제2시집『일본풍토기』(1957년)에 재수록한 3편의 작품, 즉「우라토마루7) 부양(浮揚)」, 「분명 그런 눈(目)이 있다」, 「처분법」을『지평선』항목에서 제외했기 때문이다. 이는 물론 작품 편수에 국한되지 않고, 시집의 전체적인 인상도 약간 달라진다. 특히 재수록한 3편은 김시종다운 빼어난 우의적(寓意的) 수법이 이미 충분히 발휘된 작품이다. 제2시집『일본풍토기』의 주제와 깊이 연관된 점도 있고 우의적 수법이 뚜렷하다는 점이 이들 작품을 제2시집에 굳이 재수록한 이유라고 생각한다. 따라서『들판의 시』를 통해『지평선』을 읽을 때에는 주의가 필요하다. 즉『지평선』이라는 시집 그 자체는『들판의 시』에 나타난 모습보다 완성도가 높은 작품을 포함하고 있었다.

이를 염두에 두고 시집『지평선』의 내용에 들어가 보자. 오노(小野)의 '서문'에 이어 나오는 「자서(自序)」는 시집 편집을 위해 집필한 듯하다. 지금『지평선』을 펼치면 우선 이 작품의 생생한 기운이 우리 눈을

본문단의 익찬(翼贊)체제를 비판하는 '단가(短歌)적 서정의 부정'은 큰 영향력을 가졌다. 1954년 오사카문학 학교를 창설하고 오랫동안 교장을 역임했다.

7) *역자 주 - 우라토마루(浦戸丸) : 기선이며 1943년 7월 15일 에히메현(愛媛県)의 앞바다에서 다른 배와 충돌하여 침몰했다. 승객 200명을 육상에 대피시켰으나 선원 21명은 사망했다.

파고든다.

> 혼자만의 아침을
> 너는 바라서는 안 된다
> 볕 드는 곳이 있으면 응달도 있는 법
> 어긋날 리 없는 지구의 회전만을
> 너는 믿을 일이다
> 해는 네 발밑에서 솟는다
> 큰 호弧를 그리며
> 반대편 네 발밑에서 저물어 간다
> 다다를 수 없는 곳에 지평이 있는 게 아니다
> 네가 서 있는 그 지점이 지평이다
> 그야말로 지평이다
> 멀리 그림자를 뻗치며
> 기우는 석양에는 작별을 고해야 한다

> 다시 새로운 밤이 기다린다[8]

한 번만 읽어도 이것이 뛰어난 '시'이고 '노래'임을 분명히 알 것이다. 하지만 그의 작품을 이해하려 할 때, 특히 '노래'와의 관계는 미묘하다. 주지하듯이 김시종은 오노 도사부로의 '단가(短歌)적 서정의 부정(否定)'이라는 명제를 오늘날까지 계승하고 있다. 특히 스스로 오노의 『시론』(1947년)과의 만남이 결정적이었다는 얘기를 되풀이해 왔다.

---

8) 김시종, 『들판의 시』, 立風書房, 1991, 583쪽. 유숙자 번역, 『경계의 시』, 小花, 2008, 13쪽 참조.

그러나 그것은 '서정'을 단지 거부하는 것도 아니요, '노래' 그 자체와 결별한 것도 아니었다. 오히려 그것은 김시종의 내부에서 새로운 서정, 새로운 노래에 대한 희구로 끈질기게 계속된다. 2010년에 간행된 『잃어버린 계절-김시종 사시 시집(四時詩集)』에 생생하게 나타나듯이 말이다. 그는 집성시집 『들판의 시』도 『들판의 노래』로 읽는다.

물론 김시종에게 그러한 시=노래는 일본의 전통적인 미의식(이란 것)을 구현하는 화조풍월(花鳥風月)에 의탁하여 읊는 종류의 것이 아니다. 그가 이상으로 삼는 시=노래는 문자의 연결 자체로 읽는 이들에게 잊혀지지 않고 각인되는 것이다. 말하자면 사고의 질서가 그대로 문자의 배열로 바뀐 시구(詩句)이다. 혹은 그 시구의 모습 그대로 새겨지는 사고의 전개일 수도 있겠다. 김시종은 저서를 증정할 때 책 표지에 종종 자신의 시 한 구절을 써넣는데, 거기 새겨진 1, 2행이 곧 그가 생각하는 '노래'이다.[9]

작품 「자서」의 인상적인 2행, '다다를 수 없는 곳에 지평이 있는 게 아니다. / 네가 서 있는 그 지점이 지평이다' 등은 바로 그러한 시=노래이다. 나로서는 김시종의 표현을 생각할 때 가장 먼저 떠오르는 구절 중 하나이고, 나 자신이 때때로 이 구절 때문에 격려를 받곤 한다. 김시종은 이미 제1시집 첫머리에 이토록 잊혀지지 않는 '노래'를 새겼다.

---

[9] 이에 관해서는 본 장 주1의 인터뷰에서 다음 참조. 「金時鐘さんに聞く-新詩集のありか」, 27~29쪽. 김시종은 이렇게 말한다. "1편의 시에서 어느 프레이즈(phrase)가 이치에 맞지 않아도 그냥 그대로 머무는 작품. 그 시행(詩行)을 그대로 머금는 것. 그런 것을 나는 노래라고 생각해요. 시가 궁극적으로는 노래가 되는 경우, 그런 작품이라고 생각합니다."

그와 함께 이 「자서」에서는 '아침'과 '밤'의 대비가 인상적이다. 그가 기다리는 것은 '다시 새로운' 아침이 아니라 '밤'이다. 그리고 이 '밤'이 『지평선』의 제1부 타이틀 '밤을 희구하는 자의 노래'에 그대로 이어진다. 따라서 여기서 기대하고 기다리는 '밤'이야말로 『지평선』 전반부의 중요한 테마이다. 통상 '아침'에 자유와 해방의 이미지가 담긴다. 그런 통상적인 이해를 거스르듯 '밤'을 희구한다. 그렇다면 그에게 '밤'은 대체 무엇일까.

> 해바라기가 병들었다
> 밤이여 어서 오라
> 불길의 자식이
> 열에 가위눌렸다
>
> 천만 명의 기원이
> 저 머리를 숙이게 했다
> 푹 숙인 목덜미에
> 태양이 내리쪼인다
>
> 밤이여 어서 오라
> 낮만 믿은 이에게
> 무장武裝의 밤을
> 알려 주리라[10]

---

10) 『들판의 시』, 598쪽.

『지평선』제1부에 수록된 「밤이여 어서 오라」의 전반부이다. 여기 등장하는 '낮만 믿은 이에게 / 무장의 밤을 / 알려 주리라'라는 선명하고 강렬한 3행 역시 젊은 김시종이 새긴 '시＝노래'이다. 이 작품 말미에는 '샌프란시스코 단독강화조약을 앞두고'라는 주기가 붙어 있다. 샌프란시스코 강화조약은 1951년 9월 8일 조인되었으므로 이 작품이『지평선』수록 작품들 중에서도 초기작품에 속하는 것을 알 수 있다. 『들판의 시』에 실린 '연보'(노구치 도요코〔野口豊子〕 작성)에는 발표 매체의 기재 없이 이 시를 1951년 8월에 발표했다고 기록한다. 샌프란시스코 조약은 실제로 1952년 4월 28일 발효되어, 일본의 '주권'이 회복됨과 동시에 일본에 사는 조선인은 일본 국적을 상실한다.

김시종이 일본에 온 지 정확히 1년 뒤인 1950년 6월 25일, 한국전쟁이 발발한다. 「밤이여 어서 오라」의 집필 당시 김시종은 일본공산당에 입당하여 조선인 당원으로 한창 활동하던 중이었다. 그 의미에서 '무장한 밤'은 결코 단순한 비유도 아니고 번드르르한 말 치장도 아니다. 한국전쟁 시 미군 폭격기가 일본 비행장에서 이륙했고 폭탄 제작도 일본에서 했다. 두말할 나위 없이 일본은 병참기지였다. 이 '특수' 덕분에 전후 일본 경제가 '부흥'을 이룬 것은 가공할만한 아이러니였다. 일본에서 한국전쟁에 저항하는 구체적인 방법에는 가령 어둠을 틈타 신호등을 파괴하여 고국에 떨어뜨릴 폭탄이나 무기를 가득 채운 열차를 물리적으로 저지하는 것 등이 있었다. 이러한 활동이 김시종도 깊이 관여한 스이타·히라카타(吹田·枚方)사건으로 연결된다.

그러나 동시에 이 작품이 '낮'의 질서와 '밤'의 해방적 시간의 대비를 보여 주는 것도 중요하다. 밤의 어둠은 비합법 무장활동이 전개되는 시공이다. 그뿐만 아니라 낮에 어딘가에 몸을 숨기고 있던 작은 동물, 벌레, 짐승들이 자신 활동의 장을 획득한다. 이 작품 후반에는 '해바라기여, 해바라기여, / 태양에 대한 추종을 중지하라!'라는 표현이 등장한다. 가령 태양을 중심으로 머리를 돌리는 '해바라기'와는 전혀 이질적인 세계가 거기에 등장한다. 이후 그의 작품은, 낮의 세계만 생각하는 자들과 대조적으로 밤의 세계, 그리고 거기서 숨 쉬는 벌레와 작은 동물에 대한 강한 공감을 작품의 주요 축으로 삼는다.

　지금 보았듯이 「밤이여 어서 오라」는 『지평선』에 수록된 작품들 중에서도 비교적 초기 작품에 속한다. 참고로 가장 초기 작품으로 확인된 것이 「꿈같은 얘기」라는 작품이다. 『석간 신오사카』 1950년 6월 3일호, '일하는 사람의 시' 투고란에 '공원 임대조(林大助)'라는 이름으로 게재되었다.[11] 이 투고란의 선자(選者) 중 한 명이 오노 도사부로였다. 이하는 작품 전문이다.

　　내가 무슨 얘기를 하면
　　모두들 금방 웃어제끼지
　　"꿈같은 얘기 그만 해"
　　나마저도
　　그런가 싶네
　　그래도 나는
　　단념할 수 없어서

---

11) 작품 「꿈같은 얘기」의 초출은 『들판의 시』의 '연보'에 新大阪新聞 1950년 5월 26일자로 나와 있으나, 우노다 쇼야(宇野田尚哉)의 조사를 통해 『夕刊新大阪』 1950년 6월 3일자라는 것이 판명되었다.

그 꿈같은 얘기를
정말로 꿈꾸려 하네

그런 터라
친구들은 이제 비웃지도 않네
"또 시작이군!" 하고 말이지
그래도 차마 꿈을 버리지 못해
나는 혼자 힘에 겹네[12]

　나는 이 시의 솔직함과 대범성을 좋아한다. 일본에 와서 1년 정도 지난 시기, 즉 스물한 살 때 쓴 시다. 얼핏 보아 시대를 초월한 보편성을 가진, 온건한 청년의 '노래'이다. 그러나 이것을 쓴 김시종이 어떤 체험을 지닌 인간인지를 다시 상기해야 할 것이다. 황국 소년이라는 말 못할 과거, 4·3 사건의 처참한 현장체험, 그리고 목숨을 건 도항…… 생각해 보면 낮 동안 마구 짓밟혔던 들풀이 밤이 되어 낭창하게 일어나는 것 같은 생명 그 자체가 갖는 복원력을 우리는 이 시에서 느낀다. 확실히 그건 김시종이라는 인간의 특유한 강인함일지도 모르겠지만, 나는 그보다는 인간이 가진 본질적인 강인성을 이 작품에서 짚어낸다.

　그러나 그가 여기서 '꿈같은 얘기'라고 부르는 것은 막연한 청년의 동경이 아니었다. 거기에는 한편으로 시대의 각인이 명료하게 찍

---

12) 『들판의 시』, 633~634쪽. 유숙자 번역, 『경계의 시』에는 「꿈같은 일」이라는 제목으로 번역되었다. 『경계의 시』, 15쪽 참조.

혀 있다. 단적으로 말해 사회주의 실현이다. 그때는 실제로 소비에트 (Soviet)연방과 북한이 곤란한 상황에서도 힘차게 발걸음을 옮기고 있다고 믿었다. 오노 도사부로는 이 시집 '서문'에서 김시종 작품의 '밝음'에 관해 이렇게 썼다.

> 이 밝음을 가져온 것은 뭔가, 생각하니 그것은 단순히 젊은 세대여서가 아니라 우리 일본이 지금 처한 상황을 포함하여 민족의 진정한 독립을 희구하고 그 때문에 싸우는 국민의 마음 밑바닥에 불타는 공통된 확신이다. 더 확실히 말해 김 군에게 그것은 조선민주주의인민공화국이라는 인도성(引導星)이다. 행인을 밝혀주는 커다란 별빛 덕분에 김 군의 시가 가진 운율은 예전 조선 노래의 슬픈 영탄을 탈피하여 밝고 힘이 있으며 그 때문에 우리 일본의 시인들에게도 용기를 준다.[13]

오노가 이를 쓴 지 실로 60년 이상이 지난 지금 우린 이미 이러한 글이 가진 시대적 리얼리티를 느끼기조차 불가능해졌을지도 모르겠다. 하지만 이는 단지 김시종이라는 시인의 출발점을 확인하기 위한 것일 뿐 아니라 시대의 증언으로도 중요한 글이다. 그가 '공원 임대조'라는 이름으로 이 작품을 투고했을 때 그 '꿈같은 얘기'에는 구체적인 조선민주주의인민공화국으로는 채울 수 없는 뭔가가 있었을 것이다. 다시 말해 김시종에게 조선민주주의인민공화국이 도대체 무슨 의미인가를 우리는 충분히 깊이 생각할 필요가 있다.

그는 21세기에 들어와서도 자신의 사회주의적 신조는 흔들림이 없

---

13) 『들판의 시』, 581쪽.

다고 거듭 말한다. '노후의 걱정이 없고 다른 사람을 밀치는 교육을 할 필요가 없고 일한 것을 수탈당하지 않는 사회가 나쁠 리가 있나'[14] 다시 말해, 젊은 날 그의 '꿈같은 얘기'는 바로 그것이 아니었을까. 전쟁이 없고 모두가 아무 자유롭게 밥을 먹을 수 있고 최고의 교육과 최고의 의료를 누구나 평등하게 받을 수 있고 사람들이 노후 걱정 같은 것은 하지 않고 사는 사회……. 아마 그런 '꿈같은 얘기'를 함의했다고 생각한다. 그렇다면 그것은 단지 스물하나 청년의 꿈이 아니라 20세기라는 시대가 '사회주의'라는 이름 아래서 꿈꾼 것이 아니었을까.

현실 '사회주의'에서 그 꿈이 실제로는 악몽이라 할 만한 것으로 바뀐 것을 20세기 역사는 가감 없이 우리에게 드러낸다. 그러나 우리는 –나는– 21세의 청년, 김시종이 여기서 머뭇거리며 꺼낸 '꿈같은 얘기'를 계속 '힘겹게 지고 가는' 게 아닐까. 적어도 60년 뒤 김시종 자신은 그렇다. 이 점에서 60년의 세월을 뛰어넘어 그는 하나도 변하지 않았다고 나는 생각한다.

그 밖에도 『지평선』에서 보고 싶은 특징적인 작품은 여러 편 있다. 가령 유쾌한 풍자가 효과적인 「내핍생활」, 전위적인 수법으로 쓴 「카메라(キャメラ)」, 조선인 고난의 나날을 노래한 장편시 「가을 노래」, 또한 김시종 생애의 테마가 되는 고국의 분단선인 38도선을 노래한 권말의 작품 「너는 이제 나를 지배하지 못한다」 등을 다 소개할 수 없음이 아쉬울 따름이다. 여기서는 「먼 옛날」이라는 작품을 전행 인용한다.

---

14) 우카이 사토시(鵜飼哲)의 다음 인터뷰에 있다. 金時鐘, 『わが生と詩』, 岩波書店, 2004, 167쪽.

언제 적이었나
내가 매미의 짧은 목숨에 크게 놀란 것은
여름 한 철이라고 짐작했다가 사흘간의 생명인 걸 알고
나무 둥치의 매미 허물을 찾아 장사지내고 다닌 적이 있지
오래전 먼 옛날

그리고 얼만큼 세월이 흘렀나
찌는 한여름 매미가 소리 높여 내는 울음을
나는 유심히 듣게 되었지
짧은 이 세상 소리조차 못 내는 게 있음이
무척 마음에 걸렸지

아직 난 겨우 26년을 살아냈을 뿐인데
그런 내가 벙어리매미의 분노를 알기까지
백 년이나 걸린 것 같다
앞으로 몇 년 지나야
난 이 기분을 다른 이에게 알릴 수 있으려나.[15]

마지막 연 '26년을 살아냈다'라는 것으로 보아, 26세였던 1955년 이후 쓴 작품이다. 『들판의 시』 '연보'에는 『국제신문』, 1955년 9월 발표'로 되어 있어, 『지평선』에 수록된 작품으로는 꽤 후기에 속한다. 분명히 그는 격렬한 투쟁 과정에서 투쟁을 고무하는 방대한 양의 작품-다

---

15) 『들판의 시』, 609~610쪽. 유숙자 번역 『경계의 시』에는 「먼 훗날」이라는 제목으로 번역되었다. 『경계의 시』, 14쪽 참조.

수는 시집으로 엮이지 못하고 흩어졌을 것이다-을 썼을 텐데, 이런 깊은 내성적인 작품도 썼다는 것이 새삼 가슴을 친다. 작품으로 완성되었을 뿐 아니라 여기 쓰인 것이 시 자체라는 느낌이다.

더욱이 이는 단지 '벙어리매미'[16]라는 생물에 빗대어 쓴, 가령 르날의 『박물지』의 에스프리를 살린 한편의 작품은 아니다. 어느 기회에 요모타 이누히코[17]가, 이 '벙어리매미'라는 단어가 김소운(金素雲) 역 『조선시집』에도 나오지 않았나 하고 예리한 질문을 했을 때, 김시종은 그렇다고 답하면서도 울지 않는 매미가 암컷 매미란 것을 알고 그것이 자기 어머니의 이미지와 겹쳤다고 덧붙였다.[18] 물론 이 작품 자체에 비추어 보면 '벙어리매미'는 발언권을 빼앗기고 스스로 역사를 서술할 수 없는 대중, 최근의 현대사 용어로는 '서발턴(subaltern)'이란 존재의 상징이다.[19] 그러나 이 상징 또는 우의의 근저에 구체적인 어머니의 존재가 있음이 그의 표현에 깊은 음영을 준다.

이상으로, 특히 나로서는 빠뜨릴 수 없는 몇 편의 작품을 통해 『지평선』에 관해 생각해 보았다. 출판 당시 이 시집은 많은 독자로부터 찬

---

16) *역자 주 - 벙어리매미 : 암컷 매미를 말한다.

17) 요모타 이누히코(四方田犬彦) : 1953~. 비평가. 비교문학, 영화사, 만화론 등 다채로운 분야에서 방대한 저작 활동을 하고 있다.

18) 2008년 4월 20일 오사카에서 개최된 『再訳朝鮮詩集』(岩波書店, 2007)의 출판을 기념하는 강연회 및 심포지엄을 말한다. 이때 요모타는 『조선시집』 재역의 의미'라는 강연에서 '벙어리매미'가 김소운(金素雲) 역, 『조선시집』에 등장하는 어휘라고 지적했다. 그 후 김시종은 공개 응답을 통해 '벙어리매미'가 김소운의 번역에서 나왔음을 인정하고, '어머니'와 중첩됨을 언급했다. 또한 '벙어리매미'라는 어휘가 김소운에서 김시종으로 계승된 것에 관해 요모타는 2005년 3월에 처음 나온 다음 논고에서 이미 고찰했다. 「金時鐘による金素雲『朝鮮詩集』再訳」, 『翻訳과 雜神』, 人文書院, 2007 소수.

19) '서발턴에 관해서는 다음 저작을 참조. 崎山政毅, 『サバルタンと歴史』, 青土社, 2001. 특히 14~42쪽.

동을 얻었으나, 특히 김시종 주변의 재일 동포로부터는 호된 비판을 받았다. 앞서 서술했듯이 이 시집이 간행된 것은 1955년 12월인데, 바로 그해 5월 재일본조선인총연합회(총련)가 결성되고 그에 따라 좌파 재일 조선인운동이 큰 방침 전환을 맞이했다. 이 시기 김시종을 중심으로 간행된 회원지『진달래』에 전개되던 비평을 통해 그 사정을 확인해 보자.

2. 시지『진달래』와 김시종

이 시기의 김시종을 파악하기 위해서는 회원지『진달래』와 동인지『카리온』을 간과할 수 없다.『진달래』 후반기와『카리온』에는 현재 재일 작가를 대표하는 한 사람인 양석일(梁石日)[20]이 시인으로 참가했다. 양석일은 김시종론 및 자신의 젊은 날을 회상한 글에서『진달래』와『카리온』을 몇 차례 언급했다.[21] 이로써『진달래』,『카리온』이라는 이름은 어느 정도 알려졌지만, 오랫동안 이름만 떠도는 유령잡지였다. 그런데 2008년 11월 양석일의 개인지『원점』,『황해』를 포함하여 후지출판(不二出版)에서『진달래』,『카리온』을 전권 복각했다. 일본 근세사상사 연구자인 우노다 쇼야(宇野田尚哉)와 함께 나도 이 복각판의 간행에 관여했다.[22]

---

20) 양석일(梁石日):1936~. 소설가로 현대 재일 작가를 대표하는 한 사람. 시지『진달래』,『카리온』의 중심 멤버였고, 대표작은『피와 뼈』이다.

21) 梁石日,『アジア的身体』, 平凡社ライブラリー, 1999(원저는 青峰社, 1990), 梁石日,『修羅を生のりこえて』, 講談社現代新書, 1995 등.

22)『復刻板 'チンダレ' 'カリオン' 全3巻・別冊1』, 2008, 不二出版. 또한 별책에는 우노다 쇼야

『진달래』는 일본공산당 민족대책부의 지도하에 김시종이 편집 겸 발행인이 되어 1953년 2월 창간호를 간행한 시지이다.[23] 따라서 『진달래』는 김시종이 문학을 좋아하는 동호인들을 모아 시작한 시지가 결코 아니며 문학을 통해 오사카 근방의 젊은 조선인을 조직한다는 명백한 정치적 목적을 지니고 있었다. 그런 의미에서 '문학'은 단순한 겉치레이고 정치적인 내용을 가리는 엄호막이기도 했다.

그러나 『진달래』는 순수문학 애호가인 모더니스트 시인, 정인(鄭仁)[24]을 배출하는 등 점차 문학 자체를 추구하는 장으로 변용된다. 1955년 좌파 재일 조선인의 운동방침이 크게 전환되어 북한이 직접 운동을 지도하게 되자, 조직의 거센 비판을 받은 『진달래』는 결국 1958년 10월 제20호를 끝으로 종간된다. 그때까지 양정웅(梁正雄)이라는 본명으로 작품을 썼던 양석일은 바로 그 20호에 처음으로 '양석일'이라는 이름으로 등장한다. 즉 양정웅은 이때에 이르러 우리가 아는 '양석일'로 완전히 환골탈태한 것이다.

그 후 1959년 6월 김시종, 정인, 양석일 3명이 동인이 되어 새로 『카리온』을 창간했다. 『진달래』 회원은 제3호에 게재한 '회원록'에는 21명이고, '서기부', '편집부' 등에 8명의 이름이 기록되었다. 김시종이 이

와 내가 각각 집필한 두 개의 '해설', 김시종, 정인, 양석일의 정담(鼎談) 외에 총목차와 색인이 붙어 있다.

23) 당시 재일 조선인 좌파는 조련의 강제 해산 후에 결성된 재일 조선통일민주전선(민전)에 결집해 있었다. 조련에서 민전을 거쳐 총련의 결성이라는 흐름에 관해서는 『復刻板'チンダレ''カリオン'全3巻·別冊1』'별책'의 우노다의 해설 참조.

24) 정인(鄭仁) : 1931～. 재일 2세 시인. 시지 『진달래』, 『카리온』의 중심 멤버의 한 사람. 시집으로 『감상주파(感傷周波)』가 있다.

끈 『진달래』의 절정기에는 주변에 젊은이 50, 60명이 모였다고 한다.[25] 그러나 조직의 압력을 철저히 받고 출발한 『카리온』의 동인은 불과 3명이었다.

김시종은 『진달래』 창간 이후 그야말로 팔색조 같은 활약을 펼쳤다. 자신의 작품 게재는 물론 편집 후기, 무서명(無署名) 작품, 권두언(卷頭言), 각종 코너 설치까지 『진달래』 지면에서 그의 존재를 강하게 느낄 수 있다. 가령 '조선시인집단'이라는 이름으로 창간호에 실은 '창간의 말'은 문체로 볼 때 김시종이 기초한 것이 틀림없고, 표지 안쪽면의 무서명 작품 「진달래」 또한 그러하다. 그러나 23, 24세 때의 그가 다른 누구도 아닌 김시종의 문체를 이미 갖고 있었다는 사실에 나는 경이를 느낀다.

『진달래』 초기에 그가 편집인 역할을 가장 중요하게 여겼음은 분명하지만 그러한 가운데에도 제1시집 『지평선』에 수록되는 작품도 착실히 게재했다. 제3호의 권두시이며 무서명으로 실은 「쓰르라미(ひぐらし)의 노래」, 같은 호의 「개표(開票)」, 제4호의 「타로(タロー)」, 제5호의 「사이토 긴사쿠[26]의 죽음에 부쳐」 등이다. 제6호가 간행된 1954년 2월부터 시집 『지평선』 출판 시기와 겹친 2년 반 동안 그는 심근증(心筋症)으로 장기 입원했다. 병상에서 집필과 편집을 병행하는 힘겨운 상태가

---

25) 다음의 김시종 인터뷰 참조. 小熊英二·姜尚中 편, 『在日一世の記憶』, 集英社新書, 2008, 572쪽.

26) 사이토 긴사쿠(斎藤金作) : 전후 미군이 관여한 모략사건의 하나로 의심되는 '마쓰카와 사건(松川事件)'(1949년 8월 17일 오전 3시, 도호쿠혼센〔東北本線〕 마쓰카와역 부근에서 여객 열차가 전복된 사건) 뒤 의문사한 노동자. 사건의 진범을 목격했기 때문에 모살된 것으로 추측된다.

계속되었다. 그러한 가운데서도 제8호 '수폭(水爆)특집'에 「처분법」, 제9호 특집 '구보야마(久保山)씨[27]의 죽음을 애도한다'에 「지식」, 「표비(標碑)」, 「분명 그런 눈이 있다」 등을 기고했다. 모두 『지평선』과 제2시집 『일본풍토기』에 수록되는 작품이다.

정인의 시집 『감상주파(感傷周波)』에 김시종이 쓴 '해설'에 따르면, 정인의 참가로 『진달래』의 문학성이 높아지고, 김시종 역시 『진달래』에 가장 힘을 기울인 작품을 발표해 달라는 요청을 받았다고 한다.[28] 정인은 『진달래』 제7호부터 작품을 발표하고 제10호부터는 편집인의 위치에 올랐다. 정치 지도적으로 중심에 있지만, 『현대시』 등 다른 매체에 역작을 발표하던 김시종은 정인 등으로부터 정작 중요한 『진달래』에서 작품 발표가 다소 소홀하지 않나 하는 추궁을 받은 듯하다. 그는 그들의 진지한 문제 제기를 받아들여 시인으로서 『진달래』에 더욱 헌신했다. 앞서 소개한 일련의 작품 외에 제11호에 게재한 「너는 이제 나를 지배하지 못한다」가 두드러진다. 앞에서 언급했듯이 『지평선』의 권말을 장식하는 중요한 작품이다. 그는 『진달래』에 이 작품을 발표하면서 확실히 『진달래』를 가장 중심적인 작품 발표의 장으로 강하게 의식했을 것이다.

그러나 거듭 말했듯이 이 시기 좌파 재일 조선인운동은 방향을 크

<hr />

27) 구보야마 아이키치(久保山愛吉) : 1954년 3월, 일본의 참치어선 제5후쿠류마루(福龍丸)에 무선장(無線長)으로 승선하던 중 비키니 환초에서 미군의 수폭실험으로 인해 피폭됐다. 반년 후인 9월 23일 40세의 나이로 사망했다.

28) 鄭仁, 『感傷周波』, 七月堂, 1981, 141쪽. 거기서 김시종은 이렇게 밝힌다. '나는 불손하게도 『진달래』가 작품을 쓰는 장소라고 당초부터 생각한 적이 없었다. 정인은 그것을 지적했다. 내가 『진달래』에 작품다운 작품을 내게 된 것은 그때부터이다'

게 전환했다. 즉 1955년 5월, '민족파'의 헤게모니 하에 총련이 결성되고, 일본공산당이 지도하던 좌파 재일 조선인운동을 북한이 직접 지도하였다. 이 새로운 방침으로 좌파 재일 조선인을 다시 결집하려는 의도로『진달래』, 특히 그 중심에 있던 김시종은 '나쁜 사상의 표본'으로 지목되어 철저한 조직 비판에 직면했다. 애당초 일본어로 창작하는 것 자체가 '민족허무주의'라고 매도당했다.[29]

김시종은 조직과의 심한 알력 속에서도 제15호에 「정책발표회」, 제17호에 「인디언사냥」 등 제2시집『일본풍토기』의 중핵을 이루는 작품을 발표하고, 제8호에는 조직에 대해 폭탄을 던지듯 풍자시 「오사카총련」을 발표했다. 이 작품은 단행시집이나『들판의 시』에 수록되지 않았다. 이는 김시종이 이 작품을 더 크게 공개하는 데 주저했음을 시사하지만 지금은『진달래』의 복각판도 간행되었으므로 여기서 인용해도 큰

---

29) 이에 관해 김시종은 다음과 같이 강한 어조로 썼다. '이런 가운데 1955년 재일 조선인운동에 일대 변동이 일어나, 당시 재일 조선인 조직인 재일본조선통일민주주의통일전선(약칭 민전)은 조국(조선민주주의인민공화국)의 직접적인 지도하에서 운동하는 오늘날의 재일본조선인총연합회(약칭 총련)로 바뀌었다. 마치 쿠데타 비슷한 노선전환이었다. 그래서 활동가 사이의 알력도 컸고 민전이 빠졌다는 '극좌모험주의'의 오류에 이르러서는 대중기반에서는 규탄된 적도 없는데 이루어진 재일 조선인운동의 혁명이었다. 이 급조된 노선 전환은 당연하지만 체제 굳히기 캠페인이 필요했고 대중의 이목을 집중시키는 뭔가 나쁜 사상의 표본이 필요했다. 연약한『진달래』가 나쁜 표본으로 안성맞춤이었다. 달리 눈에 띄는 문화적인 움직임이란 게 없는 당시의 상황에서 민전시대부터 계속해서 모임을 갖고 있는 드문 소그룹이었기 때문이다. / 버스를 갈아탔을 뿐인 정치주의였다. 귀국사업에서 보는 바와 같이 공화국과의 밀월은 혁명의 주체를 갖고 임하는 이들의 흔들림 없는 관료통제를 마음껏 하게 만들었다. 기존의 모더니즘 비판뿐 아니라 무국적주의 코스모폴리타니즘(cosmopolitanism) 비판이 가세하면서, 작품은 국어(조선어)로 써야 한다며 일본어 작품 활동까지 규제하기 시작했다. 문학의 창조라는 과제를 통해 정신형성의 도상에 있던『진달래』활동을 '주체성 사실'이라는 한마디로 마치 그것이 반조국적 언동인 양 참훼(讒毁)하며 등을 돌리는 정치주의자들에게『진달래』는 끝까지 저항을 시도했다. 20호가 마지막이었다' (『感傷周波』, 143~144쪽) 이 글 후반부는 본 장의 마지막 부분에 나오는『카리온』창간호에 게재된 '창간에 즈음하여'의 문장과 호응한다.

지장은 없을 것이다. 「오사카총련」은 '① 고시(告示)'와 '② 동원'으로 구성되었으며, 다음은 '① 고시(告示)' 전문이다.

급한 용무가 있으면
뛰어나가세요
소련에는
전화가 없습니다

급히 처리해야 한다면
큰 소리를 내세요
소련에는
접수 받는 곳이 없어요

용변 볼일 있으시면
다른 데로 가 주세요
소련에는 변소가 없습니다
소련은
모든 이의 단체입니다
애용해 주신 전화료가
중지될 만큼 밀렸습니다

소련은
맘 편한 곳입니다
모든 사람이 그냥 지나가 버리므로
접수처가 수고할 필요가 없습니다

속은 어차피 변비입니다
겉보기가 훌륭하면,
우리의 취미는 충족되었습니다
변소는 제때 처리하면 됩니다

그러니 새 손님을 초청하지 않습니다
그래서 새 손님을 부르지 않습니다
2층의 홀은 예약이 끝났습니다
오늘 밤은 창가학회創價学会30)가 사용합니다31)

특히 맨 마지막 구절이 신랄한 울림을 준다. 이러한 일련의 표현과 조직 측의 비판으로 김시종과 조직의 관계는 결정적으로 결렬된다. 그 격렬한 충돌 때문에 조판작업을 하던 제3시집『일본풍토기Ⅱ』의 간행이 중지되고 원고도 흩어졌으며, 또한 1960년경 이미 완성되어 있던 장편시『니가타』의 출판을 1970년까지 미루게 되었다. 나중에 살펴보겠지만, 이 시기 김시종의 평론도 큰 요인이었음이 분명하다. 무엇보다 민중적인 풍자시를 통해 조직을 비판하여 격렬한 반응을 불러일으킨 점에서 그야말로 시인 김시종다운 면모가 드러난다.

김시종 이외의 다른 주요 시인에 관해서는『진달래』,『카리온』의

---

30) *역자 주 – 창가학회 : 1930년 11월 창시된 불교계 신흥 종교이며, 1964년 일본 최초의 종교 정당인 공명당을 결성했다. 1970년 창가학회와 공명당이 분리되었다.

31)『진달래』제18호, 26쪽(『復刻板 'チンダレ' 'カリオン' 全3巻·別冊1』제2권). 또한 2편으로 된 「오사카총련」의 말미에는 '작가의 양해 없이 이 작품의 전재(転載)·전용(転用)을 금합니다. (時鐘)'라는 부기가 있다.

복각판 간행 시 내가 집필한 해설을 참조해 주기 바란다.[32] 다음으로는 당시 『진달래』에서 김시종의 표현을 둘러싸고 벌어진 논쟁을 짚어보자.

3. 『진달래』에 나타난 '유민의 기억' 논쟁

실제로 시지 『진달래』를 생각할 때, 특히 후반에 분출한 비평의 중요성을 간과해서는 안 된다. 이는 『진달래』 제15호의 김시종 특집 이후 일거에 고조되었고, 그 중심에는 '유민의 기억'을 둘러싼 문제가 있었다. 말하자면 '유민의 기억' 논쟁이라는 것이 당시 재일 조선인운동의 노선 전환과 맞물려 멤버 간에 거센 알력을 낳고, 최종적으로는 『진달래』가 예고 없이 20호로 종료되는 결과를 빚었다.

하지만 이 '유민의 기억' 논쟁에 앞서 제13호에 「시의 존재양식을 둘러싸고」라는 제목으로 아다치(足立) 시인집단(도쿄 아다치구의 이치하라 [市原]병원 환자와 연계한 조선인과 일본인 시인 그룹)과 정인의 '왕복서간'이 실린 것은 중요하다. 이로써 본격적인 시의 방법론을 둘러싼 논의가 『진달래』에 등장했기 때문이다. 아다치 시인집단은 어디까지나 시는 '민족 해방과 민주, 독립, 평화, 자유를 위해 싸우는 중요한 무기'라고

---

32) 『復刻板 'チンダレ' 'カリオン' 全3巻·別冊1』 '별책'의 내가 쓴 해설, 특히 32~37쪽을 참조 (다만 거기에 소개한 권경택과 권동택이 동일인물이라는 것이 나중에 판명되었다). 또한 다음 문헌은 『진달래』, 『카리온』의 복각에 맞춰 개최된 심포지엄 내용, 그리고 새로 집필된 원고 및 『진달래』, 『카리온』의 대표적인 작품과 평론, 관계되는 문장을 '자료'로 수록했다. チンダレ研究会編, 『'在日'と50年代文化運動-幻の雑誌チンダレ' 'カリオン'を読む』, 人文書院, 2010.

규정하고 대중 속에서 일본의 사회주의 리얼리즘을 수립할 것을 지향한다고 했다. 이에 대해 정인은 '시는 혁명이론이 아니라 예술이며 따라서 작자 개인을 빼고서는 생각할 수 없다'면서 '사회과학적인 사고와는 다른, 시의 독자성을 가진 사고'의 필요성을 주장하고 '감성을 간과하는 마르크스주의는 극한으로 몰린 곤란한 상황에서는 아무 역할도 못할 것'이라고 과감히 발언했다. 모더니스트 정인다운 강력한 주장이었다. 정인은 나아가 시의 지향점에 관해 다음과 같이 서술했다.

> 노동자, 농민 등을 힘 있게 묘사하고 그 미래에 광명을 주는 것도 분명히 중요하지만 현재 일본의 사회적 조건에서 우리의 현실을 둘러싼 모순이나 기만을 철저히 폭로하고 그것을 노래하는 것을 더 강조해야 하지 않을까요.[33]

다만 이것이 당시 『진달래』를 대표하는 의견이었던 것은 결코 아니다. 실제로 제14호에서는 『진달래』 결성 당시의 멤버 중 한 사람인 송익준(宋益俊)의 평론 「시의 존재양식에 관해-정인 군에 대한 반론」을 실었다. 반론의 전반부에서 송익준은 레닌의 주장을 그야말로 공식적으로 원용했지만, 후반부는 노동자·농민의 힘을 묘사할 것인가, 현실의 모순을 묘사할 것인가 하는 정인의 일반적인 질문을 현실적으로 현재 일본에 사는 재일 동포라는 구체적인 존재 상황에 적용하여 한층 첨예화시킨다. 송익준의 반론은 다음과 같다.

---

33) 『진달래』 제13호, 41쪽(『復刻版 'チンダレ' 'カリオン' 全3巻·別冊1』 제2권).

나는 일본의 모순된 현상을 폭로하는 것을 '더 강조'하기보다 조국의 건설사업의 발전에 깊은 영향을 받아 조국에 한없는 동경을 지닌 재일 동포의 진실한 모습을 묘사해야 한다고 생각합니다.[34]

이 역시 일국 사회주의적 스탈린주의의 공식적 적용이라고 치부하기는 쉬울 것이다. 그러나 이 주장에는 당시 재일 조선인이 처한 분열 상황에 대한 공화국 측의 대응이 보인다는 점에서 나름대로 확실한 무게가 존재한다. 적어도 재일 동포의 조국에 대한 '동경'에는 노동자·농민의 힘찬 미래인가, 현재의 모순인가 하는 양자택일로 귀결되지 않는 부분이 분명 있을 것이다. 여기서 더 깊이 들어가지는 않겠지만, 『진달래』 제15호의 김시종 특집에서 '유민의 기억'을 둘러싼 논쟁이 분출할 때, 그 복선에는 정인을 축으로 한 이와 같은 논의가 있었음을 확인할 필요가 있다. 이 점을 염두에 두고, 총련 결성 만 1년 뒤인 1956년 6월 간행된 『진달래』 제15호의 김시종 특집에 눈을 돌려보자.

『진달래』 창간 때부터 중심적으로 활동한 김시종이 제1시집 『지평선』을 내고 내외에서 높은 평가를 받던 바로 그 시점에 엮은 특집이었다. 특집 제목은 '김시종 작품의 장과 그 계열—시집 『지평선』이 의미하는 것'이고, 허남기(許南麒)[35], 홍윤표(洪允杓), 무라이 헤이시치(村井平七), 쓰보이 시게지[36], 오카모토 준[37], 오림준(吳林俊), 고토 야에(後藤や

---

34) 『진달래』 제14호, 57쪽.

35) 허남기(許南麒) : 1918~1988. 경상남도 구포(龜浦)에서 태어나 1939년 도일. 조선어와 일본어로 시 쓰기를 했으나 조선총련 부위원장 등을 역임하고 생의 후반에는 주로 조선어로 썼다. 재일 시인의 개척자적 존재.

36) 쓰보이 시게지(壺井繁治):1897~1975. 1920년대 아나키즘 시인으로 활약했으나 그 후 코뮤니즘 입장으로 전환했고 전후에는 일본공산당의 대표적 시인이 된다.

37) 오카모토 준(岡本潤) : 1901~1978. 전전에는 아나키즘을 대표하는 시인으로 알려지고 전

죠), 오노 게이코(小野京子) 등이 글을 실었다.

우선 이 특집에서 의외인 것은 『지평선』에 대한 평가 기조가 매우 비판적이라는 것이다. 쓰보이와 오카모토의 비평은 호의적이지만, 시집의 증정에 대한 답장엽서(편지) 글을 그대로 게재한 것으로 매우 짧다. 또한 고토 야에와 오노 게이코 두 사람의 비평은 '기고 받은 편지 중'에서 수록되었으므로 말하자면 독자의 감상이다. 내용상으로 볼 때, 실은 이 두 사람의 글, 특히 오노 게이코의 글이 가장 직접적으로 『지평선』을 받아들인 비평이고 그 점 역시 흥미롭지만, 여기서는 그 후 『진달래』의 전개에서 중요한 의미가 있는 허남기와 홍윤표의 비판을 중심으로 보기로 하자.

이미 대표적인 재일 조선인 시인의 위치에 있던 허남기는 「4월에 보내는 편지」라는 긴 시에서 『지평선』에 대한 감상을 적었다. 거기서 허남기는 김시종의 '조선'과 자신의 '조선' 차이를 언급하고, 그러면서도 '눈물 많은 / 조국'이라는 공통된 감정을 인정하며 이렇게 논한다.

> 김시종이여 / 자네도 지금의 자네에서 / 빨리 강하고 씩씩한 자네로 / 자네의 지도地圖를 버리고 빠져나가는 게 좋겠네 // 자네의 조선은 내 조선과는 다르네 / 자네의 조선은 내 조선보다 건강하네 / 그러나 자네의 조선도 / 왠지 수척한 음조音調를 띠고 / 왠지 트레몰로(tremolo, 빨리 떨리는 듯 되풀이하는 연주법)를 연주하네.[38]

후에는 쓰보이 시게지와 함께 일본공산당의 대표적 시인이 된다.

38) 『진달래』 제15호, 6쪽.

한편 『진달래』의 창간 멤버인 홍윤표는 「유민의 기억에 관해」에서 허남기의 비판을 한층 구체화한 형태로 김시종을 비판했다. 허남기가 시의 소재를 직접 조국에서 구하고 재일 조선인 현실의 장을 간과한다고 여겨진 데 반해, 김시종이 재일 조선인이 처한 현실을 응시한 점을 홍윤표는 평가했다. 그러나 홍윤표는 『지평선』이 '오늘날 시의 과제에 관해 저 멀리 떨어진 지점에서 나에게 문제를 제출해 주었을 뿐'이라며 다음과 같이 비판했다.

　　　　시의 방법에서 김시종은 사회주의 리얼리즘을 지향하면서도 시집 『지평선』의 작품 밑바닥에 흐르는 것은 유민의 기억에서 벗어나지 못하는 시인의 감성이었다. 여기에 시인 김시종의 모순이 있고 해결해야 할 문제가 있음에도 김시종은 그 내부에 유민적 서정을 품은 채로 현대시적인 시각에 관여하려 한다. 따라서 거기에서는 우리 재일 조선인으로서 시 쓰는 사람과 시의 독자가 가장 알고 싶은 자기 변혁의 프로세스를 제시하지 못한다.[39]

　　여기서 '유민의 기억'이란 말이 등장한다. 『지평선』에 수록된 작품 「유민애가(流民哀歌)」의 타이틀을 가리킨다고 생각되는데, 어쨌든 이 비평은 김시종과 함께 『진달래』의 창간 때부터 작품을 써온 멤버의 말이라기에는 너무 위에서 내려다보는 말투로 보인다. 홍윤표는 「쓰르라미의 노래」의 '조선적 애조의 운율'은 '자기 변혁의 투쟁이 없는 토양'에 뿌리를 박고 있다고 말한다. 또한, 권말의 작품 「너는 이제 나를 지

---

39) 『진달래』 제15호, 7~8쪽.

배하지 못한다」 말미의 '나와 나를 가른 / '38도선'이여 / 너를 다만 종이 위의 선으로 되돌려놓으리라'는 표현에 대해 '전 민족이 38도선 철폐를 위해 투쟁'하는 때에 '38도선이 시고(詩稿)에서 숨 쉴 수 있는 여지를 준다'고 비판한다. 이러한 비판은 트집이나 마찬가지일 것이다. 작품에 입각해서가 아니라 작품을 재단하기 위한 지나치게 도식적이고 교조적인 비평이다.

그러나 홍윤표의 이러한 비판은 동시에 『진달래』와 재일 조선인 시인들이 당시 처해 있던 곤란한 상황 역시 반영한다. 마지막 부분에서 홍윤표는 이렇게 썼다.

> 우리는 지금 새로운 시대에 살고 있다. 그리고 그 새로운 시대에 걸맞은 시의 방법이 확립되어야 한다. 조선민주주의인민공화국 공민으로서의 긍지를 지닌 이때, 유민의 기억과 관계된 일체의 부르주아 사상이 우리의 주변에서 일소되어야 하며, 그를 위해 치열한 자기내부투쟁이 우리 주변에서 일어나야 할 것이다.[40]

여기서 홍윤표의 비평에 등장하는 '조선민주주의인민공화국 공민'이라는 말은 특히 중요하다. 1954년 8월 30일 발표한 북한 남일(南日) 외상의 성명 가운데 재일 조선인='공화국 공민'이라는 규정이 재일사회에 큰 반향을 불러일으켰는데, 그것이 총련의 결성에 이르는 큰 흐름을 형성하기 때문이다.[41] 그 반향이 『진달래』에도 직접 새겨졌다고

---

40) 『진달래』 제15호, 12쪽.
41) 金英達·高柳俊男 편, 『北朝鮮帰国事業関係資料集』, 1995, 250쪽 참조.

볼 수 있다.

그러나 여기서 홍윤표가 주장하는 것은 요컨대 조선민주주의인민공화국이 힘찬 발걸음을 보여주는 이때 과거 '유민의 기억'을 계속 지니는 것은 모두 '부르주아적'이라는 비판이다. 그 도식성, 교조성을 비판하기는 쉽다. 그러나 조선민주주의인민공화국이라는 희망의 성채(城砦)와 당시 재일 각 개인이 처한 현실의 괴리는 역시 큰 고통이었다고 해야 할 것이다. 그 점에서 홍윤표의 비평에 나름대로 리얼리티가 존재한 것도 우리는 인식할 필요가 있다. 홍윤표 자신이 그 현실 속에서 한 사람의 재일 조선인 시인으로 '새로운 시대에 걸맞은 시의 방법'을 추구한 것도 사실일 것이다.

그러나 그러한 괴리를 '치열한 자기내부투쟁'으로 극복한다는 것은 너무 관념적인 이야기이다. 4·3 사건과 한국전쟁, 남북 분단, 그리고 재일 한 사람 한 사람의 상황은 '유민의 기억'을 과거의 것으로 '일소'하기에는 김시종의 입장에서 지극히 생생한 현실이었다. 그는 『진달래』 제16호에 실린 「내 작품의 장과 '유민의 기억'」이라는 글에서 홍윤표의 비판에 대해 명확한 반비판을 제기했다. 이 글은 『지평선』에서 『일본풍토기』에 걸친 김시종을 알기 위해 매우 중요한 문장이다. 가령 그는 여기서 『지평선』이 2부 구성이 된 데 대해 새삼 주의를 환기한다.

1부 '밤을 희구하는 자의 노래'는 일본적 현실을 중시한 작품군으로 다시 말해 일본어로 작품활동을 하는 외국인이 좀 더 일본 문학적 시야를 갖고 쓴 것이고, 2부 '가로막힌 사랑 속에서'는 그 외국인이 일본어로 할

수 있는, 좀 더 조선적이었다.[42]

그는 나아가 홍윤표가 지적하는 '유민의 기억'을 집중적으로 볼 수 있는 것은 제2부의 작품이고 제1부 작품에서는 그것이 표면적으로 잘 보이지 않는 점을 지적한다. 그리고 바로 제1부 작품군에 최근 자신의 창작이 지향하는 경향이 있음을 확인한다. 이렇게 소개하면, 여기서 그의 말은 얼핏 홍윤표의 비판이 과거 자신의 작품에는 타당해도 현재의 작품에는 타당치 않다고 응수하는 것으로 여겨질 수 있지만, 결코 그렇지 않다. 오히려 그는 '유민의 기억'이 자신의 창작 근본에 있음을 인정하고 그것이 『지평선』의 제1부 작품에서 어떻게 되었는지 스스로 자문하는 것이다. 일본적 현실을 중시한 제1부의 작품, 그의 창작이 최근 향하는 경향은 '유민의 기억'을 지운 것인가, 그는 확실히 그렇지 않다고 한다. 역으로 말하면 만일 일본적 현실을 중시한 작품에서 '유민의 기억'이 행방불명된다면 그로서는 그것이야말로 창작의 근본과 관련된 큰 문제가 된다.

내 결론부터 먼저 말하면 우리 각자가 가진 '유민의 기억'을 일소하기 위해서는 그것을 일소한다면서 기고만장할 것이 아니라 우선 자기의 '유민적 기억'을 끄집어내는 웅크린 자세가 선결문제다. 우리는 예나 지금이나 이 지점에서 이런 문제를 제기한 적이 없고 논한 적도 없다. 혹 '유민의 기억'을 계속 지니는 것이 노예적이고 낡은 인간상이라면, 그것을 극복한 기름기 흐르는 '종이호랑이'가 우리 진영에 많다는 말인가! 내 경우

---

42) 『진달래』 제16호, 3쪽(『復刻板 ‘チンダレ’ ‘カリオン’ 全3巻·別冊1』 제2권).

그런 것을 고민하지 않는 편이 더 쉽기까지 하다. 바로 그 점에서 '유민적 기억'은 말살되어야 할 주제가 아니라 오히려 새로 캐내어야 할 초미의 문제라고 생각한다. 내가 비난받아야 하는 것은 '유민의 기억'을 개척하지 못한 것이지, 그것을 계속 지니고 있어서가 아니다.[43]

즉 홍윤표가 일소해야 한다고 비판한 '유민의 기억'이야말로 자신의 창작 근본에 있다고 다시 확인하고 또한 그것을 '일본적 현실' 속에서 재차 문제로 제기하는 것을 자기 문학의 방향으로 강력히 천명한다. 그것은 김시종에게 마치 '본능'으로 규정된 것 같은 방향이었다. 다음 인용문에서는 김시종다운 표현으로 그것을 선명히 얘기한다.

　홍윤표의 탁월한 통찰력이 갈파하듯이 내 작품의 저류는 '유민의 기억'이다. 이를 내 식으로 말하면 내 작품 발상의 모체는 나의 과거, 그에 얽힌 민족적 비애와 결부되어 있다. 내 손은 젖었다. 물에 젖은 자만이 가진 민감함으로 어떤 미소한 전류(電流)도 내 손은 그냥 지나치기를 거부한다. 가령 그것이 3볼트 정도의 전기작용이라 해도 내 손은 본능적으로 그것을 감지하여 떤다. 여기에 내 주요한 시의 발상의 장이 있다.[44]

이 '젖은 손'과 '전류'의 관계는 선명하고 강렬하다. 말하자면 물에 잠긴 일본적 현실에서 그의 '유민의 기억'은 마치 물리적인 전기작용처럼 반응할 수밖에 없다. 그리고 이 예민한 손이 감촉으로 아는 것은 공화국의 존재를 오롯이 현양하는 것만으로는 아무런 소용이 없는, 아니

---

43) 『진달래』 제16호, 5쪽.
44) 『진달래』 제16호, 6쪽.

면 그로 인해 점점 더 소외감을 심화할 수밖에 없는 재일 2세의 현실이었다. 김시종은 「내 작품의 장과 '유민의 기억」에서 민족학교의 여성 교원이 보낸 편지를 인용했다. 편지에는 바로 재일 2세의 절박한 현실을 묘사하고 있었다. 그가 편지를 두 번에 걸쳐 길게 인용한 것은 자신의 작품이 연결되어야 할 대상이 기름기 흐르는 '종이호랑이'가 아니라 민족학교 현장에서 매일같이 고뇌하는 교사와 학생이라는 것을 뚜렷이 암시한다고 보인다. 또한 이 시점에서 그가 '조선어'를 전혀 부정하지 않은 것도 재차 확인할 필요가 있을 것이다. 가령 제13호의 권경택(權敬澤) 특집에 실은 비평에서도 마지막 부분에서 '국어(조선어)' 학습의 중요성을 설파한다.[45]

그 후 그는 제18호에 「장님과 뱀의 입씨름-의식의 정형화와 시를 중심으로」를 집필하고 '유민의 기억'을 둘러싼 문제에서 조국과 조직의 문제까지 전개한다(여기서 '장님'은 김시종 자신이고 '뱀'은 조직이다). 글의 중심 부분은 '시의 자살자'가 쓴 '유서'라는 설정으로 쓴 것이다. 사회주의와 조국을 찬양한 정형적(定型的)인 시는 자기 입장에서는 '무감각 이상의 혐오'라고 분명히 밝힌다. 그리고 이 주장은 제19호에서 회원 조삼룡(趙三龍)의 「정형화된 의식과 시에 관해」라는 비평으로 착실히 계승된다. 두 명의 화자가 대화하는 모습을 취한 조삼룡의 에세이는 정인의 「시의 존재양식을 둘러싸고」에서 처음 제기된 문제를 김시종의 과감한 주장을 바탕으로 꼼꼼히 적은 것이다. 이를 읽어보면 김시종이나 정인의 입장이 『진달래』에서 마냥 고립된 것은 아니었음을

---

45) 『진달래』 제13호, 16쪽.

알 수 있다. 실제로『카리온』창간호를 볼 때, 얼핏 김시종과 가장 대립한 듯한 홍윤표 역시 마지막 시점까지 창간멤버로 합류할 예정이었다.[46] 그러나 조직의 압력은 역시 강력했던 듯하다. 이러한 정황을 거쳐 양석일은『카리온』제2호에서 허남기에 대한 매우 격렬한 비판으로「방법 이전의 서정」을 발표한다.

이 장을 끝내며,『카리온』창간호 권두의 '그룹 카리온회 일동' 명의의「창간에 즈음하여」를 발췌하고자 한다.

우리는 지난 2월, 만 6년에 걸친『진달래』의 활동에 종지부를 찍었다. 노다공소(勞多功少)했던 이 기간의 모든 날에 우리는 마음속에 애석함과 통한의 정을 품고, 여기 새로운 작업을 시작하려 한다. 이 출발지점이 되는 것은 우연한 것이 아니라 일찍이 오사카에서 시지『진달래』가 전개해 온 여러 운동의 지양(止揚)이라는 지점이다. 시지『진달래』의 운동상의 족적은 시비 여하를 막론하고 오늘날 재일 조선인문학운동에 귀중한 교훈을 남겼다.〔중략〕문학의 창조라는 과제를 통해 정신 형성의 도상에 나타난 새로운 발언 등을 '주체성 상실'이라는 한마디로 마치 그것이 반조국적 언동인 양 참훼(讒毁)하고 등을 돌리는 정치주의자들에게 우리는 어디까지나 대립한다. 우리는 이 새로운 문제 제기를『카리온』으로 전개해 나갈 것이다.〔중략〕정치주의에 무비판적으로 이끌린 자신을 혐오하는 나머지 '조선인'이라는 자의식마저 애매하게 만든 한 시기의 진달래에 대해서도 우리는 냉엄한 비판의 날을 대고자 한다.〔중략〕사회주의 국가

---

46)『카리온』창간호의 4쪽 상단은 괘선(罫線)으로 테두리를 한 공백이며 거기에 작은 문자로 '「비둘기와 공석(公席)」의 작자여' 하고 쓰여 있는데, 「비둘기와 공석」은 홍윤표의 작품 이름이다.

건설에 박차를 가하는 조국, 조선민주주의인민공화국의 혁명적 사업 일체가 성공하기를 『카리온』은 염원한다.[47]

1959년 6월

공화국 귀국 사업이 구체화되는 가운데 쓴 이 글은 격렬한 동시에 실로 다층적이다. 제5장에서는 요시모토 다카아키(吉本隆明)와 김시종을 대조하는 작업을 시도하는데, 위의 글은 초기 요시모토의 '자립'이라는 사상을 김시종에 적용하기 위해서도 중요한 의미가 있을 것이다.

지금 여기서 위의 글을 해독하는 것은 이미 불가능하지만 문장의 복잡한 결을 섬세하게 읽어내려는 시선이 분명히 필요할 것이다. 창간 시점에서는 김시종, 정인, 양석일 뿐 아니라 홍윤표의 가담이 상정된 것도 한 원인일지도 모른다. 이 글이 완성되기까지 멤버 사이에서 격론이 오갔을 것이다(김시종에게 확인했는데, 이 글은 역시 김시종이 기초한 것이다).

어쨌든 그룹 '카리온회'의 대표는 어디까지나 김시종이고, 그는 나중에 장편시집 『니가타』에 수록되는 중요한 작품 「종족검정(種族檢定)」을 창간호에 발표했다. 공화국을 향한 최초의 귀국선이 니가타항(新潟港)을 출발한 건, 바로 같은 해인 1959년 12월 14일이었다. 한편 양석일은 힘겨운 생활을 거쳐 작가가 된 뒤, 1994년 기념비적 장편소설 『밤을 걸고』[48]를 간행한다. 『카리온』 창간호에 게재된 같은 제목의 「밤을

---

47) 『카리온』 제1호, 1쪽(『復刻板 'チンダレ' 'カリオン' 全3巻·別冊1』 제3권).
48) 梁石日, 『夜を賭けて』, 日本放送出版協会, 1994.

걸고」라는 시가 이 장편소설의 원형이다(그는 실제로 소설 『밤을 걸고』의 권두에 이 시를 싣고, '1958년 작'이라고 덧붙였다). 즉 『카리온』은 각자의 내부에 한층 깊이 침잠하여 거대한 표현을 모색하는 과정의 출발점이었다.

제2장

『일본풍토기』와 유령시집『일본풍토기Ⅱ』의 작품세계

제1장에서는 제1시집『지평선』과 시지『진달래』,『카리온』의 전개를 통해 김시종의 초기 표현을 확인했다. 시기적으로『지평선』이후의 시대까지 고찰이 이루어진 셈이다. 본 장에서는 제2시집『일본풍토기』와 유령시집이 되어버린『일본풍토기Ⅱ』의 작품 세계에 초점을 맞춰 생각해 보고자 한다.[1]

『일본풍토기』는 1957년 11월 고쿠분샤(国文社)에서 간행되었다.『지평선』은 진달래 발행소에서 출판했으나 제2시집은 다수의 시집을 출판하는 상업 출판사에서 간행했다. 김시종의 표현이 더 넓은 세계로 나갔다고 할 수 있다.

---

1)『일본풍토기』,『일본풍토기Ⅱ』를 고찰할 때에는 특히 다음 세 개의 문헌에서 배우는 바가 많았다. 淺見洋子,「金時鐘『日本風土記』注釈の試み」,『論潮』제2호, 論潮の会, 2009, 淺見洋子,「金時鐘幻の第三詩集『日本風土記Ⅱ』復元に向けて復元と注釈の試み(暫定版)」,『論潮』제3호, 論潮の会, 2010, 淺見洋子,「よみがえる記憶−金時鐘・幻の第三詩集『日本風土記Ⅱ』を読む」,『'在日'と50年代文化運動−幻の雑誌'チンダレ''カリオン'を読む』.

그러나 제2시집에 이어 이이즈카서점(飯塚書店)에서 간행할 예정이었던 『일본풍토기Ⅱ』는 이미 언급했듯이 조직의 비판을 받고 저자 자신이 조판 작업까지 취소시켰고, 그 후 원고 자체가 흩어지는 경위를 밟는다. 집성 시집 '연보'의 1960년 항목 말미를 보면, 『일본풍토기Ⅱ』에 수록 예정이었던 29편의 작품명과 초출지(初出誌)가 나와 있다(초출이 '불명'으로 된 것이 많다). 원래 제1부 '익숙한 정경'과 제2부 '도달할 수 없는 깊은 거리(距離)로'라는 2부 구성으로 되어 있었다.

그 가운데 몇 편은 이미 『들판의 시』의 '습유집(拾遺集)'에도 수록되었다. '연보'에 나타난 작품명과 초출지를 바탕으로, 우노다 쇼야와 아사미 요코(淺見洋子, 김시종을 테마로 박사논문 집필)는 끈질기게 초출지를 추적하여 '습유집'에 포함하지 않고 묻혀버린 작품을 발굴하는 등 유령 시집 『일본풍토기Ⅱ』의 복원에 노력했다. 이에 따라 현시점에서는 아직 9편이 미발굴되기는 했어도, 거의 『일본풍토기Ⅱ』의 전모를 우리 눈앞에 떠올릴 수 있게 되었다. 두 사람의 노력으로 새로 발굴된 작품은, 내가 편집 동인으로 관여하는 시지 『비글-시의 바다로』의 제4호 특집 '김시종과 시(詩)의 소재(所在)'에 『일본풍토기Ⅱ』 초(抄)」라는 제목으로 실렸다.[2] 또한 내년(2012년)부터 도쿄의 출판사에서 간행하는 '김시종 컬렉션'은 『지평선』부터 『일본풍토기Ⅱ』 등 이후의 시집까지 기본적으로 동일한 체재로 한 권씩 순차 출판할 계획이다.

한편 1950년대 중반부터 1960년에 이르는 이 시기에 큰 슬픔이 김시종을 덮쳤다. 1957년 10월 어머니의 편지로 부친 김찬국의 사망 사

---

2) 『びーぐる-詩の海へ』, 제4호, 54~69쪽.

실을 안 것이다(부친의 정확한 사망일은 1947년 10월 16일). 『일본풍토기』가 출판되기 한 달 전의 일이었다. 김시종은 『일본풍토기』 표지 안쪽 면에 '아버지의 묘지 앞에 바친다'는 문구를 넣고 '후기'를 다음과 같이 마무리했다.

> '한국'이라는 동떨어진 세계에서 외동아들인 나도 못 보시고 돌아가신 아버지께 박정한 아들이 이 시집을 바친다.
>
> 1957년 10월, 부친이 돌아가셨다는 상보를 받은 날
> 오사카 이쿠노(生野)에서 저자 씀.[3]

부친 김찬국은 제주도에서 김시종을 게릴라로 쫓던 관헌에게 체포당해 한 달 가까이 '대리 구류'를 당했다. 본인이 출두하지 않을 때 육친을 구류하는 인도에 어긋난 조치였다. 그때 받은 혹독한 고문과 상처가 결국 그의 명을 재촉했다고 한다. '부친이 돌아가셨다는 상보'에는 아마도 그런 사실이 포함되었을 것이다.[4]

그러나 이로부터 만 3년이 채 못 된 1960년 4월, 이번에는 친척을 통해 모친 김연춘이 사망했다는 통지를 받았다(정확한 사망일은 4월 3일). 『일본풍토기Ⅱ』의 출판 날짜가 얼마 남지 않은 때였다. 집성시집의 '연보'에는 다음과 같이 기술되어 있다. 여기 등장하는 강순희(姜順喜)는

---

3) 『들판의 시』, 577쪽.
4) 『在日一世の記憶』, 570쪽 참조. 여기서는 '고문'에 관해서는 언급하지 않았으나 『差別のなかの女性』에서는 부친의 '대리 구류' 기간이 '1년간'이었으며, '험한 고문'을 당해 '고문을 받는 등 상처가 화농하여 그것이 결국 목숨을 앗아갔다고 한다'고 했다(229~230쪽).

1956년 결혼하여 지금도 함께 생활하는 부인 이름이다.

> (김연춘은) 남편 김찬국의 3주기에 묘소를 마련하고 제사를 마친 뒤 타계했다. 김시종, 강순희는 일본에서 장례를 치른다.[5]

나는 이때의 김시종을 생각하면, 당시 루마니아령인 동유럽 체르노비츠(Czernowitz)에서 태어나 제2차 대전 후 프랑스에서 살았던 유대계 시인 파울 첼란(Paul Celan)을 떠올린다. 김시종과 마찬가지로 외동아들인 첼란은 나치스 지배하의 강제수용소에서 양친을 잃었다. 양친을 구하지 못했다는 죄책감이 평생에 걸친 트라우마로 남았다. 그 역시 처음에는 어머니의 편지로 아버지의 사망 통지를 받았고, 불과 수개월 뒤 지인을 통해 어머니의 죽음을 알았다.[6] 첼란도 김시종도 양친의 임종을 지키는 건 불가능했다. 첼란 자신이 언제 목숨이 끊어져도 이상하지 않은 상태였고, 이 시기 김시종은 목숨만 붙들고 도착한 일본에서 가장 엄혹한 조직 비판을 받고 있었다.

또한, 김시종의 숙명이라고 할 수 있는 건 어머니가 바로 '4월 3일'에 사망했다는 것이다. 바로 4·3 사건의 날짜이다. 4·3 사건의 기억을 끊임없이 불러일으키는 날인 동시에 어머니의 기일이며, 어머니의 죽음의 회상은 매년 4·3 사건의 암흑과 같은 기억으로 이어질 수밖에 없다. 날짜를 선택한 듯 불가사의한 일이었다. 이런 기묘한 운명 역시 시

---

5) 『들판의 시』, 842쪽.
6) 이스라엘 하르펜, 相原勝·北彰訳, 『パウル·ツェラーン-若き日の伝記』, 未來社, 1996, 184~188쪽 참조.

인 김시종의 실질을 구성하는 것이라고 나는 생각한다.

지금까지 얘기한 내용을 염두에 두고, 이제 시집 『일본풍토기』와 『일본풍토기Ⅱ』의 세계로 들어가 보자.

1. 『일본풍토기』 두 개의 세계

앞 장에서 서술했듯이 『진달래』 제15호의 『지평선』 특집은 김시종의 지척에 있던 사람의 도식적이고 교조적인 비판을 실었다. 바로 이 제15호 권두에, 이후 『일본풍토기』 제1부 첫머리에 실리는 「정책발표회」가 게재되었다. 우선 시 전체를 인용해 보자.

커브를 꺾어
비탈을 막 올라왔을 때
제대로
끼익 하고 멈췄다

전방을 주시하던
운전수는
황급히 양팔을 교차시켰으나

그런데도
귀퉁이를 짓밟고 멀어졌다

"차에 치인 상태였어요."

드디어 한꺼번에 몸을 앞으로 쏠리며
운전수는 퉁명스레
사리를 밝혔다

누군가가 차에 합승하고
나는 공산당의 정책발표회에 서둘러 가는 중이었는데
시전市電 선로에 납작 엎드려
머리만 쳐든
개의 무표정이

아무리 달려도
검은 피사체가 되어
불타는 듯한 석양에 가로놓였다[7]

　　여기에는 『진달래』 제16호에서 홍윤표에 대한 반비판으로 김시종
이 제시한 자신의 문학적 방향이 이미 작품에 온전히 드러나 있다. '내'
가 누군가와 '합승'하여 '공산당의 정책발표회'로 가는 도중 그 차가 개
를 치었다는 설정은 알레고리컬한 의미가 오롯이 담겼다고 보아도 틀
림없을 것이다. 『진달래』 제15호의 초출에서는 작품 말미의 주기에
'1956년 4월 4일'이라는 날짜가 적혀 있다. 4월 4일은 물론 4·3 사건 하
루 뒤인데 물론 실제 그 날짜에 '공산당의 정책발표회'가 열렸을 수도

---

7) 『진달래』 제15호, 2쪽(『復刻版 'チンダレ' 'カリオン' 全3巻·別冊1』 제2권). 유숙자 번역, 『경계의
　 시』, 19~20쪽 참조. 『진달래』 제15호의 초출 형태는 『들판의 시』, 437~438쪽에 게재한 것과
　 약간 표기가 다르다. 나아가 본문에서 지적하듯이 초출에서는 말미에 '1956년 4월 4일'이라
　 는 날짜를 써 넣었고, 단행시집 『일본풍토기』에 수록된 시점에 날짜를 삭제했다.

있다.

　전년도인 1955년 7월 일본공산당은 소위 6전협(제6회 전국협의회)에
서 1951년 10월의 5전협(제5회 전국협의회) 이후의 실력투쟁을 '극좌모험
주의'라며 자기비판 했다. 돌이켜보건대, 5전협이 내건 실력투쟁을 통
한 전후(戰後) 혁명노선에는 상당히 무리가 있을 것이다. 그러나 이 노
선 전환으로 실력투쟁을 제일선에서 담당했던 활동가는 결과적으로
버림을 당한다. 양석일은 그의 빼어난 김시종론에서 이 작품을 언급하
며 이렇게 평했다.

　　이미 사체(死體)가 되어 시전 선로에 누운 개의 모습을 당시의 좌익운
　　동에 빗대 보면, 개의 사체 일부를 짓밟고 멀어져서 '차에 치인 상태였어
　　요' 하고 퉁명스레 설명하는 운전수의 말은 불길한 느낌이 든다. 자주 볼
　　수 있는 별것 아닌 일상적인 풍경을 시인의 눈을 통해 보면, 단순한 물체
　　로 던져진 개의 사체는 정치적 악마화로 인해 제거를 당한 하부조직의 무
　　참한 모습과 겹쳐진다.[8]

　그리고 그렇게 버림받은 하부조직의 멤버 중에는 재일 조선인도
많았다. 가령 1952년 6월 24일부터 25일에 걸친 스이타·히라카타 사건
에는 재일 조선인 관련자가 많았다. 이 사건의 발단은 일본공산당 오
사카부위원회가 계획했고 당 민족대책부의 지도로 다수의 재일 조선
인이 일선 활동을 담당했다. 한국전쟁이 한창일 때 오사카의 스이타
조차장(操車場)은 일본에서 제작하여 미군이 사용하는 무기가 집하되

---

8)『アジア的身体』, 161쪽.

는 장소였으며, 근방의 이타미(伊丹)공항에서는 폭격기 B29가 조선으로 출격했다. 스이타·히라카타 사건은 그와 같은 한국전쟁 가담을 실력으로 저지하려 한 과감한 투쟁이며, 300명 이상이 체포된, 전후 3대 소요 사건의 하나로 손꼽힌다. 스이타·히라카타 사건에는 김시종도 조직의 일원으로 깊이 관여했다.[9]

그러나 공산당의 6전협과 같은 시기의 재일 조선인운동의 방침 전환 속에서 과거 공산당이 지도한 조선인의 실력투쟁 역시 '극좌모험주의'라는 이름으로 세찬 비판에 직면했다. 활동을 일선에서 담당한 재일 조선인이 볼 때 자신 투쟁의 의미가 조선인 조직과 일본인 조직에서 이중으로 유기를 당하는 셈이었다. 바로 그 때문에 작품 「정책발표회」에는 일본 현실 속 '유민의 기억'이 생생하게 부각되어 있다. 여기서 '합승'하게 된 상대를 재일 동포, 더욱이 이미 공산당이 아니라 공화국의 지도 하에 들어간 조직의 유력한 멤버로 상정한다면 이 작품이 가진 빈정거림의 의미는 한층 두드러질 것이다(작품 속의 '누군가가 차에 합승하고'라는 말은 이 '합승'이 패나 억지스럽게 이뤄졌음을 암시한다).

가령 그런 배경을 포함해 생각하면, 6전협의 비판을 거쳐 그래도 아직 공산당의 동향에 관심을 두고 있는 '나'와 공화국의 지도 방향에만 눈을 돌리는 동포가 같은 택시에 탔는데, 그 택시가 이미 차에 치인 듯한 개를 다시 한 번 치는 설정이다. 홍윤표의 비판 시점에, 김시종은 이미 작품 자체로 이러한 지점에 도달했다.

---

9) 스이타·히라카타 사건에 관해서는 다음을 참조. 西村秀樹, 『大阪で戦った朝鮮戦争-吹田事件の青春群像』, 『わが生と詩』.

또 한 가지 이 작품에서 확인해야 할 것은 이것이 다름 아닌 '개'라는 생물을 모티브로 한 점이다. 실제로 미미한 생물에 의탁한 알레고리적인 표현방법은 시집 『일본풍토기』의 제1부 '개가 있는 풍경'의 큰 특징을 이룬다. 활자가 아니라 김시종의 직필(直筆)로 권두에 실은 「빈대(南京蟲)」는 시집의 그러한 특징을 명료하게 보여준다.

젖은 걸레로
성벽을 쌓아
드디어 제왕帝王이 되었나 했는데
천정에서 톡 하고 떨어지는 게 있었다
빈대
이놈의 창의성이라면
충분히
내 피 열 방울 정도는
제공할 용의가 있다[10]

빈대가 물을 싫어하기 때문에 젖은 걸레로 방 주위를 둘러쌓아 침입을 막으려는 서민의 지혜와 그것을 비웃기라도 하듯 천정에서 갑자기 낙하하여 피를 빠는 빈대. 여기에는 그 빈대의 만만치 않은 '창의성'에 대한 뚜렷한 공감이 스며 있다. 2부로 구성된 시집의 권두시인 것을 보아도 바로 『지평선』의 「자서」와 유사한 역할이 부여된 작품임이 확실하다. 그리고 『지평선』의 「자서」에서 '밤'이 제1부의 '밤을 희구하

---

10) 『들판의 시』, 483쪽.

는 자의 노래'로 이어지듯 『일본풍토기』에서는 「빈대」가 제1부 '개가 있
는 풍경'으로 이어지는 것이다.

　실제로 제1부 '개가 있는 풍경'에 수록된 대다수 작품에는 작은 동
물, 생물이 출현한다. 작품 「나가야(長屋)의 규칙(掟)」의 '수레바퀴(車
輪)의 형벌'에 처한 쥐, 작품 「요도가와변(淀川邊)」의 '3파투쟁'을 되풀
이하는 게, 작품 「분명 그런 눈이 있다」의 '나'의 분무기가 향하는 모
기, 또한 개와 닭의 이미지가 여러 작품에 등장한다. 이들 작품을 읽으
면 김시종이 확실히 하나의 방법의식을 갖고 묘사하는 것을 알 수 있
다. 시집 타이틀인 '일본풍토기'를 통해 제시되는 것은 일본이라는 지
역이 어떤 일대인가를 거기에 사는 조선인의 시각으로 재차 질문한다
는 모티브인데, 김시종 입장에서는 무엇보다 작은 동물이나 생물을 통
해 그것이 드러난다.

　자크 데리다(Jacques Derrida)의 애제자이기도 했던 프랑스 문학자
우카이 사토시[11]가 김시종의 작품에 등장하는 동물을 언급하며 카프카
(Kafka, Franz)를 비롯한 20세기의 유대계 작가와의 공통점을 지적하
는 것은 중요한 시사점을 준다.[12] 확실히 카프카 역시 「변신」이나 「가
수 요제피네 또는 쥐들의 종족」 등의 작품에서 '독충'이나 쥐를 중요한
모티프로 삼았다. 다수(majority)가 다수이기 때문에 스스로 대상화할
수 없는 '풍토'의 색깔과 냄새, 그리고 그 각박한 질서를 묻기 위해서는

---

11) 우카이 사토시(鵜飼哲) : 1955~. 프랑스문학 사상연구자로 현재 잇쿄(一橋)대학 교수. 파
　　리에서 자크 데리다에게 배웠고 현재 일본에서 대표적인 좌파 논객의 한 사람.
12) 이하의 심포지엄에서 鵜飼哲의 발언 참조. 野口豊子編, 『金時鐘の詩-もう一つの日本
　　語』, もず工房, 2000, 36~37쪽.

작은 동물이나 생물의 관점에 서는 것이 아마도 결정적으로 유효할 것이다.

이 점은 또한 『지평선』 이래 계속된 낮의 질서와 밤의 세계의 대비라는 관점과도 중첩될 것이다. 낮의 질서와 대비하여 '밤'의 시공은 쥐와 모기 등 작은 생물이 생생하게 그 생태를 펼치는 세계이다. 이 작은 생물과의 동일화라는 모티브는 이후 장편시집 『니가타』에서 장대한 메타모르포제(metamorphose, 변용(變容), 변신, 변태)의 전개로 결실을 보게 된다.

이에 대해 『일본풍토기』의 제2부 '무풍지대'에 수록된 많은 작품이 보여 주는 것은 『니가타』를 넘어 『이카이노 시집』(1978년)으로 전개되는 방향이다. 그중에 또 하나의 장편시 「내가 나일 때」와 「젊은 당신을 나는 믿었다」는 일본의 전후 시 중에서 결코 빼놓을 수 없는 걸출한 작품이며, 두말없이 이 시기의 김시종의 달성이라고 할 만한 두 편의 작품이다. 우선 「내가 나일 때」를 보자.

이 작품은 재일 조선인인 '김 군'과 일본인 '기바 군(木場君)'이 한국과 일본의 축구팀이 올림픽 출전권을 놓고 일본에서 맞붙은 시합을 찻집의 TV 중계로 관전한다는 설정이다. '김 군'은 물론, 당시의 젊고 양심적인 지식인을 대표하는 일본인 '기바 군'도 '북선파(北鮮派)'이다. '기바 군'은 한국의 현실에 반대하는 '김 군' 역시 당연히 일본 팀을 응원한다고 단정한다. 그리고 거기에 자신의 내셔널리즘이 얼마나 깊이 반영되어 있는지에 대해서는 생각이 미치지 않는다. 그에 대해 '김 군'은 '기바 군'에게 단순히 동조할 수만은 없는 굴절된 감정을 품는다. 당시 군사독재정권하에 있었던 '반동' 한국 팀이라도 일본까지 온 선수가

'동포'라는 것은 확실하니까. '김 군'은 남몰래 한국팀을 응원한다. 다음은 그 작품의 첫머리이다.

　　김 군은
　　우울해
　　좋아하지도 않는 나라의
　　선수들을
　　응원하는
　　자신이
　　우울해

　　김 군은
　　조선인이고
　　그들 또한
　　조선인이고
　　그 조선 가운데
　　북한 쪽이 김 군이고
　　또 조선
　　가운데
　　한국인이
　　그들이고
　　올림픽 출전 예정
　　축구 선수
　　예선을 위해
　　먼 길 찾아온

둘도 없는

동포들[13]

시합은 일진일퇴하며 진행된다. '기바 군'은 마음 놓고 일희일비(一
喜一悲)하지만 '김 군' 쪽은 아무래도 시합 중계에 빠져들 수 없다. 복
잡한 기분을 품은 채 시합의 동향과 '기바 군'의 반응에 모두 신경을 쓸
수밖에 없다. 이 작품 중 다음에 나오는 괄호를 친 부분에는 그때 '김
군'의 심정이 눈앞에 있는 듯 묘사된다.

(대체 넌 어느 쪽인가?!

한국을 이기게 할 셈인가?

아니면 지게 할 셈이야?

나도 모르겠어

다만 '조선'이 이겼으면 좋겠어

무슨 말을 하는 거야!

저건 한국을 대표한

선수단이란 말이야!

이승만이 힘을 과시해도 된다고?!

더 말하지 마

내 머리는 그걸로 꽉 찼어

그 '조선'을 찾을 수 없으니까!)[14]

---

13) 『들판의 시』, 531~532쪽. 이하에서는 이 작품을 인용할 때 출전을 특별히 기재하지 않겠
　　다. 「내가 나일 때」는 유숙자 번역, 『경계의 시』, 25~33쪽, 인용 부분은 25~26쪽 참조.
14) 유숙자 번역, 『경계의 시』, 29~30쪽 참조.

한국도 아니고 출전하지 않은 북조선도 물론 아니고 그저 '조선'이 이겼으면 하는 '김 군'의 생각. 이 '조선'은 물론 북조선인가 한국인가 하는 양자택일을 넘은 것이다. 이는 분단된 고국의 통일에 대한 희구이자 '재일이야말로 재일을 산다'라는, 이후의 김시종의 강한 주장으로 연결된다. 다만 그 생각을 일본의 젊은 양심적 지식인을 대표하는 듯한 '기바 군'에게는 전달할 수 없고, 아마도 전달되지 않을 것이다. 이 한 구절이 어디까지나 '김 군'의 내적인 모놀로그라는 것은 시사적이다. 이 관계는 북조선과 한국을 바꿔 넣으면 현재에도 그대로 통용할 수 있다. 북조선을 당연히 비판하는 일본의 양심적 지식인과 복잡한 갈등을 품는 '재일' 사람들 말이다. 북조선과 한국이 뒤바뀌었을 뿐 여전히 관계의 구조는 그대로가 아닐까?

시합은 결국 무승부로 끝나고 제비뽑기로 일본 팀이 승리한다. 그러자 결국 '김 군'은 마음을 다잡은 듯, 밝은 목소리로 '기바 군'에게 말을 건다. 다음은 이 작품의 말미이다.

축하해!
기바 군
커피가 아직
남았네
마시고 나가세
자네도 잘~
알다시피
조선에는
나라가

둘이나 있어서

오늘 나온 것은

그 한쪽이야

말하자면

외발로

공을 찬 거지

오늘은

내가

한턱 낼게

두 발이 다 갖춰졌을 때

그때

그때는

자네가

한턱 내게

그럼

나의 가엾은

외발을 위해!

건배!

건배!

그런데 걸을 수 있나?

익숙해졌거든

그 익숙함이

안 되는 거야

정말로

정말로

그럴지도 모르네
날씨가 좋군[15]

특히 '그런데 걸을 수 있나? / 익숙해졌거든. / 그 익숙함이 / 안 되는 거야. / 정말로'라는 구절이 매우 인상적이지 않은가? 일상의 언어 그대로, 분단된 고국의 현실, 그 역사와 현재를 예기치 못한 형태로 조명한다. 그리고 끝부분의 '그럴지도 모르네 / 날씨가 좋군'에서 결코 포기가 아니라 오히려 복잡함을 복잡함 그대로 감싸 안은 평온한 태도. 지금도 낭독할 기회가 있으면 김시종은 이 작품을 읽을 때가 있는데, 그 때마다 나는 이 마무리에 깊이 수긍하는 느낌이 든다.

또 하나의 작품 「젊은 당신을 나는 믿었다」는 오사카의 환상선(環狀線) 전차 안에서 '내'가 조우한 체험 하나를 세밀하게 기록한 것이다. '늙은 조선 부인'이 차량에 있고 같은 차내에 앉은 일본인 어머니와 딸이 있다. 조선인 노파는 자기가 가야 할 쓰루하시역(鶴橋駅)에 관해 강한 조선말 억양으로 물어보지만, 처음에는 어머니도 딸도 대답을 하지 않고 무시하는 듯하다. 오사카 환상선에서는 너무 흔한 그런 광경에 '내'가 강한 시선으로 주목한 장편이다. 다음은 이 작품의 첫머리이다 (쓰루하시역은 재일 조선인이 밀집해 사는 지역에서 가장 가까운 역이다).

아니
아니

---

15) 유숙자 번역, 『경계의 시』, 31~33쪽 참조.

젊은 당신이 거절할 리가 없다

갑작스러운 질문에

당황했을 뿐

진짜로

더구나

오후 시간

한산한 전차여서

몇 사람의

호기심 어린 눈에

신경이 쓰일 수도

있는 일 아닌가[16]

아마도 전차는 오사카의 북쪽 중심에 있는 오사카역에서 남쪽 덴
노지역(天王寺驛)을 향하는 듯하다. 쓰루하시역은 덴노 지역보다 조금
앞이다. '나'는 연장자 세대인 어머니는 물론 젊은 딸의 반응에 기대를
하고 그 모습을 물끄러미 본다. 그러나 '나'의 기대를 짓밟듯 딸도 입을
다물고 있다. 전차는 계속해서 역을 통과한다. 다음은 작품의 중간 부
분이다.

당신은 대답한다

곧 대답한다

---

16) 『들판의 시』, 552~553쪽. 「젊은 당신을 나는 믿었다」는 유숙자 번역, 『경계의 시』, 34~38
쪽, 인용 부분은 34쪽 참조.

아직 한참 가야 하니
그냥 앉아 계세요
하고
당신은 대답한다

나는 당신에게
내기를 해도 좋다
교바시京橋를 지나
"쓰루하시, 어데?"
하고 거듭 물었는데도
당신의 어머니는
고개를 돌렸지만
당신은 아직
부끄러워할 수 있는
자신의 눈을 지녔다[17]

　　이렇게 독자는 '나'와 함께 딸의 반응에 가슴을 졸이며 작품을 읽어
나가게 된다. 전차가 교바시 역에 앞서 모리노미야 역(森の宮驛)을 지
나자 다음 역에서 내리는 듯 어머니는 이미 좌석에서 일어나고 딸도
뒤를 따른다. 조선인 노파의 조마조마한 마음과 딸의 마음속에 있는
듯한 갈등과 그리고 그것을 지켜보는 '나'의 기대, 그 세 가지 생각을
요동치며 전차는 독자 속을 유유히 전진한다. 결국, 젊은 딸은 조선인
노파에게 한마디도 하지 않고 전차에서 내리는 걸까. 다음은 작품의

---

17) 유숙자 번역, 『경계의 시』, 35쪽 참조.

결말이다.

천천히
플랫폼에 멈춰 선다
스피커가 장소를 알리고
자동문이 길을 연다
어머니가 나간다
내가 일어선다
노파가 밖으로 머리를 내밀고
당신의 흰 다비가[18)
플랫폼을 향한다
다음이
쓰, 루, 하, 시예요

순간의 영원
당신이 가리킨
손가락 끝과
연신 머리를 조아리는
노파 사이로
유리문이 닫힌다
어머니는 플랫폼 저쪽 끝
당신은 중앙
나는 노파와

___

18) *역자 주 – 다비(足袋) : 일본식 버선.

움직이는 전차 안

설령 내가 졌다고 해도

어머니여, 나는 당신을 탓하지 않겠소[19]

    딸은 전차를 내리면서 뒤돌아서서, 결국 노파에게 알기 쉬운 일본어 발음으로 가르쳐 준 것이다. 딸은 처음부터 그렇게 할 요량이었을까. 아마 그렇지는 않을 것이다. 말할까, 말까 그녀는 마지막까지 갈등하다가 최후의 순간에 뜻을 굳히고 가르쳐 주었을 것이다. 마지막 2행에 관해서는 해석이 갈릴지도 모르겠다. 나는 조선인과 일본인의 관계 문제는 이제 젊은 세대의 대응에 달려 있다는 작자의 생각이 드러난다고 해석한다. 이미 '플랫폼 저쪽 끝'(출구 근처)에 있는 '어머니'와 아직 '중앙'에 있는 '딸'의 거리는 그런 세대 간의 간격을 보여주는 것이기도 할 것이다.

    약간 노숙한 인상조차 줄 정도로 훌륭한 작품인데 처음 발표한 것은 1957년 7월 10일 자 『국제신문』이며, 그 시점에서 김시종은 아직 28세의 청년이다. 마지막 2행에는 일본인 선행세대의 예절이나 교육의 영향이라는 문제를 넘어 이제는 젊은 자신들이 손을 맞잡고 관계를 맺어야 한다는 확실한 결의가 들어 있는 게 아닐까.

    전차 속의 일상적인 풍경을 인상 깊게 묘사한 작품에는 요시노 히로시[20]의 「저녁놀」이 금방 떠오르는데,[21] 김시종의 이 작품은 「저녁

---

19) 유숙자 번역, 『경계의 시』, 37~38쪽 참조.
20) 요시노 히로시(吉野弘) : 1926~. 일본 전후의 대표적인 시인의 한 사람. 평이한 언어로 깊은 정서를 묘사하고 그의 작품은 일본 교과서에도 종종 채용된다.
21) 『現代詩文庫12吉野弘詩集』, 思潮社, 1968, 44~45쪽.

놀」과 함께 기억해야 할 명작이다. 더욱이 「저녁놀」이 노인에게 한 번, 두 번 자리를 양보하며 세 번째에는 양보하기를 망설이는 젊은 여성의 순수한 마음의 갈등을 묘사하고 있다면 김시종의 작품은 조선인과 일본인의 공생이라는 큰 사회적인 주제가 모티브이다. 요시노의 「저녁놀」을 가벼이 취급할 이유는 없지만, 별다르지 않은 일상 광경의 묘사 속에 절실한 사회적 주제를 깊숙이 직조하는 것은 일본 시인이 쉽게 달성할 수 없는 과제일 것이다.

지금까지 설명한 두 편의 장편시 「내가 나일 때」와 「젊은 당신을 나는 믿었다」는 모두 조선인과 일본인의 관계를 질문하고 또한 명시적으로 '일본인'을 등장시켜 그 관계를 물은 작품이라는 데 주목해야 할 것이다. 이후 김시종의 작품에 이러한 형태로 '일본인'이 모습을 보이는 경우는 거의 사라진다. 이 점에 관해서는 이 장 마지막 부분에서 다시 생각하기로 하고 다음으로는 드디어 전모를 거의 드러낸 『일본풍토기Ⅱ』를 고찰하기로 한다.

2. 고래의 페니스와 4·3 사건
— 복원된 『일본풍토기Ⅱ』의 세계(1)

이미 언급했지만, 『일본풍토기Ⅱ』에 수록 예정이었던 작품 중 아직 발굴되지 않은 것이 9편이다. 한 편은 제1부 '익숙한 정경', 나머지 여덟 편은 제2부 '도달할 수 없는 깊은 거리로'에 수록할 예정이었다. 즉 미발굴된 작품 대부분이 제2부에 속한다. 그러나 현시점에서 제1부만

이 아니라 제2부에 속한 작품의 기조 역시 충분히 이해할 수 있다고 생각한다.

큰 틀로 보면, 제1부의 테마는 조직과의 불화가 진행 중이던 김시종의 아이덴티티 추구-민족적인 아이덴티티이자 실존적 아이덴티티이기도 하다-이다. 이는 장편시집『니가타』와 평행한 작품군이라 할 수 있다. 제1부 첫머리에 수록하고자 한「카멜레온의 노래」는 바로「오사카총련」의 속편과도 같은 장편시이며, 제1부 두 번째 작품인 장편시「종족검정」은 거의 원문 그대로『니가타』에 실리게 된다.

한편, 제2부 '도달할 수 없는 깊은 거리로'에 실린 같은 제목의 작품은 모티브로써 아마도 가장 중요하며, 제주도에서 돌아가신 양친의 기억이 큰 부분으로 자리 잡고 있다. 김시종 연구자인 아사미 요코와 나는 이 시집에 관해 김시종과 인터뷰를 한 바 있다. 그는 미발굴된 작품에 관해 기억을 더듬어, 제2부 첫머리에 놓으려 한 미발굴 작품「두 개의 방」과「유품」모두 스이타·히라카타 사건 등이 배경이고, 또한 아버지, 어머니에 관한 작품이기도 하다고 말했다.[22] 시집의 이러한 틀은 미발굴된 9편이 언젠가 발견되어도 아마 크게 변하지는 않을 것이다.

또한, 시집『일본풍토기』에서 볼 수 있던 생물 모티브 역시「종족검정」의 개,「이빨의 도리」의 쥐,「홍소(哄笑)」의 낙타,「우리의 성(性) 우리의 목숨」의 고래(이상은 제1부),「제비로 산다」의 메뚜기,「감람나무를

---

22)「インタビュー －金時鐘さん·姜順喜さん幻の詩集『日本風土記Ⅱ』復元に向けて」, 147~148쪽.

놓아줘!」에 흐르는 새의 이미지(이상은 제2부) 등으로 이 시집에도 계속된다. 그 중에도 고래의 생태에 빗대어 쓴 「우리의 성(性) 우리의 목숨」(『카리온』 제2호, 1959년 11월 초출)은 제1부뿐만 아니라 시집 전체를 대표할 만한 대작이다. 다음은 그 첫머리이다.

> 백아기의 최후를
> 그대로 내포한
> 빙산은 없나?!
> 단절되기 바로 직전 날카롭게 곤두선
> 공룡의 뇌파腦波를 채집하고 싶다
> 홀연히 종족 일체가 사라진
> 이 결벽스러운 짐승의 임종에도
> 구심성求心性 발기신경이 작동했는지
> 나는 알고 싶다[23]

갑자기 '백아기'의 '공룡'이라는 말이 등장하고 공룡이라는 종족이 멸망하기 직전의 '뇌파를 채집하고 싶다'고 한다. 또한 '구심성 발기신경'이라는 낯선 어휘를 얼핏 당돌하게 사용한다(2행의 'そんなり'는 오기일 가능성도 있지만, 의미는 '있는 그대로의 형태로'일 것이다). 그러나 '구심성 발기신경'이라는 단어는 이 작품에서 말하자면 요추 같은 역할을 담당한다. 고등동물의 신경 반사는 '수용기 → 구심성 신경 → 중추 → 원심

---

[23] 『카리온』 제2호, 10쪽(『復刻版 'チンダレ' 'カリオン' 全3巻·別冊1』제3권). 또한 이하에서는 이 작품에서 인용할 때는 특별히 출전을 명기하지 않는다.

성신경 → 효과기'의 경로를 지나며 흥분이 생성된다. 이때 구심성 신경은 외부의 자극을 신경중추에 전달하는 역할을 한다. 생식기에 관계된 중추는 인간의 경우 척수에 있다. 외부의 자극, 가령 에로틱한 장면은 구심성 신경을 통해 척수에 전달되고, 최종적으로 (남성의 경우) 페니스의 발기를 일으킨다.

그러나 이 작품에서 그가 의식적으로 주시하는 '발기'는 에로틱한 장면에서 생기는 일상적인 것이 아니다. 절명의 순간 생명 그 자체의 본능 반사처럼 일어나는 '발기'이다. 지금 인용한 제1연에서는 그런 '구심성 발기신경'이 공룡이라는 종족의 멸종기에도 기능하지 않았을까 하고 묻는다. 이를 받아서 제2연에서는 돌연 거대한 고래의 포획장면으로 이행한다.

시계視界를 스쳐
꿈틀대며 비트는
한 마리 고래.
지금
옆구리의 지방脂肪을 관통하여
작살의 탄두가 작열했다.
사지四肢도
표정도
2천만 년의 생존으로 대신한
이 생生의 권화權化가
돌연 고무질의 새하얀 배를 보이며
빤히 내 안저眼底에 표착할 때까지

백아기 말기에 거대 파충류인 공룡이 사멸하고, 지질시대 제3기 포유류의 시대가 찾아온다. 김시종은 대부분 분명한 실증에 근거하여 시를 쓴다. 이 시와 관련하여 고래에 관해 책을 읽고 조사했다고 앞의 인터뷰에서도 밝혔다.[24] 따라서 여기에 쓰인 '2천만 년의 생존'이라는 말도 단지 막연히 긴 시간이 아니라 그 제3기 중 현재 고래에 가까운 것이 성립한 시기(소위 고생대 제3기에서 신생대 제3기에 걸친 지질시대)를 정확히 짚어낸 것이다. 그때 포유류로 원래 육상 생활을 하던 고래는 '사지'를 갖고 그 종에 고유한 '표정'을 지니고 있었다. 그것을 해중 생활에 적합한 '고무질'의 덩어리로 변용시킴으로써 고래는 이후의 대빙하 시대를 겪어내고 지구사상 최대의 생물로 지금까지 살아남았다. 백아기 말기에 허무하게 사멸한 공룡과 비교하면 바로 '생의 권화(權化)'이다. 그것이 지금 '작살의 탄두'를 맞고 '나'의 눈앞에서 '새하얀 배'를 내보이고 있다.

따라서 제1연과 제2연에서 묘사하는 것은 백아기 말기의 공룡이 사멸할 때 작동했을지 모르는 '구심성 발기신경'을 통해 흡사 생명의 실 같은 것이 사멸한 공룡에서 제3기 포유류의 대표인 거대한 고래로 이어지고 지금 '내' 눈앞에서 그것이 단절된다는 비범하고 환상적인 생각이다. 이것만으로도 아주 장대한 작품이다. 그런데 여기서, 장면은 또 한 번 예기치 못한 형태로 반전한다.

---

24) 「インタビュー　-金時鐘さん·姜順喜さん-幻の詩集『日本風土記Ⅱ』復元に向けて」, 153쪽.

핑

바짝 당긴 로프에

영겁永劫

조금씩 울혈鬱血하는 건

사촌 형 김金이다

스물여섯 생애를

조국에 바친

사지가

탈분脫糞할 만큼 경직되어 점점 더 부풀어 오른다

"에이! 거슬려!"

군정부軍政府가 특별 허가한 일본도日本刀가

예과 수련에 들어간 특경 대장의 머리 위에서 원호圓弧를 그리자

형은 세계와 연결된 나의 연인으로 바뀌었다

잘려진 음경의 상처에서

그렇다. 나는 보아선 안 되는 연인의 초경初更을 보고 말았다

방금 가스실을 나온

상기上氣한 안네의 넓적다리 사이에 드리운 이슬

흘러내린 바지 위에 점점이 떨어져

제주도 특유의

뜨뜻미지근한 빗방울에 녹아들었다

마지막 2행에서 '제주도'가 등장하듯이 이는 제주도에서 '사촌 형'이
처형되는 장면이다. 단적으로 말하면 4·3 사건의 한복판 같은 한 장면
이다. 김시종은 전술한 인터뷰 중에 이 '사촌 형 김'의 모델에 관해 '내

사촌 형이었나' 하고 말했다.[25] 그 자신은 그 현장에 있지 않았다. 그러나 '사촌 형'이 교수형을 받아 죽임을 당한 것을 아는 그는 의사(縊死)한 인간이 먼저 탈분(脱糞)하고 나아가 '구심성 발기신경'의 작용으로 페니스가 서는 일련의 장면을 상상한 것이다. 그 '거추장스러운' 페니스가 '군정부가 특별 허가한 일본도'로 잘려나간다. 이는 4·3 사건의 처참한 폭력의 배경에 옛 '친일파' 세력의 복권이 있었음을 암시한다. 나아가 나치스의 폭력으로 죽은 '안네'의 기억이 연결된다. 『안네의 일기』로 잘 알려진 안네 프랑크는 사실 가스실에서 죽임을 당하지는 않았지만, 가스실에서 죽어간 소녀가 종종 그 순간에 초경을 맞았다는 것은 김시종이 깊은 인상을 갖고 다시 들려주는 에피소드이다.[26] 그것은 바로 절명의 순간 남성의 페니스 발기와 동일한 여성의 대응으로 간주할 수 있는 현상이다. (또한 '바지'에 대해서는 '허리춤과 통의 폭이 큰 면으로 된 조선 바지'라고 작품 말미에 주를 달았다.)

인터뷰에 따르면 이 작품을 썼을 때 김시종은 장편시집 『니가타』의 원고를 거의 완성한 상태였다. 다음 장에서 확인하겠지만, 『니가타』에는 4·3 사건의 기억이 농밀하게 들어가 있다. 그러나 『니가타』는 1970년 비로소 출판되었다. 따라서 이 「우리의 성 우리의 목숨」은 4·3 사건의 기억을 글로 공개한 거의 최초의 작품이라 할 수 있다. 그리고 작품의 제4연에서 4·3 사건 중 살해된 '사촌 형'의 죽음이 눈앞의 고래의 죽음과 겹쳐진다.

---

25) 「インタビュー ─金時鐘さん·姜順喜さん─幻の詩集『日本風土記 II』復元に向けて」
26) 나 자신이 사적인 대화 중에 김시종이 이에 관해 얘기하는 것을 몇 차례 직접 들었고, 위에서 언급한 인터뷰에서도 같은 내용이 등장한다.

포획한 사내여
포획된 사내의
성 발기가
그리도 걸리적거렸던가?!
통상
산 것의
생명과
또 다른
살아내는 생명에
겁을 낸
너의
너는
거기 없었단 말인가?!
번민의 극한에서
한 길 남짓한 물건을
내밀어
극남極南의 영해永海로
향하고 있다
오오
고래여!
오열 없는 그대의 죽음을
나는 뭐라 부를까
모든 것이
정적과
환성과
홍소哄笑인 가운데

인간은 단지
그 종언終焉만 지켜본 것이다

　여기에는 이 작품 핵심에 해당하는 것이 '산 것의 / 생명과 / 또 다른 / 살아내는 생명에 / 겁을 낸 / 너의 / 너는 / 거기 없었단 말인가?!' 이다. 단적으로 말해 이 구절에서 핵심을 알아차릴 수 있을 것이다. '산 것의 / 생명'은 몸 전체, '또 다른 / 살아내는 생명'은 발기한 페니스로 상징되는 본능적 생명력을 가리킨다. '너의 / 너는'이라고 다그치는 부분은 난해하다. 혹시 처형하는 측의 이중성이 함의된 것이 아닐까. 해학적일 정도로 폭력을 발휘하는 '너'와는 별개로, 살아내려는 눈앞 생명의 존엄에 두려움과 전율을 느끼는 듯한 또 하나의 '너' 말이다. 이는 또한 본서의 제3장에서 고찰하는 『니가타』의 '나'와 '그놈'의 분신극 (分身劇)으로 이어지는 모티브로 생각할 수도 있다.

　김시종은 앞의 인터뷰에서 고래의 페니스 크기에 관해 흥미를 갖고 조사하여 수컷 고래가 보통 몸속에 묻어두는 페니스를 절명할 때 끄집어낸다는 설명을 보고 인상 깊었다고 말한다.[27] 이것은 이 작품이 김시종 안에서 어떻게 성립했는가를 생각할 때 흥미로운 점이다. 아마도 처음에 그는 『일본풍토기』 이래 생물에 빗댄 알레고리적 표현을 찾아 지구사상 최대의 생물인 고래를 조사했다. 그때 약간 흥미 본위로 고래의 페니스에 관한 것을 특히 확인하려 했다. 그러나 그때, 수컷 고래가 절명하면서 페니스를 빼낸다는 것을 알게 된다. 거기서 예상치

---

27) 「インタビュー -金時鐘さん·姜順喜さん-幻の詩集『日本風土記Ⅱ』復元に向けて」

않게 4·3 사건 때에 목 졸려 죽은 '사촌 형'의 페니스에 상상이 미치고 나아가 그것이 '공룡'의 기억까지 이끌어냈다……

　이러한 흐름은 다른 많은 작품에서도 확인할 수 있을 것이다. 물론 다른 시인에게서도 비슷한 과정을 볼 수 있을 터이지만, 특히 김시종의 작품은 도감과 지지(地誌) 등의 객관적인 기술과 작자의 상상력이 끊임없이 대화하는 형태로 구성된다.

　다음은 이 작품의 마무리이다.

　　지금
　　복부에 우뚝 솟아오른 남자가
　　내 눈 밑에서
　　먼저 잘려나간 건
　　그것이다!
　　"기름도 안 돼!"
　　큰 음향과 함께
　　빙산이 요동하는 극지에서
　　뜨거운 피를 용솟음치게 한
　　생生의 사자使者가
　　지금
　　운집하는
　　수백억
　　플랑크톤의
　　경관景觀이 기다리는 한가운데로
　　돌아온다

이렇게 4·3 사건의 기억을 삽입한 이 작품은 장대한 생명의 윤회를 그리며 끝맺는다. 무엇보다도 시인의 상상력은 소리 없는 '큰 음향'을 들을 수 있다. 현실적으로 고래가 '오열'하지 않고 죽음에 이르렀듯이 그 거대한 '한 길 남짓한' 페니스가 잘려도 세계는 아무 소리도 내지 않는다. 울려 퍼지는 것은 사람의 '환성'이나 '홍소'뿐이다. 그러나 그때 김시종의 상상력 속에는 공룡에서 고래로 이어진 목숨이 '큰 음향'을 내며 바닷속에 침몰하고 공룡의 '구심성 발기신경'의 반응을 새기고 있을 '빙산'마저 '요동'한다. 깊이 읽으면 잘려나간 고래의 페니스는 '사촌 형 김'의 페니스와 겹쳐진다. 마지막 부분 빙산의 요동은 '사촌 형'의 처형과 함께 제주도와 한라산이 격렬하게 진동한 듯한 환상·환청으로 나타났을 수 있다.

3. 어머니에 대한 통곡의 노래
— 복원된 『일본풍토기 II』의 세계(2)

『일본풍토기 II』 제2부의 기조를 이루는 작품으로 여기서는 역시 「도달할 수 없는 깊은 거리로」(초출 『시학』 1961년 11월호)를 보기로 하자. 역시 장편시이지만, 「우리의 성 우리의 목숨」과 같은 구조화된 작품이 아니라 어머니에 대한 북받치는 심정을 한 연에 죽 이어 쓴 작품이다. 김시종이 어머니에 대한 생각을 적은 작품 가운데 강렬한 감정이 가장 직접 표출된 작품이기도 하다. 앞서 언급한 인터뷰에 따르면 이 작품의 배경에는 1960년 4월 3일 어머니가 사망한 뒤 1년 4개월 정도 지나서 어머니의 편지를 받았던 특이한 체험이 있다. 이사 등으로 어머니

가 생전에 보낸 편지가 유치(留置)되었다가, 불현듯 아들 앞으로 배달
되었다……. 다음은 작품의 첫 부분이다.

부전^{附箋} 두 장과
붉은 선 세 줄에
깔린
한국 제주국발^{濟州局發}
항공우편이
마치 집념처럼
동체^{胴體} 착륙한
처참한 형상으로
손에 떨어졌다[28]

첫머리에 제시된 부전은 새로운 주소를 적어 넣은 것이며, 부전이
두 장이라는 것은 편지가 최소한 최초의 수신자 명과는 다른 두 개의
장소를 빙 둘러 왔음을 보여준다. '붉은 선 세 줄'이란 최초의 수신자
명과 첫 번째, 두 번째 부전의 수신자 명을 말소했다는 표시이다. 한국
제주도발 항공우편 한 통이 그런 모습으로 오사카에 사는 수신자 앞
에 도달한 건 정말 기적에 가깝다. 그것을 '동체 착륙한 / 처참한 형상
으로 / 손에 떨어졌다'고 표현한 것이다. 하물며 그것은 이미 돌아가신
어머니의 편지였다.

---

28) 『びーぐる-詩の海へ』 제4호, 63쪽. 이하에서 이 작품을 인용할 때에는 특별히 출전을 명기
하지 않는다.

이건

한국제韓國製

널棺이다

엎드려

옻을 상식常食하고

살아있으면서

미이라가 된

어머니의

70여 년에 걸친

고별의 글이다

김시종은 제주도에 남기고 온 어머니 얘기를 할 때에는 거의 반드시 '미이라가 되어 죽어 갔다'는 표현을 쓴다. '옻을 상식'한다는 것은 조선에는 옻나무껍질이나 잎, 새순 등을 먹는 문화가 있고 어머니도 그것을 즐겨 들었으며, 또한 옻의 방부작용이 '미이라'의 이미지와 결부되는 점이 있다. 여기서 그는 다른 작품에는 볼 수 없는 강렬한 정념을 직접 내뿜는다.

흔한 종이쪽

지질에 스민

냄새여

잃어버린 고향의

망국의

그늘이여

거북이여

외침이여

성묘를 못해

덩굴풀

무성하게 덮인

아버지의

뼈의 아픔만을 애달피 적은

어머니여

김시종은 자칫 영탄조가 되기 쉬운 '~여'라는 말투를 별로 쓰지 않는다. 그런데 여기서는 자신에게 마치 단 한 번 해금하는 듯 반복해서 사용한다. 그렇다고 김시종다움이 결코 상실되는 것은 아니다. 가령 '거북이여'라고 부를 때 '거북'은 말없이 땅을 기는 것의 상징이며, 이어서 '외침이여'로 그런 거북의 존재가 그대로 하나의 '외침'이라는 것을 우리에게 불현듯 상기시킨다. 그리고 '아버지의 / 뼈의 아픔……'을 통해 아마도 어머니의 편지에는 풀에 뒤덮인 아버지 묘를 깨끗이 손질하지 못하는 것이 괴롭다는 취지의 내용이 있었을 것으로 추측한다. 김시종은 홀로코스트, 살육당한 유대인의 이미지를 중첩하며 제주도로 가는 길을 달보다 더 먼 거리로 표상한다.

멀고 먼 예루살렘을 괴로워하며

초토지옥焦土地獄에 웅크린

유대인만이 아는 거리距離에

몸서리를 친다

멀다

한없이 멀다

달에 가는 길이 열려도
이 거리距離가 끝날 날은
영원히 오지 않을 거다

이 작품을 썼을 당시 미국에서는 달 착륙을 목표로 한 아폴로계획을 공표했다. 지구 저편의 달에 인류가 도달할 수 있다는 얘기였다. 그러나 김시종 입장에서는 바로 저편의 제주도는 달보다도 영원히 멀기만 했다. 그리고 이 작품에서 이렇게 쓴 그는, 그로부터 거의 40년이 지난 지난해(2010년) 가을, 도일 후 처음으로 제주도를 방문하고 이렇게 적었다. '달보다도 먼 세월의 거리를, 차마 못 보던 고향 땅에 태풍의 여파 속 암운(暗雲)을 뚫고 다녀왔다'[29] 제주도는 달보다 멀다는 생각을 그는 40년 가까운 세월 동안 쭉 가슴에 담고 있었다. 이 작품의 마무리는 다음과 같다.

외동인
아들이 떠나갔는데
아직
돌아오라고 말하지 않는 어머니의
땅의 소금을
엎드려
핥는다

-1961.8.14 밤

---

29) 『朝日新聞夕刊(大阪版)』, 1998.11.2.

김시종 본인은 어렸을 때 교회 일요학교에 다녔다고 한다. '땅의 소금'이라는 말에는 성경의 이미지가 배경이 되었을 것이다. 하지만 말미의 날짜는 의미심장하다. 8월 15일 전날인 14일은 소년 김시종이 아직 영락없는 '황국 소년'이었던 그 날짜이기도 하다. 실제로 이날 편지가 배달되었을 가능성도 있으나 적어도 굳이 날짜를 적어 넣은 김시종 입장에서는 그것이 8월 15일 전날 밤임을 충분히 의식했을 것이다. 이 작품에 어머니를 향한 통곡과 함께 1945년 8월 14일의 자신의 모습까지 준열하게 그려낸 것이다.

이상으로 유령시집 『일본풍토기Ⅱ』의 기조를 이루는 두 편의 장편시를 고찰해 보았다. 또 하나 언급하고 싶은 것은『일본풍토기Ⅱ』에 수록할 예정이던 인상적인 장편시이다. 즉『진달래』제20호(종간호)에 처음 게재된「샤리코(しゃりっこ)」다. 그러나 이 작품은 집성시집『들판의 시』의 '습유집'에도 수록되어 비교적 알려져 있으므로 간단히 소개하고자 한다. 이 시는「우리의 성 우리의 목숨」,「도달할 수 없는 깊은 거리로」와 달리 씩씩하고 유머가 넘치는 작품이다. 모티브는 구리, 알루미늄 같은 고철 수집이다. 다음은 작품 첫머리이다.

옛적에는 빨강을 먹었다
지금은 하양을 먹는다
먹고
산다
산다
샤리코는

시간 맞춰 못 하니
경화硬貨를 먹는다[30]

여기에는 이중, 삼중으로 은어가 사용된다. '빨강'은 구리, '하양'은
알루미늄이며, 동시에 정치적으로는 '빨강'은 물론 공산주의자, '하양'
은 반동파를 의미하기도 한다. 나아가 '먹는다'는 것은 고철을 훔친다
는 은어다. '전후 혁명' 시기에서 '빨갱이 사냥' 시대로 급격히 변천한
것도 배경이 된다. 어쨌든 이들 은어를 사용하며 실제로 고철 수집을
하던 오사카 재일 조선인들, 통칭 '아파치족'은 유명하다. 당시 오사카
조병창(造兵廠) 터에 방치되거나 묻혀 있던 고철류를 주변에 사는 조선
인이 집단적으로 수집하여 이를 비밀리에 팔아넘겼고, 그들을 아파치
족이라 불렀다. 김시종 역시 그러한 아파치족 가운데 한 명이었다.

일찍이 가이코 다케시[31]라는 작가가 아파치족을 취재하여 『일본산
몬(三文)오페라』[32]라는 장편소설로 집대성했다. 가이코의 부인이자 시
인인 마키 요코[33]가 김시종과 아는 사이여서 가이코는 그를 취재하기
도 했다. 이어 고마쓰 사쿄[34]의 『일본 아파치족』[35]이라는 SF소설의 소
재가 되었다. 이 소설에는 실제로 철을 먹고 새로운 인종으로 다시 태

---

30) 『들판의 시』, 751쪽.
31) 가이코 다케시(開高健) : 1930~1989. 오사카에서 태어난 소설가이자 엣세이스트. 대표작
   으로 베트남전쟁을 취재한 『빛나는 어둠(輝ける闇)』, 『여름의 어둠(夏の闇)』 등.
32) 開高健, 『日本三文オペラ』, 文芸春秋新社, 1959.
33) 마키 요코(牧洋子) : 1923~2000. 시인, 에세이스트. 가이코 다케시의 부인.
34) 고마쓰 사쿄(小松左京) : 1931~2011. 오사카에서 태어나 간사이에서 자람. 일본을 대표하
   는 SF소설 작가. 대표작은 『일본침몰(日本沈没)』.
35) 小松左京, 『日本アパッチ族』, 光文社カッパ・ノベルス, 1964.

어난 인간들로 '아파치족'이 등장한다. 또한, 양석일이 스스로 아파치족의 한 사람이었던 입장에서 소설『밤을 걸고』[36]를 저술했다. 아파치족이 글쓰기의 대상에서 일약 글쓰기의 주체로 변신한 것이다.

'아파치족'을 둘러싼 이 일련의 소설은 그것만으로도 충분히 고찰할 가치가 있을 것이다. 그 가운데 시인 김시종의 독자성은 아파치족을 둘러싼 역사적 배경, 사회적 배경 등을 일체 사상(捨象)하고, 고철 수집에서 문자 그대로 황금을 짜내는 강인한 서민의 연금술을 '샤리코, 샤리코'라는 반복적이고 유머러스한 리듬으로 묘사한 데 있다('샤리코'라는 말 자체는 나로서는 확실치 않지만, 얄팍한 금속이 체내에서 내는 소리의 의음어[擬音語] 내지 의태어, 또한 쌀의 은어인 '긴샤리[銀しゃり]'의 '샤리'를 중첩한 것으로 본다). 다음은 작품의 후반부이다.

　　40년 지난
　　변비로
　　처妻는 지금도
　　웅크리고 있다
　　할매요
　　아직도?
　　아니
　　지금 나와요

---

36)『夜を賭けて』참조. 히라오카 마사아키(平岡正明)는 양석일의『夜を賭けて』를 논하면서 開高健,『日本三文オペラ』, 小松左京,「日本アパッチ族」에 대해서도 개성적인 시각을 보여준다. 다음의 특히 94~111쪽을 참조. 平岡正明,『梁石日は世界文学である』, ビレッジセンター出版局, 1995.

나와요

화석이 되어 버린

뱃속을

누르며

처는

가만히

참고 있다

위장에서

뭉클하고

반죽이 되어

대장을 통과하고

항문을 나오는 동안

황금이 됩니다

꼭 됩니다

처는

믿고

기다리고 있다

　　고철과 배설물과 황금이 혼연일체가 된 이 이미지는 시인 김시종답다. 소설가가 수백 매를 써서 묘사하는 아파치족의 이미지에 충분히 필적한다고 할 만하다. 그리고 이 작품의 리듬이 나중에 고찰하는『이카이노 시집』에 담긴 몇 편의 작품과 비슷한 점도 주목하고 싶다.

　　이제 본 장을 마무리하며, 제2시집『일본풍토기』의 대표적인 두 작품,「내가 나일 때」와「젊은 당신을 나는 믿었다」에서 '일본인'이 명시적으로 등장하지만 그 이후 김시종 작품에서 그 '일본인'이 자취를 감취버린 문제에 관해 마지막으로 생각하고 싶다.

'일본인'은 제1시집『지평선』에도 많이 등장했다. 가령 비키니 환초
(環礁)에서 미국의 수폭 실험 피해자인 구보야마 아이키치, 마쓰카와
(松川)사건에서 미군 또는 그 관계자에 의한 모살(謀殺) 가능성이 높은
사이토 긴사쿠(斎藤金作) 등이 그 예이다. 이제 와서 보면『지평선』에
이들의 이름이 등장하는 것이 불가사의한 느낌마저 든다. 당시 김시종
이 어디까지나 일본공산당 당원으로 활동했다는 사정도 확실히 관계
가 있을 것이다. 그러나 역시 전후 일본의 곤란한 상황 속에서 조선인
과 일본인이 함께 손잡고 투쟁한 뚜렷한 공투(共闘)의 기억이 거기에
각인된 것도 분명하다.

『일본풍토기』에는 '원폭 고아'를 조용히 노래한「흰 손」이라는 작품
도 수록되었다. 내가 아는 한, 김시종은 히로시마, 나가사키에 관해 일
본이 피해자 체험을 내세우는 것에 대해 한결같이 비판적인 태도를 보
여 왔다. 아마도 이 시기, 즉 1950년대부터 60년대에 걸쳐 전후의 일
본 자체가 변한 것이다. 한국전쟁 특수 속에서 경제 부흥을 이룩한 일
본은 재일 조선인의 입장에서 진정한 공투 대상이 아니게 된 것이다.
그 때문에 일종의 따로 살기가 성립되고, 그 인상적인「내가 나일 때」
나「젊은 당신을 나는 믿었다」와 같은 작품을 쓸 수 있는 터전은 상실
된다. 이후에도 가장 인상적인 형태로 '일본인'이 등장하는 것은『이카
이노 시집』에 수록된「이카이노 도깨비」이다. 작품 말미에서 취한(醉
漢)이 조선의 전설 속의 영웅적 소악마 '도깨비'에게 무릎을 세게 차인

다.[37] 이것이 낮과 밤으로 시간 설정은 다르지만, 「젊은 당신을 나는 믿었다」와 마찬가지로 전차 속 장면이라는 점도 흥미롭다. 이러한 낙차(落差) 속에 전후(戰後)의 변용(變容)은 지울 수 없이 부각된다.

한편 조직의 가혹한 비판을 받은 것도 큰 요인이었을 것이다. 그 때문에 조선인과 일본인의 공생관계를 추구하기보다는 스스로 재일의 아이덴티티를 질문하는 일종의 실존적 테마가 새삼 그의 시 쓰기 중심에 놓이게 된다.

어쨌든 김시종이 이 두 편의 작품에서 묻고자 했던 주제를 일본인 입장에서 묘사한 작품이 과연 있었나 하는 것도 검증되어야 할 것이다. 공생이라는 문제는 어느 한 쪽만 제기해서는 도저히 풀 방법이 없다. 언젠가 김시종의 작품에 일본인이 적극적인 형태로 명시적으로 다시 등장한다면 그것은 일본인 측에서 이 공생 문제를 과감히 진지하게 열어나가는 때일 것이다. 북한을 오로지 악마시하는 심성과 동시에 일어난 '한류붐' 역시 본질적으로 공생으로 가는 모색과는 거리가 멀다.

덧붙여 『일본풍토기Ⅱ』까지는 안네 프랑크를 비롯한 '유대인'이 '초열지옥'을 맛본 체험 때문에 공감의 대상으로 김시종의 작품에 잇달아 등장했지만, 『니가타』 이후 명시적으로 등장하지 않는 것도 인상적이다. 아마도 팔레스타인에서 이스라엘이 저지른 폭력성과 관련이 있을 것이다. 1970년경 이후, 일본에서도 팔레스타인 해방이 중요한 정치과제로 부상한다. 가령 김시종이 강사로 관여한 오사카문학 학교 주변에서도 홀로코스트보다는 팔레스타인 문제가 초미의 과제로 논의되는

---

37) 『들판의 시』, 218~219쪽.

것을 직접 목격했다. 유대인을 중심으로 한 이스라엘국가의 폭력성이라는 사태를 보면서, 김시종의 입장에서 '유대인'은 이미 아무 유보 없이 공감할 수 있는 대상은 아니었다.

제3장

장편시집『니가타(新潟)』가 내포한 기억

1960년경 시집『니가타』의 원고가 거의 다 완성되었다고 김시종은 늘 얘기한다. 그러나『일본풍토기Ⅱ』출판 중단을 일으킨 조직의 거센 비판은『니가타』의 간행 역시 불가능한 상태로 만든 것 같다. 특히 1960년을 전후한 시기에는 조직은 물론 야당세력인 사회당(당시), 공산당, 그리고 여당인 자유민주당까지 관계한 북한 '귀국사업'이 대대적으로 전개되고 있었다. 1959년의 귀국자 2,942명을 시작으로 1960년에는 4만 9,039명, 1961년에는 2만 2,801명이 '귀국'했다. 이후에는 귀국자 수가 현저하게 감소하지만 결국 1984년에 정지될 때까지 총 9만 3,340명의 재일 조선인이 북한에 건너갔다. 더욱이 대부분이 원래 남한이 고향인 사람들이었다.[1]

---

1) 이에 관해서는 다음 문헌 참조. 高崎宗司, 박정진 편저『帰国運動とは何だったのか-封印された日朝関係史』, 平凡社, 2005. 테ッサ·모리스·스즈키, 田代泰子 역,『北朝鮮へのエクソダス「帰国事業」の影をたどる』, 朝日新聞社, 2007. 전자는 '귀국사업'을 '대일국교정상

당시 한국정부 및 한국을 지지하는 우파 또는 반(反)좌파 재일 조선인(한국인)으로 이루어진 재일본 대한민국거류민단(민단)은 이 귀국사업을 격렬히 반대하고 방해했다. 그에 대해 김시종은 이념적으로 공화국(북한)에 강하게 끌리는 입장이면서도, 이 귀국운동에 처음부터 큰 의문을 표시한 소수 몇 사람 중 하나였다.

지금으로서는 상상하기 어려운 얘기일 수 있지만, 당시에는 북한을 '낙원'으로 추어올리는 풍조가 있었다. 그러나 김시종은 공화국에 건너간 문학자와 정치가, 소위 '월북자'의 소식이 분명치 않은 데 대해 일찍부터 불신감을 가졌고, 특히 한국전쟁 때 미군의 철저한 공습을 당한 북한이 '낙원'일 리 없다고 냉정하게 판단했다. 따라서 북한 '귀국'이 아니라 일본 땅에서 고국을 남북으로 분단하는 북위 38도선을 넘는 것이 김시종의 이후 생애의 테마가 되고, 동시에 장편시집 『니가타』의 근본 모티브가 된다. 『니가타』는 그러한 특성상 『일본풍토기Ⅱ』보다 조직의 방해가 더 커서 출판이 불가한 상황에 몰렸다.

그렇지만, 김시종은 『니가타』의 출판을 위해 끈질기게 노력한 듯하다. 1963년 2월에 간행된 『카리온』 제3호의 표지 안쪽 면에는 카리온발행소의 간행물로 '장편시집 김시종 니가타' 광고를 실었다. '장편시의 새로운 실험을 통해 사회주의 리얼리즘의 전형을 지향하는 획기적 시

화'라는 북한의 당시의 정책에 비추어 검증하고, 후자는 기밀 취급 해제가 된 국제적십사의 대량의 문서를 통해 '귀국사업'이 일본정부와 일본적십자의 주도로 시작되었음을 논증한다. 이 두 개를 중첩시키면 일본 입장에서 경제적인 부담과 정치적 리스크가 컸던 재일 조선인을 추방하려는 일본정부 및 재일 조선인의 수용을 통해 대일정책을 전개하려 한 북한의 의도가 합치되면서 성립한 운동이었다고 할 수 있다. 물론 일본정부나 북한정부가 종종 얘기한 '인도적 배려'는 실제로는 중점을 둔 문제가 아니었다.

집이 당당히 2백 매를 탈고하다!'라는 문구와 함께 '5월 간행(예정)'이라고 되어 있다.[2] 2월 간행한 잡지에 '5월 간행(예정)'으로 기록했으므로 그 나름대로 출판 가능성을 전망한 셈이었다. 그러나 그것이 좌절되면서 결국 『니가타』는 1970년 8월까지 출판이 미뤄지게 된다.

그 기간 동안 김시종은 원고의 산일이나 소실을 우려하여 소형 내화금고(耐火金庫)를 구매하여 보관했다고 한다. 목숨만 부지하여 도착한 일본에서 조직활동에 매진했으나, 바로 그 조직의 노선 전환으로 비판의 화살을 맞으며 이제 표현활동 자체가 불가능하게 된 상황이었다. 바로 30대에 해당하는 이 시기는 김시종의 생애에서도 가장 고통스러운 시기였을 것이다.

드디어 1970년, 당시 의욕적으로 시집을 출판하던 구조사(構造社)에서 간행된 『니가타』는 김시종의 작품 가운데에서도 특히 여러 명의 평론가가 취급한 작품이다. 2010년 오세종(吳世宗)이 박사논문에 기초하여 출판한 『리듬과 서정의 시학』은 오세종의 김시종론이라 할 만한 대저(大著)이며, 특히 작품론은 『니가타』에 초점을 둔다. 다만 『니가타』가 첩첩이 난해한 텍스트인 것도 사실이다. 실제로 일본의 근대문학에서 '단가적(短歌的) 서정'을 꼼꼼히 추적하며 출발한 오세종의 저작에서도, 『니가타』의 분석은 어느덧 쇼샤나 펠만(Shoshana Felman), 조르지오 아감벤(Giorgio Agamben) 등 '현대사상'의 소재인 증언의 가능성/불

---

2) 『카리온』 제3호, 속표지(『復刻板 'チンダレ' 'カリオン' 全3巻·別冊1』 제3권). 동시에 양석일 시집 『밤을 걸고(夜を賭けて)』(6월 간행 예정), 정인 시집 『석녀(石女)』(7월 간행 예정), 고정천(高亭天) 단편소설집 『원점(原点)』(10월 간행 예정)을 소개하는 광고도 실렸다.

가능성을 둘러싼 지극히 추상적인 논의로 빠져든다.[3] 나는 오세종이 인용한 '현대사상'의 계보와 김시종『니가타』의 관계는 어디까지나 외부적이 아닐까 하는 인상을 지울 수 없다. 오세종의 끈질긴 분석 또한『니가타』라는 텍스트가 가진 난잡함 때문에 겉으로 튕겨진 듯한 느낌이다.『니가타』를 '현대사상'의 한 예증으로 삼을 것이 아니라 『니가타』에서 우리의 현대사상을 직조하는 것, 우리는 어렵더라도 이를 지향해야 하지 않을까.

하지만 내가 지금『니가타』를 통해 확실하게 '우리의 현대사상'을 직조할 수는 없다. 우리에게 가능한 것은『니가타』라는 작품의 텍스트에 가능하면 머무르는 것이다. 요컨대 나 또한『니가타』로 인해 계속 애를 먹었고 지금도 애를 먹고 있는 사람 중 한 명이다.

앞서 소개한『카리온』제3호의 광고에는 '사회주의 리얼리즘의 전형을 지향한다'는 말이 있다. '사회주의 리얼리즘'을 어떻게 정의하는가는 쉽게 풀 수 없는 문제지만,『니가타』가 통상적인 의미에서 그 '전형'이라고는 도저히 할 수 없을 것이다. 이 광고문은 아마도 김시종 자신이 썼다고 생각되지만, 거기서는 적어도 그가 생각하는 '사회주의 리얼리즘'의 특이성과 함께, 어느 정도는 조직 비판을 면하고자 하는 두 가지 의미를 간취할 수 있다. 하지만 아마도 그가 내건 '사회주의 리얼리즘'의 특이성은 우리가『니가타』라는 텍스트에 진입하는 중요한 단서의 하나가 될 수 있다.

---

3) 呉世宗,『リズムと叙情の詩学-金時鐘と'短歌的叙情の否定'』, 生活書院, 2010, 특히 333~339쪽 참조. 단 세부에서 이 책을 통해 배운 바가 많은 것도 사실이다.

여기서는 우선『니가타』전체를, 말하자면 구조체로 파악하는 데서 시작하고자 한다.[4]

1. 장편시집『니가타』의 구조

『니가타』는 'Ⅰ 간기(雁木)의 노래', 'Ⅱ 바다울음 속을', 'Ⅲ 위도가 보인다' 등 3부로 구성되었다. 각각의 부는 다시 4개의 파트로 나누어 진다. 즉,『니가타』는 총 열두 개의 장편시로 구성된다. 이미 서술했듯이 당시 귀국사업이 한창 진행 중인 가운데 북으로 '귀국'하는 것이 아니라 일본에 살면서 고국을 분단하는 38도선을 넘는다는 것이 이 시집 전체의 모티브이다. 그때 니가타라는 지역이 초점이 된 것은 바로 귀국선이 니가타항에서 출항한 사실과 더불어, 한반도를 정치적으로 분단하는 북위 38도선이 니가타시 바로 위쪽을 지난다는 것이 깊이 관련된다.

그런데『니가타』에는 큰 줄거리 속에 복수(複數)의 기억이 얽혀 있다. 구체적으로 4·3 사건, 한국전쟁 시의 활동, 스이타·히라카타 사건, 우키시마마루(浮島丸)사건의 기억 등이다. 그 방식은 때로는 명시적이고 때로는 암시적이다. 또한『니가타』전편에 걸쳐 니가타에 관한 지지(地誌)·문화사적 정보가 곳곳에 방대하게 나타난다. '간기'와 '가쿠마키[5]' 등 비교적 잘 알려진 것부터, 니가타현 이토이가와시(絲魚川市),

---

4)『니가타』를 해독하면서 다음 문헌에서 많은 시사를 받았다. 淺見洋子,「金時鐘『長編詩集新潟』注釈の試み」,『論潮』창간호, 論潮の会, 2008.

5) *역자 주 – 가쿠마키 : 큰 담요 같은 숄로 주로 도호쿠(東北)지방에서 사용함.

그곳을 흐르는 히메카와(姬川)가 '비취' 산지라는 사실, 니가타가 비단 잉어(緋鯉, 錦鯉) 등 일본 유수의 잉어 양식지라는 것, 그 잉어의 '먹이'로 누에 번데기를 쓴다는 등의 약간 마이너적인 지식, 또한 당시 이루어진 하천사업이나 소위 '포사 마그나'[6]의 동쪽 가장자리가 니가타를 지난다는 지질구조에 관한 얘기까지, 이 시집의 전제로 펼쳐진다. 이 부분은 제2장에서 「우리의 성 우리의 목숨」을 통해 확인했듯이 객관적인 정보와 작자의 상상력이 방대한 스케일로 연결된다.

이런 정도로 큰 틀을 살펴보고, 약간 거친 요약이기는 하지만 도식화하면 장편시집 『니가타』의 구조를 표 1과 같이 파악할 수 있을 것이다.

표 1 『니가타』의 구조

니가타		
부(部) 구성	각 파트의 내용	각 파트의 장면
Ⅰ 간기(雁木)의 노래	① 4·3 사건에서 도일까지 ② 한국전쟁하의 활동 기억 ③ 스이타·이라카타 사건의 기억 ④ 니가타 도착	제주도 → 오사카 오사카 오사카 오사카 → 니가타
Ⅱ 바다울음 속을	① 우키마마루 사건의 추억 ② 4·3 사건 한복판의 기억 ③ 4·3 사건 이후의 기억 ④ 침몰한 우키시마마루의 인양	마이즈루 앞바다 제주도 제주도 마이즈루 앞바다
Ⅲ 위도가 보인다	① 귀국선의 등장(조선에 대한 생각) ② 「종족검정」의 세계 ③ '귀국'하는 자와 머무는 자 ④ 배가 출항한 후의 세계	니가타(귀국센터) 니가타(오사카) 니가타(귀국센터) 니가타

이렇게 볼 때『니가타』라는 텍스트는 4·3 사건의 기억이 큰 비중을 차지하는 것을 알 수 있다. 더욱이 4·3 사건은 우키마마루 사건과 그 9년 뒤의 인양(引揚) 기억이 삽입되면서, 텍스트의 중심부이자 그 근저를 이루는 방식으로, 말하자면 입체적으로 구조화된다. 마치 포사 마그나의 지질구조처럼『니가타』에서는 이 부분이 깊은 웅덩이처럼 파여 있는 것이다. 다시 말해, 4·3 사건의 기억이『니가타』에 이 같은 형태로 포함된 것은, 20세기 말, 21세기 초부터 작가 자신이 4·3 사건에 관해 공적으로 말하기 시작하면서 드디어 우리에게도 분명해졌다. 이전에는 텍스트의 기밀성(氣密性)이 너무 높아서 우리는-적어도 나는- 그 심부(深部)에 발을 내리고 응시하기가 용이치 않았다.

『니가타』라는 텍스트를 한층 복잡하게 만드는 것은 전편을 통해 '나'의 메타모르포제의 극(劇)이 관통한다는 점이다. 그것은 한 마리의 '지렁이'가 드디어 '한 남자'로 '부활'하는 이야기인데, 이 '지렁이'는 거머리, 누에 번데기, 벙어리매미 등으로 변태를 이룰 뿐 아니라 '나'의 분신과 같은 또 하나의 인격으로도 종종 모습을 바꾼다. 단적으로 말하면 김시종은 여기서 중심에 두는 '나'와는 겉으로 보기에 대조적이거나 대립적인 동포까지 또 하나의 '나'(혹은 '그들')로 표상한다. 그 결과 모든 등장인물이 '나'의 부분적인 인격, 소위 가능한 '나'의 한 존재양식으로 기술된다. 앞에서 본『카리온』제3호의 광고에서는 '장편시의

---

6) *역자 주 - 포사 마그나(Fossa Magna, 대지열대〔大地裂帶〕) : 동북일본과 서남일본의 지질학적 경계가 되며, 오래된 지층으로 된 혼슈 중앙 부분을 U자형 골짜기가 지나면서 새로운 지층이 그곳에 모인 지역이다. 웅덩이라는 뜻을 갖고 있고, 서쪽 경계는 니가타 이토이가와~시즈오카현(静岡県)을 잇는 선, 동쪽은 니가타현 시바타(新発田)~지바현(千葉県)을 잇는 선이라고 한다.

새로운 실험'이라고도 했지만, 그 '실험'에는 복수의 기억 층, 또 지극히 기밀적인 기억 층을 중복시키는 구조와 함께 모든 것을 '나'의 분신극(分身劇)처럼 구성하는 드라마투르기(Dramaturgie〔독〕, 희곡의 창작·구성기법)도 포함된다. 그리고 분신극으로써 이 이야기는 제2부를 사이에 두고 제1부에서 제3부로 연결한다.

집필 이후 10년 넘게 간행되지 못한 것, 그리고 너무 기밀적이어서 우리가 쉽게 이해할 수 없었음을 생각하면, 『니가타』는 바로 늦게 배달된 편지로 부를 수 있다.[7] 우리는 『니가타』에 계속 등장하는 '지렁이'처럼 이 텍스트의 단단한 지층을 파 내려갈 수밖에 없다. 이 무시무시한 용량의 기억을 대단히 기밀적인 텍스트 속에 끌어안은 『니가타』를 꼼꼼히 독해하려면 그것만으로도 책 한 권이 족히 필요하다. 이하에서는 본서의 틀 내에 허용되는 범위에서 『니가타』에 들어가 보기로 한다. 그래도 약간은 긴 여행이 될 것이다. 끈기를 갖고 만나보기로 하자.

2. 제1부 '간기의 노래'

제1부는 '간기의 노래'라는 제목인데, '간기'라는 말 자체는 제1부 파트 4의 후반의 한 구절에 등장할 뿐이다. '대설大雪 아래를 / 설국雪國 사람이 / 천년에 걸쳐 / 엮은 / 간기雁木 길을 / 지나 / 바다로 / 나갔다'는 그러나 '간기의 노래'라는 타이틀은 제1부에 너무나 어울린다. 왜

---

7) 이 표현은 마루카와 뎃시(丸川哲史)가 대만 출신 구영한(邱永漢)이 1950년대 일본에서 일본어로 쓴 소설들을 가리켜 '늦게 배달된 『포스트식민지기의 기억』이라는 편지'라고 기록한 것에 바탕을 두었다. 丸川哲史, 『台湾, ポストコロニアルの身体』, 靑土社, 2000, 179쪽 참조.

냐하면 바로 길 없는 곳에 길을 만드는 것이 제1부의 테마이기 때문이
다. 제1부 파트 1의 첫머리는 이렇게 시작한다.[8]

눈에 비치는

도로를

길이라고

그냥 믿으면 안 된다

아무도 모르게

사람이 밟아 만들어진

통로를

길이라고

부를 건 없다

바다에 걸린

다리를

상상해보자

땅속을 꿰뚫는

갱도를

생각하자

의지意志와 생각이

맞물려

천체天體마저 연결하는

로켓의

---

8) 이하에서는 특별한 경우를 제외하고 『니가타』의 인용은 『들판의 시』를 전거로 하는데, 그때
마다 제1부 파트 1 등으로 본문에 밝히며 인용하기 때문에 특히 주에서 출전을 밝히지 않
는다.

마하 공간에
길을
올리자

　여기서 추구하는 '바다에 걸리는 / 다리', '땅속을 꿰뚫는 / 갱도', '의지와 생각이 / 얽혀 / 천체도 연결하는 / 로켓의 / 마하의 공간', 그 놀랄만한 민중 지혜의 결정이 '간기'이다.

　다시 말해 간기는 니가타 등 눈이 많은 지방의 길이며, 집집마다 지붕 처마에서 차양을 길게 뻗어 길가 양쪽을 덮도록 한 것이다. 결과적으로 차양 아래는 긴 복도 같은 상태가 된다. 가령 도로 중앙은 몇 미터나 되는 눈 때문에 통행할 수 없어도 사람들은 차양이 죽 연결된 아래를 걸어갈 수 있다. 그리고 그것이 '간기(雁木, 기러기 나무)'라는 인상적인 명칭으로 불리는 것은 돌출한 처마를 아래에서 보면 하늘을 건너는 기러기 행렬의 모양이기 때문이다.

　이와 같이 '간기'는 풍설을 견디고 겨울 동안 사람들에게 귀중한 '길'을 확보해 주며 동시에 철새가 비상하는 이미지를 띤다. 오래도록 간기는 비상(飛翔) 순간 얼어붙은 새들이 연이어 있는 듯한 그 모습으로, 길을 통행하고 하늘을 건너간 많은 사람의 모습을 지켜봐 온 것이다. '북'(서북)쪽을 향해 앞으로 쭉 뻗은 간기를 상상하면, 그것은 김시종의 모습, 혹은 무수한 김시종의 모습이 아닐까. 따라서 제1부 '간기의 노래'의 '의'는 간기라는 주제를 나타내는 조사(간기에 관한 노래)가 아니라, 주어를 나타내는 조사(간기가 노래하는 노래)의 의미로 해석해야 할 것이다.

그렇다고 해도 김시종의 고국을 분단한 북위 38도선이 지나는 니가타에 '간기'가 존재하는 것, 그리고 그것이 '간기'라는 호칭인 것은 무슨 불가사의일까. 바로 『니가타』에서 김시종의 노래로 불리기를, '간기'는 가만히 거기서 기다린 것 같지 않은가? 아니 간기와 38도선 만이 아니다. 포사 마그나라는 '대지열대'도 그 바로 앞에 존재한다. 이러한 '사실'에 힘찬 상상력을 더한 그것이 다름 아닌 김시종의 '사회주의 리얼리즘'의 실질이다. 실제로 북위 38도선-간기-포사 마그나와 같은 연관이 실제로 거기에 존재하는 것 자체는 김시종이 상상력을 발휘하지 않았다면 애당초 우리 눈앞에 부상할 수 없었을 것이다.

그러나 '간기'라는 이미지에 담긴 '길'은 쉽게 열리지 않는다. 『니가타』의 텍스트에서는 앞의 인용 뒤에 곧, 엎드려 기는 지렁이 이미지가 나타나고 일본의 한반도 식민지 지배를 시사한다. 뒤이어 길 없는 들판을 뛰어다니는 야행성 동물 '표범'으로 바뀌는 메타모르포제가 나타난다. 그것은 젊은 김시종이 게릴라의 한 사람으로 제주도를 배회한 나날의 기억일 것이다. 그러나 이 '표범'은 압도적인 미군정 지배하에서 이빨과 손발마저 잘리고, '눈부시기 그지없는 달러 문명'의 빛에 쏘여 '지렁이'로 메타모르포제할 수밖에 없다. 그리고 이 '지렁이'는 땅에서만 잡히는 기괴한 물고기로 결국 '일본 낚시에 걸린다' 이하는 제1부 파트 1의 후반부터이다.

나는
이 땅을 알지 못한다
그러나

나는

이 나라에서 육성된

지렁이다

지렁이의 습성을

익히게 해준

최초의

나라다

이 땅에서야말로

나의

인간 부활은

이루어져야 한다

아니

이룩해야만 한다

되풀이하여 말했듯이 김시종이 유소년기에 일본의 식민지 치하에서 얼마나 뼈아픈 체험을 강요당했는지는 나중에 1980년경 저술한 에세이에서도 극명히 밝혀진다. 자신에게 '지렁이의 습성'을 익히게 한 일본에, 뜻밖에도 김시종은 4·3 사건 와중에 그 기억을 안고 간신히 맨몸으로 가는 것이다. 그러나 식민지 지배하의 조선에서 일본이 강요한 '지렁이'라는 부(負)의 실존은 바로 그 일본에서 저 위도를 넘는 어려운 과제에 직면할 때, 오히려 압도적인 우위성으로 전화된다. 아니 전화되어야만 했다. 왜냐하면 '지렁이'는 촉각에만 의지하여 땅속 깊은 곳을 파고들며 나아가는 '습성'으로 인해, 표층(表層)에서는 결코 이룰 수 없는 월경을 홀로 실현시킬 수 있으니 말이다. 이하는 제1부 파트 1

의 말미이다.

> 숙명의 위도를
> 나는
> 이 나라에서 넘는 거다
> 자기주박呪縛의
> 동아줄 끝자락이 늘어진
> 원점原點을 찾아
> 빈모질貧毛質의 동체가 피에 물들어
> 몸뚱이째로
> 광감세포[9]의 말살을 건
> 환형環形운동을
> 개시했다

　여기에서 '원점'은 제1부 파트 4에서는 '유사 이전의 / 단층이 / 북위 38도선이라면 / 그 위도의 / 바로 위에 / 서 있는 / 귀국센터야말로 / 우리의 / 원점이다!'라는 식으로, '귀국'하는 사람들을 심사하는 '귀국센터'로 규정되며, '지렁이'는 바로 그곳을 향해 땅속을 기어간다.[10] 태양에 조명된 역사의 공도(公道)에서 저 멀리 떨어진 아래쪽에서 무수한 작은 굴을 종횡으로 뚫으며 피에 물든 '지렁이'는 그 위도를 향해

---

9) *역자 주 – 광감세포(光感細胞) : 지렁이는 산만광각기관(散漫光覺器官)을 가지고 있으며, 시세포가 체표(體表)에 산재하여 명암만 감각할 수 있다.

10) '귀국센터'의 정식 이름은 '니가타 일본적십자센터'이고 건물은 구(舊)미군병사(兵舍)였다. 귀국자는 그곳의 숙사에 체재하고 '특별실'에서 마지막으로 귀국 의지를 확인했다. 이에 관해서는 『北朝鮮へのエクソダス「帰国事業」の影をたどる』, 14~20쪽 참조.

파고들어간다. 그러나 그때 이미 38도선이란 북한과 한국을 분단시키는 절단선만이 아니다. 그것은 김시종의 '인간 부활'을 가로막는 일체의 경계선이다. 그에게는 조직의 압력, 고향에 두고 떠난 양친의 모습, 일본에서의 곤란한 생활이 그야말로 중압이다. 그러한 압력을 스스로 '환형 운동'의 추진력으로 전화하는 것, 그 역시 '지렁이'라는 존재의 특권성이다.

이때 우리가 잊어서는 안 되는 것은 38도선, 그리고 그의 '인간 부활'을 가로막는 경계선은 의심할 나위 없이 일본의 식민지 지배하에서 주입된 '일본어' 속에도 있다는 것이다. 따라서 그에게 시 쓰기는 일본어 안에서 일본어를 통해 지렁이의 몸부림 같은 '환형 운동'을 지속하는 것이고, 이를 통해 그러한 경계선을 넘어서고 해체하는 것이다. '길'을 그려내는 상상력, 그것은 결코 곱디고운 환상을 펼치는 것이 아니라 저 '간기'와 같은 사물과 연대하면서 이루는 *몸부림* 바로 그것이다. 『니가타』라는 텍스트가 내포한 난해함의 하나는 이 *몸부림*의 절실성에 있다고 해도 좋다.

제1부 파트 2와 파트 3은 각각 한국전쟁 시기 김시종의 조직 활동 체험, 스이타·히라카타 사건과 관련된 체험이 배경이다. 그것은 텍스트에 삽입된 주기(注記)를 보아도, 또한 김시종이 발표한 에세이와 강연에 비춰보아도 분명하다. 그러나 『니가타』에서는 그 체험적 기억이 '나'의 분신극으로 묘사된다. 다만 이 때문에 제1부 파트 2와 파트 3의 독해가 훨씬 어려워지는 것도 사실이다.

우선 제1부 파트 2를 보자. 여기서는 한국전쟁에서 사용되는 폭탄 부품을 만드는 동포의 모습이 테마이다. 큰 회사의 하청의 하청이라는

형태로 신관[11]의 나사 제작 등을 하는 동포가 있고 그것을 그만두라고
설득하며 다니는 것이 활동가인 김시종의 일이었다. 설득이 효과가 없
으면, 그의 신호를 받은 젊은 활동가가 그 작은 공장을 무자비하게 부
순다. 파트 2에 등장하는 '난 그만하겠어 / 조선 / 그만두겠어!'라는 말
은 그럴 때 신관의 나사를 만들던 동포가 피를 토하는 내뱉는 말이다.
그러나 『니가타』에서 그 사람은 '나'의 분신으로도 묘사된다.

　　　광감세포를
　　　도려낸다 해도
　　　오랜 세월의 습벽習癖을
　　　어찌하란 말인가?!
　　　첫째
　　　태양의 소재를
　　　알 턱이 없다
　　　내가
　　　축 하고 늘어졌을 때
　　　그놈은
　　　반드시
　　　매무새를 바로잡고
　　　나를
　　　벗어난다

---

11) *역자 주 – 신관(信管) : 탄환, 폭탄, 지뢰 등을 점화하여 필요한 조건에 따라 폭발시키는 기
　　폭 장치.

이 부분은 중요할 것이다. 즉 한국전쟁 때 고국에 떨어지는 폭탄의 부품을 만드는 동포 역시 '광감세포'를 죽이고 지하에 숨은 저 '지렁이'가 변태한 모습의 하나다. '지렁이'가 '지렁이'로서의 긴장감을 잃었을 때 스르륵 하고 '벗어나는' '그놈'이 있다. 그것은 또한 습지의 '거머리'로 표상된다. 이하는 마찬가지로 제1부 파트 2의 중간 부분이다.

이건 아무리 보아도
늪이다
내가
지렁이에서
탈피해서
거머리로
변신했는지도 모르겠다!
질퍽거리는
습기 속에서
설설 기는
그게 있다!
있다
있다
나온다. 나온다
벽이라 하지 않고
천정이라 하지 않고
검게 빛나는
거머리가
있다!

에세이 「결락(缺落)의 하니와[12)]」에 따르면 그 작은 공장은 실제로 습지에 있었다.[13)] 이 구절의 습지 이미지의 원형은 거기 있는 듯하다. 에세이에는 작은 공장을 운영하다가 공장이 파괴당한 동포의 모습이 그려졌는데, 여기서는 그 동포에 대해 동일화를 이루어 그 내부에서 같은 사건을 묘사한다.

마찬가지로 제1부 파트 3의 스이타·히라카타 사건을 배경으로 한 부분에서도 분신이 등장한다. 아니 상호 분신인 '그놈'과 '나'의 관계가 바로 이 부분의 테마라고 할 수 있다. 그러나 이는 한층 난해하다. 제1부 파트3의 첫머리를 보라.

대오[隊伍]의

끝과

끝에서

우리가

하나의

대오였을 때

제멋대로

앞서나가는

그놈과

자꾸 뒤처지는

---

12) *역자 주 – 하니와(埴輪) : 각종 기물(器物)이나 동물, 인물의 형태를 진흙으로 만들어 구운 토기로 4~7세기 고분 주위에 배치했다. 하니와의 내부는 텅 비어 있으며, '결락의 하니와'는 하니와가 조각조각 떨어진 상태를 말한다. 1970년대 당시 '귀화'와 '국적' 문제로 고민하던 동포들의 모습을 상징한다.

13) 『在日'のはざまで』, 235~236쪽 참조.

나를

조정調整하는 것이

동질同質의

필요성에

얽혀 있음은

놀랍다

그놈이

몸이 가벼운 건

이미

탈분을 끝냈기 때문이다

　작자가 이 파트에 붙인 두 개의 주기를 보면, 구체적으로 스이타·히라카타 사건의 데모 장면이 배경인 것은 틀림없다. 그리고 그 데모 때 김시종은 배탈이 나서 배변 때문에 혼났다고 한다.[14] 그런데 여기 등장하는 '앞서나가는 / 그놈'과 '뒤처지는 / 나'의 관계를 해독하는 것은 쉽지 않다. 이후의 기술에서는 배설 면에서 '그놈'은 설사를, '나'는 변비를 안고 있다는 설정인 듯하다. '그놈' 쪽은 이미 쉽사리 '탈분'을 마치고 가볍게 앞에 가는데, '나'는 변비 때문에 배변을 못한다. 그리고 '나'는 스이타·히라카타 사건의 '피고'와도 닮았다. 아마도 이하의 부분은 '그놈'과 '나'의 관계를 둘러싼 초점이 되는 구절이다. 다음은 제1부 파트 3의 후반부이다.

---

14) 『わが生と詩』, 127~128쪽. 이 강연에서 김시종은 『니가타』 제1부 파트 3의 전반부를 스스로 낭독했다.

탈토脫兎처럼

내뺀

그놈이

축축 늘어진

들판의

뜨거운 볕이 내리쬐는 풀숲에

숨었다!

그놈을 진짜

잡아야 한다!

일본열도의

위아래 깊이에

꽁무니를 빼기 일쑤인

나와

그 깊이에

쏙 숨어들어 가는

그놈의

거리距離를

지금은

자족한다

자기의 밑바닥을

다시 꽉 붙잡으라

　여기서 '그놈'은 일본 땅에서, 조직에도 풍토에도 잘 적응하며 사는 동포의 모습으로 생각할 수 있을 것이다. 그런 의미에서는 현실의 김시종과는 상극적인 존재다. 그러나 역시 '그놈'도 '나'의 분신임이 틀림

없다. 실제로 스이타·히라카타 사건에서 체포되어 오랫동안 재판을 받은 '피고' 입장에서 보면 김시종이야말로 '탈토처럼 / 내뺀' '그놈'의 한 사람이 될 수도 있다. 그런 의미로, 제1부 파트 3의 '그놈'의 모습에서 우리는 김시종의 자기 처벌적인 의미 부여까지 읽어낼 수 있을지도 모른다. 그리고 한국전쟁과 같은 시기에 일어난 스이타·히라카타 사건에 대한 기억의 한복판으로 메타모르포제를 한 뒤, 작품은 제1부 파트 4에서 니가타의 '귀국센터'라는 무대에 다다른다.

재일 조선인의 '귀국'은 일본에서의 기억을 불식하는 것이 아니라 그 기억을 다시 짊어지는 형태가 될 수밖에 없다는 김시종의 강력한 주장을 거기서 볼 수 있다. 그것은 또한 제1장에서 확인한 '유민의 기억'과 직결되는 문제이다.

제1부 파트 4에는 앞에서 기술했듯이 니가타의 지지(地誌) 또는 문화사적 배경이 농밀하게 날줄과 씨줄을 이룬다. 첫머리에는 누에 번데기가 등장한다. 니가타는 유수의 비단잉어 양식지로 누에 번데기를 사료로 쓴다. 중간에 등장하는 '히메카와의 비취'도 니가타의 이토이가와시가 일본에서 드물게 보는 비취 산지라는 사실에 바탕을 둔다. 일부러 '경옥(硬玉)'으로 쓴 것은, 비취 중에도 '연옥(軟玉)'은 가짜로 치기 때문일 것이다. 누에 번데기도 '지렁이'가 변태를 이룬 하나의 모습인데, 여기서는 '비단잉어'에 마구 잡아먹힌다. 니가타의 현실과 김시종의 상상력이 예리하게 얽히는 국면의 하나다.

또한, 제1부 파트 4의 후반부는 회화체가 많이 등장하여 마치 희곡과 같은 구성이다. 등장인물이 몇 명인지 구체적으로 특정하기 어려운 글쓰기여서 독해가 어렵지만, 당시 귀국센터에서 펼쳐진, 귀국하는 자와 남는 자의 다양한 이별 장면이 시극(詩劇) 같은 형식으로 펼쳐진 것은 분명하다. 그중에 이런 구절도 있다.

> 그 사람은 갔어!
> 가쿠마키 속에서
> 장난스럽게
> 미소 짓는
> 눈
> 그놈은
> 또다시
> 나를 빠져나갔나!

여기서도 '귀국'을 선택한 '그놈'이 등장하는데 역시 '나'의 분신으로 파악된다. 귀국하는 자도 머무는 자도 모두 '나'의 분신이다.

제1부 파트 4의 끝 부분에 등장하는 것은 1931년 끝난 시나노가와(信濃川)의 분수(分水)공사이다. 시나노가와가 물이 불어 범람하는 것을 막기 위해 신(新)시나노가와를 조성한 것이다. 이 인간의 행위로 말미암아 생각지도 않게 앞바다에 사주(砂州)가 새로 탄생한다. 이 부분의 사실관계는 김시종이 지방신문 등의 매체나 공사 관계자에게 직접 들어서 얻은 거다. 그때 김시종의 내부에서 니가타평야 역시 그런 생각지도 못한 자연의 반응으로 긴 시간에 걸쳐 형성되었을지도 모른다고 생각했을 것이다. '150만 년 전의 / 니가타평야가 / 바다였다면 / 지금 / 바다가 / 매립되고 / 육지가 성장하는 / 지형 발달의 / 과정을 / 사람은 / 몇 만 년이나 / 밟아야 할까!?' 하고 그는 질문한다. 사람들이

이별하는 귀국센터 옆 해안에서 장대한 규모로 전개되어 온 인간과 자연의 영위(營爲). 제1부 파트 4는 그것을 확인하고 이렇게 맺는다.

해안선이
뻗어 나간
데라도마리^{寺泊} 해안이 감싸는
하구는
일찍이
오는 계절의 팽창에
파도가 일었다.
바다를
도려내니 그것이
길이다!

3. 제2부 '바다의 울음 속을'

제1부의 말미가 '바다를 / 도려내니 그것이 / 길이다!'로 끝나듯이 제2부는 그 '바다'가 테마가 된다. 제1부 제목이 '간기의 노래'인 것에 빗대어 말하면, 제2부는 '바다 울음의 노래'라고 부를 수 있다. 더욱이 '바다의 울음'의 '의' 역시 주제를 나타내는 조사가 아니라, 주어를 나타내는 조사이다. 제2부 파트 3의 첫머리에는 '바람은 / 바다의 / 깊은 / 한숨에서 / 새어 나온다'는 매우 인상적인 프레이즈가 새겨지는데, 바로 그 '바다의 / 깊은 / 한숨'을 듣는 것이 제2부의 주제라고 해도 좋다. 제2부 파트 1의 첫머리는 이렇게 시작한다.

강어귀

토사에 묻힌

통나무배가 있다

바다를

예견한 자가

오래도록

혈맥을

이어온 채다[15]

    일본열도에서는 조몬(縄文)시대부터 통나무배가 사용되고, 니가타에서는 '도부네' 혹은 '하나키리'로 불리는 통나무배가 제작되었다. 하지만 여기 등장하는 '토사에 묻힌 / 통나무배'는 김시종이 본 하구(河口)에 실제로 존재하는 것이 아니라 그의 상상력이 그 '강어귀'에 만들어낸 것이다. 강어귀에는 반드시 토사에 묻힌 통나무배 한 척이 묻혀 있을 것이라는 시인의 투시력이다. 좀 더 얘기하자면 바다를 '예지'하면서도 그 한 걸음을 내디딜 수 없었던 사람(물건)의 퇴적을 '강어귀'에서 읽어내는 상상력이다. 혹은 원래 '강어귀'란 그런 퇴적 그 자체가 아닐까 하는 물음이다.[16]

    또한, 제2부 파트 1의 전반부는 다음과 같다.

---

15) 『니가타』의 제2부 '바다의 울음 속을' 전체는 유숙자 번역, 『경계의 시』, 43~82쪽, 인용 부분
은 43쪽 참조.

16) 김시종은 다음 에세이에서 재일 조선인의 밀집지 '이카이노(猪飼野)' 자체를 '배가 묻힌 거
리'라고 부르고, 『니가타』의 '통나무배'가 등장하는 한 구절을 인용한다. 金時鐘, 「船が埋も
れてある街=猪飼野雑感」, 『辺境』 제7호, 辺境社, 1972, 229~226쪽.

바다를 건너는

배만이

내 사상의

증거는 아니다.

끝내 건너지 못한 채

난파한 배도 있다

사람도 있다

개인이 있다[17]

　그리고 그렇게 '난파한 배'의 대표가 우키시마마루이다. 이 파트 후반에는 '막다른 골목의 / 마이즈루만舞鶴湾을 / 기어 돌아다니다 / 완전히 / 아지랑이에 / 일그러진 / 우키시마마루가 / 미명未明 밤의 / 하루살이가 되어 / 불타올랐다'는 구절이 있다.

　일본의 패전 직후인 1945년 8월 24일, 전쟁 말기 시모키타(下北)반도에 '징용'(강제연행)된 수많은 조선인을 싣고 부산항을 향하던 우키시마마루가 마이즈루에 정박하던 중 의문의 폭발과 함께 침몰한다. 일본정부는 사고 발생 직후 확실한 근거도 없이 조선인 피해자가 524명이라고 발표하고 이후에도 전시에 미군이 부설한 기뢰(機雷)에 접촉했다고 주장했다. 그러나 애당초 일본정부는 우키시마마루에 조선인 몇 명이 승선했는지 조사도 파악도 못하고 있었다. 우키시마마루는 수많은 피해자의 유체와 함께 가라앉은 채 방치되었다. 1950년 3월에 이르러 처음으로 인양을 시도했지만, 배 뒷부분을 회수하여 조사한 결과 선

17) 유숙자 번역, 『경계의 시』, 45∼46 참조.

박으로 재활용하는 것이 불가능하다는 판단하에 유체를 수습하고 인양작업을 중지했다. 본격적인 인양을 재개한 것은 4년 정도 지난 뒤의 일이었다.[18]

이 우키시마마루 사건에 관해 애초부터 재일 조선인 사이에서는 '자폭'설이 힘을 얻었다. 즉, 조선인을 대량 살육하려는 목적으로 처음부터 우키시마마루가 침몰하도록 계획했다는 주장이다. 가장 상세하게 진상을 추적한 것으로는 김찬정(金贊汀)의 『우키시마마루 부산항에 못 가다』가 있는데, 적어도 일본정부가 주장해 온 기뢰접촉설을 거의 전면적으로 논파한다. 그리고 저자는 일본인 부사관이 기관실을 폭파했음을 강하게 시사한다. 추측이지만, 피해자 수에 관해서도 천 명을 훨씬 넘었다고 한다.[19]

이 사건에 관해 김시종은 『니가타』 집필 시점에는 '시한폭탄에 의한 침몰'로 이해하고 있었다. 그 자신이 붙인 주를 단행본 『니가타』에서 다음과 같이 인용한다.

> 우키시마마루……. 종전 직후 귀국을 서두르는 조선노동자를 위해 수송선으로 마련된 군용선. 1945년 8월 22일 아오모리현(青森県) 오미나토(大湊)에서, 강제 징용된 조선노무자 2,600여 명을 싣고 부산을 향해 출항했으나 물, 식품 등의 보급을 이유로 마이즈루 앞바다에 정박했는데, 야반에 시한폭탄으로 폭파되었다. 생존자는 불과 10여 명에 불과했다.[20]

---

18) 우키시마마루 사건에 관해서는 이하 참조. 金贊汀, 『浮島丸釜山港へ向かわず』, かもがわ出版, 1994(이 책은 1984년 講談社에서 간행된 것의 증보판이다).

19) 『浮島丸釜山港へ向かわず』, 195쪽 참조.

20) 金時鐘, 『新潟』, 講談社, 1970, 91쪽. 『들판의 시』에서는 주(註)에 다음과 같은 내용을 덧붙

    물론 이 내용은 어디까지나 1970년 이전의 정보에 기반을 둔 것이고 지금 볼 때는 부정확하다. 하지만 이미 서술했듯이 일본정부는 전혀 진상을 해명하려는 자세 없이 방대한 수의 피해자 유체를 계속 방치했다. 강제연행 끝에 이와 같은 유기(遺棄)가 일어난 것은 가혹하기 그지없다. 전후 일본인과 조선인의 관계가 이렇게 시작된 것은 실로 상징적이라 할 것이다.

    일본에서 해방된 바로 직후 일어난 이 비극적인 사건을 거기서 죽어간 '나' 내지 '우리'의 관점으로 이야기하는 것이 제2부 파트 1이다. 즉 『니가타』에서 메타모르포제는 우키시마마루 사건의 피해자, 다시 말해 그 사건으로 인한 수많은 사망자에 대한 동일화로 수행된다.

        우리가
        징용이라는 방주에 실려 현해탄을 넘은 건
        일본 그 자체가
        혈거 생활을 부득이 꾸려야 했던 초열焦熱 지옥의 한 해 전이었다
        〔중략〕
        산골짜기를
        비스듬히

였다. '우키시마마루＝종전 직후, 귀국을 서두르는 조선인을 위해 수송선으로 사용된 군용선. 1945년 8월 22일, 아오모리현 오미나토에서, 강제 징용된 조선노무자 3천여 명과 편승한 재류조선인가족들, 총 3,735명이 배를 타고 부산을 향해 출항했으나 물, 식품 등의 보급을 위해서라며 마이즈루 앞바다에 정박한 채, 한밤에 시한폭탄으로 폭침되었다. 확인된 유체는 유아와 어린이를 포함하여 542명이며, 승선자의 약 반수 이상이 미확인 희생자가 되었다. 현재에도 도쿄 메구로구(目黒区)의 유텐지(祐天寺)에는 285구의 유골이 1,300여 명의 조선인 군인, 군속의 유골과 함께 인수자 없이 여전히 방치된 유실물처럼 보관되어 있다'『들판의 시』, 419쪽.

파고들어

갈지자걸음의

의지가

무너뜨리는

삽

끝에

8월은

돌연

빛났다[21)]

　자신이 제주도에서 일본의 패전＝해방을 체험했듯 강제연행된 일본에서 해방을 맞이했고, '폭파'로 인해 귀향의 꿈이 무참히 산산조각이 난 동포의 혼에 메타모르포제를 이룩한 김시종은 그들의 혼과 함께 말 못한 기억의 심연으로 한층 내려간다. 즉, 제2부의 파트 2와 파트 3 부분에 새겨 넣은 4·3 사건의 선명한 기억이다. 따라서 시집 『니가타』의 메타모르포제는 역설적이게도 *자기 자신으로의 메타모르포제*로 수행된다.

　제2부 파트 2의 첫머리는 차분한 정감에 싸여 조용히 시작된다.

늘

고향이

바다 저편에

있는 자에게

---

21) 유숙자 번역, 『경계의 시』, 47~49쪽 참조.

더 이상

바다는

소망으로

남을 뿐이다

저녁 해에

서성이는

소년의

눈에

철썩철썩

밀려들어

옥玉처럼 널리는 것

이미 바다다

이 물방울

하나하나에

말(언어)을 갖지 못한

소년의

이야기가 있다[22]

　잠시 뒤에 나오는 '아비가 / 두고 떠난 / 북北의 후미진 해안가 / 조부祖父'라는 표현을 보아도 '소년'은 바로 어린 김시종이다('북의 후미진 해안가'는 그가 태어난 원산을 말한다). 그러나 동시에 그 '소년'은 이미 '바다'로 인해 '고향'에서 떨어져 있다. 즉 현재의 김시종의 처지가 거기에 중첩된다. 나아가 그 '소년'의 아버지는 4·3 사건 와중에 살해되었다는 설정으로 보인다. 그럼으로써 '소년'은 김시종 자신일 뿐만 아니라 제

---

22) 유숙자 번역, 『경계의 시』, 52~53쪽 참조.

주도 소년 일반의 보편성을 지닌다. 그리고 '소년'의 눈에 비친 4·3 사건의 처참한 현장이 드러난다……

여러 번 말했지만, 김시종이 4·3 사건에 관해 공적인 발언을 시작한 것은 1990년대 말부터다. 나는 특히 『도서신문(図書新聞)』에 게재된 강연록 「기억하라, 화합하라」를 읽고 충격을 받았다. 2000년 4월 15일 도쿄에서 개최된 제주도 4·3 사건 52주년을 기념한 강연 내용이다. 그는 당시 남조선노동당의 가장 젊은 활동가 중 한 명으로 4·3 사건을 직접 경험한 기억을 그야말로 생생하게 얘기했다. 자신이 관여한 '우체국 사건'의 기억 등은, 다소 가벼운 표현일 수는 있는데, 마치 영화의 한 장면처럼 선명하고 강렬하다. 그는 강연 첫머리에 일본에서 4·3 사건에 관해 거의 입 밖에 내지 않았지만, 『니가타』에는 그에 관해 언급했다고 말했다. 가장 충격적인 것은 4·3 사건 때 미군정을 배경으로 한 처참한 백색테러에 관한 내용이다.

> 게릴라 편에 섰던 민중을 철사로 묶어 대여섯 명씩 바다에 던져 학살했는데, 그 사체가 며칠 지나면 바닷가에 밀려와요. 내가 자란 제주도 성내(城內)의 바닷가는 자갈밭인데, 바다가 거칠어지면 자갈이 저걱저걱 울리는 소리가 나지요. 거기에 철사로 손목이 묶인 익사체가 밀려오는 거죠. 오고 또 오고……. 바다에 잠겼으니까 몸은 두부 비지 같은 형상으로 파도가 칠 때마다 방향이 바뀌고, 피부가 줄줄 떨어져요. 새벽부터 유족들이 삼삼오오 모여 와서 사체를 확인해요. 그것을 노래한 시가 1장(章) 정도의 분량입니다.[23]

---

23) 『図書新聞』, 2000.5.27.(제2478호).

확실히 제2부 파트 3에는 '마을에서 / 골짜기에서 / 사자死者는 / 5월을 / 토마토처럼 / 무르익고 / 문드러졌다'[24]는 구절이 있고, 그 '5월' 부분에 1948년 5월 10일에 강행된 '남조선단독선거'와 그때 발생한 '제주도인민봉기사건'에 관해 이미 상세한 주가 붙어 있다. 그러나 이 강연을 접하기 전의 나는 솔직히 말해 1장 분량이나 써넣은 4·3 사건의 기억을 정면으로 바라볼 수 없었다. 나보다 연장자이고 뛰어난 시인인 기무라 도시오[25]는 실제로 김시종의 이 강연록을 읽고, '김시종에 관해 누가 온전히 이해했을까, 어렴풋하게 이해하지도 못한 게 아닌가?' 하고 신음하듯 말했다. 기무라의 말은 불충분하나마 김시종론 비슷한 것을 이미 쓴 나로서는 쓰디쓴 비평으로 들렸다. 확실히 그랬다. 『니가타』 제2부 파트 2에는 다음과 같은 구절이 등장한다.

날이 저물고
날이
지나고
추錘가 끊어진
익사자가
몸뚱이를
묶인 채
떼 지어

---

24) 유숙자 번역, 『경계의 시』, 65쪽 참조.

25) 기무라 도시오(季村敏夫) : 1948~ . 시인. 대표작은 한신(阪神)·아와지(淡路)대지진 때 쓴 시집, 『나날의, 거처(日々の、すみか)』.

바닷가에

밀려 올라온다

남단南端의

투명한

햇살

속에서

여름은

분간할 수 없는

죽은 자의

얼굴을

비지처럼

망가뜨린다

삼삼오오

유족이

모이고

너덜너덜한

육체를

무언 속에

확인한다

조수潮水는

차고

빠지고

모래가 아닌

바닷가

자갈이

밤새

요란스레

운다[26]

　명백히 알 수 있듯이 이 부분은 앞서 인용한 강연에서 한 말과 거의 완전히 조응한다. 이 기묘한 감각을 어떻게 설명하면 좋을까. 가령 그가 강연 전에 새삼 자신의 시집 『니가타』의 이 구절을 다시 읽고, 그것이 그대로 강연 내용이 된 것일까. 아마 그렇지는 않을 것이다. 이 작품의 문체가 마치 동판에 새겨진 듯 그의 기억에는 이 장면이 각인되었고 지금도 그렇다고 생각한다. 1960년 경, 강연 시점보다 40년 먼저 썼던 이 구절을, 그때까지 나는 어떻게 읽었을까. '비지처럼', '너덜너덜한 육체', '요란스레 운다'는 단순한 비유나 꾸민 말이 아니라 하나하나 비할 데 없는 기명성(記名性)을 가진 사건의 기억이었다.

　한편 앞에서 인용한 장면에서 유족들은 남편이나 형제, 친척의 사체를 확인해도 차마 입 밖에 내지 못하고, 하물며 유체를 수습할 수도 없었다. 죽은 자는 어디까지나 무시무시한 '적색 게릴라'의 일원이라는 이유로 죽임을 당했으므로 남은 가족을 지키려면 죽은 자와의 관계를 숨겨야 했다. 설령 어머니와 자식이 바닷가에서 아버지의 사체를 보고 숨죽이는 장면을 상상해보라. 게다가 주위에서 결코 그것을 알아채지 못하게 해야 한다. '육체를 / 무언 속에 / 확인한다'는 것이 그것이다. 제2부 파트 2의 '소년'은 아마도 그렇게 '아비'를 빼앗겼다. 제2부 파트 2는 다음과 같이 끝맺는다.

---

26) 유숙자 번역, 『경계의 시』, 57~59쪽 참조.

망령의

술렁거림에도

불어 터진

아비를

소년은

믿지 않는다

두 번 다시

질질 끌 수 없는

아비의

거처로

소년은

고즈넉이

밤의 계단을

바다로

내려간다[27]

여기서 '아비를 / 소년은 / 믿지 않는다'고 하는 것은 저 '비지'처럼 '불어 터진' 유체가 된 '아비'를 말하는 것이리라. 현실의 아비는 유체가 되어 바닷가에 방치되어 있는데 진정한 아비의 '거처'는 이미 바다에 녹아 있다(제2부 파트 2의 전반에는 이 마무리와 호응한 '아비의 자리로 / 바다와 / 한데 어우러진 / 밤이 / 고즈넉이 / 사다리를 / 내린다[28]는 아름다운 구절이 등장한다). 그리고 아비의 '거처(자리)'를 찾아 바다로 통하는 계단을 내려가

---

27) 유숙자 번역, 『경계의 시』, 60쪽 참조.
28) 유숙자 번역, 『경계의 시』, 54쪽 참조.

는 소년은 다시 현재의 김시종일 것이다. 자기 자신으로 메타모르포제하는 것이라고 굳이 규정하는 것은 그 대목을 고려한 것이다.

또한, 제2부 파트 3은 '제주해협'을 하나의 '인질'로 파악하고, 거기서 '늙은 어부'가 작은 배를 타고 고기를 잡는다는 설정이다. 이제 장면은 4·3 사건 뒤의 천연스러운 풍경이다. 그 가운데 4·3봉기의 투쟁은 이렇게 표현된다.

피는
엎드려
지맥地脈으로
쏟아지고
휴화산
한라를
뒤흔들어
충천沖天을
태웠다
봉우리 봉우리마다
봉화를
피워 올려
찢겨 나간
조국의
음울한 신음이
업화業火로
흔들렸다[29)

---

29) 유숙자 번역, 『경계의 시』, 66~67쪽 참조.

그러나 제2부 파트 3 전체는 이미 사후(事後)의 색채로 물들어 있다. 4·3봉기가 철저히 탄압을 당한 뒤 태연히 잦아든 광경이다. '늙은 어부'가 고기를 잡는다. 수십 년이나 계속해 온 고기잡이를 계속하는 것이 오직 제주도의 노인들에게는 사자에 대한 조의(弔意)다. 그리고 그 애도 대상에는 제2부 파트 2에 등장한 '소년'도 포함된다. 늙은 어부가 '닻돌(갈고리 대신 쓰는 돌)'을 끌어 올릴 때, 그 '닻줄(닻돌을 묶은 동아줄)'에는 '소년의 / 차가운 / 죽음'이 얽혀 있다고 되어 있으니 말이다. 또한 그 늙은 어부를 '조부(祖父)'라고도 표현한다.

김시종은 자기 자신으로 메타모르포제하며 등장시킨 '소년'을 여기서는 이미 '사자(死者)'로 취급한다. 아비의 '거처'를 찾아 바다로 난 '계단'을 내려간 소년은 결국 아비가 녹아든 바다에 자신을 스스로 녹여 없앤 것이다. 그리고 소년의 죽음을 '조부'가 끌어당긴다……

지금 본, 제2부 파트 2와 파트 3은 『니가타』 전체 속에서 텍스트의 감촉이 크게 다르다. 내 인상으로는 뒤의 『광주시편』(1983년)과 통하는 것이 있는 것 같다. 그것이 『니가타』라는 텍스트의, 말하자면 가장 심층을 구성한다. 반면에 제2부 파트 4에서 텍스트는 다시 심층에서 위로 부상(浮上)한다. 이 파트의 주제가 침몰한 우키시마마루의 '인양'이므로 여기서는 텍스트의 내용과 구조가 잘 일치한다고 할 수 있다.

이 장면도 사실 독해가 어렵지만, 후반에 '샐비지의 윈치[30)]'라는 말이 등장하듯이, 침몰된 우키시마마루를 인양하는 장면이다. 제2부 파트 1은 우키시마마루의 폭파와 침몰이 주제인데, 앞에서 기술했듯이

---

30) *역자 주 – 샐비지의 윈치 : salvage는 해난구조, winch는 기중기를 말한다.

침몰 상태로 방치된 우키시마마루가 제1차 인양에 이어, 사건이 일어난 지 9년 후 본격적으로 인양(영어로는 '샐비지')된다. 더욱이 마침 '철경기(鐵景氣)'였으므로 침몰한 우키시마마루의 철재 견적 가치가 높게 나왔기 때문이었다. 다음에 인용하는 제2부 파트 4의 첫머리는 헬멧을 착용하고 잠수복을 입고 우키시마마루를 인양하는 인간을 상정하면 되지 않을까 생각한다(실제로 끝 부분에는 '바다의 내장에 삼켜진 잠수부의 눈'이라는 표현이 등장한다).

그는
먼 파도 소리에
아침을 보았다
눈에 마련된
철창을 통해
기포氣泡가 되어
부글거리는
대기의 비말飛沫을
헬멧의
딱딱한
감촉으로 알아차렸다[31]

이 '그'는 여기서 '폐어(肺魚)' 혹은 '실러캔스'로 드러나지만, 그것은 '지렁이'에서 '거머리'로 메타모르포제한 흐름에 그대로 접속된다. '지렁이'는 일단 '거머리'로 화하여 늪지를 빠져나와, 이제 '폐어'로 변태를

---

31) 유숙자 번역, 『경계의 시』, 72쪽 참조.

이룬다. 또한 동시에, 거기에는 김시종 자신이 관계한 저 '아파치족'의 고철 수집 체험도 포함했을 것이다. 다음 장면에서는 침몰하여 하나의 고철 덩어리가 된 우키시마마루가 '그'의 눈앞에 놓여 있다. '그'의 독백이다.

> 내가 가 닿는 자리에
> 사냥감이 있으면 됐어!
> 이미 광산으로 바뀐
> 고래의 거처가 있다!
> 아아 하느님
> 이 세상은 얼마나 아름다운가요
> 그걸 통째로 낚아챌 수가 있습니다
> 이제 숫자가 아니라
> 덩어리째로 집어삼킬 수 있습니다
> 전쟁이라고 하나
> 바다 건너
> 저편의 일[32]

앞에서 썼지만, 우키시마마루가 9년 후 인양된 것은 철재가 가진 가치 때문이었다. 여기서는 매우 시니컬하고 신랄하게 '이미 광산으로 바뀐 / 고래의 거처'로 묘사된다. '덩어리째로 집어삼킬 수 있다'는 것은 바로 '아파치족'의 은어이다. 또한 '전쟁'은 한국전쟁하에서 '조선 / 그만둬' 하고 외친 동포의 말이 반향을 일으킨 것일 수 있다.

---

32) 유숙자 번역, 『경계의 시』, 75~76쪽 참조.

그러나 거기에는 많은 사자가 애도의 대상이 아니라 방치되어 있다. 이 '잠수부'가 그 '지렁이'의 변태한 모습이라면 그것은 사자가 살아 있는 동포와 만나는, 9년 후 드디어 찾아온 기회이기도 하다. 침몰한 배에 지금도 갇혀 있는 사자와 그 배를 고철로 인양하러 온 자들은 서로의 의도가 크게 빗나간다. 중간에 '발파(發破)가 필요하다'는 1행이 있는데, 제1차 인양 때 작업을 담당한 이노(飯野) 샐비지 회사는 선체를 떼어내고자 다이너마이트를 사용했다고 한다.[33] 그야말로 광산에서 광석 발굴 작업을 하는 것과 마찬가지다. 다이너마이트로 열린 '출구'에서 사자의 뼈가 쏟아져 나온다. 김시종은 그 장면을 실로 교묘하게 다음과 같이 묘사한다.

깊어지는
바다의
두께 속을
응고된
침묵이
귀를 기울인다
일찌감치
물속에 전해지는
기관총 울림에
흩어지는 건
궁지에 몰린

---

33) 『浮島丸釜山港へ向かわず』, 224~225쪽.

죽음의 항적航跡이다!

뚫렸다!

출구다!

내 노획물이다!

수북한

먼지를 털고

속을 들여다본 녀석의

머리를 치고 나가는

뼈의 질주가

울타리를 빠져나간다!

소리에 매료된

물고기 떼처럼

위도緯度를 넘는

배의 장소로

떠오르지 않는 죽음을

분명

고국의

고동鼓動을 찾아

춤추며 오른다[34]

'뚫렸다! / 출구다!' 하는 사자들의 외침과 '내 노획물이다!' 하며 철재에 마음을 빼앗긴 잠수부의 목소리가 교차한다. 이렇게 우키시마마루에 갇혀 있던 사자들도, 다시 '위도를 넘는 배'를 향해 니가타의 '귀

---

34) 유숙자 번역, 『경계의 시』, 79~80쪽 참조.

국센터'로 몰려온다. 또한, 그것은 우키시마마루의 인양 장면 이후 일어난 일이므로, 제3부 파트 1에 모습을 보이는 귀국선 역시 마치 우키시마마루의 유령선 같은 이미지를 비밀스럽게 띠게 된다.

4. 제3부 '위도가 보인다'

제2부에는 우키마마루 사건과 4·3 사건의 무거운 기억이 두텁게 채색되었다. 거기서는 김시종의 유년시절 기억이 투영된 '소년'이 제주도의 '바다'에 녹아버리기까지 했다. 이 기억의 층을 안고『니가타』의 텍스트는 제3부에 다다른다. 여기서 다시 제1부 파트 4에서 도착한 니가타, 또한 그곳의 '귀국센터'가 주요 무대가 된다. 그리고 제3부 파트 3에서는 김시종 본인이 '귀국심사'를 받고 거부당하는 경위가 묘사된다. 물론 이는 사실과는 다르다.

김시종 자신은 그런 형태로 귀국심사를 받지 않았다.『니가타』를 관통하는 메타모르포제의 최종국면에서 본인이 '심사'를 받는 귀국회망자로 변태를 이룬 것이다. 또 그 귀국심사에 앞서『카리온』창간호에 게재된 「종족검정」의 마지막 부분이 수정·추가되어 제3부 파트 2에 편입된다. 최후의 제3부 파트 4에는 아마도 귀국선이 출항한 이후로 짐작되는 니가타가 묘사된다. 우선 제3부 파트 1을 확인해 보자.

봄은
비를 데리고 온다
배船 같은 것이다

눈雪에 묻힌
호쿠에쓰北越 지방에
배는
바다의 손을 끌고 온다

제3부 파트 1의 첫머리이다. 이렇게 여기에는 귀국선에 대한 기대와 봄의 기대가 중첩된다. 그리고 제3부 파트 1에는 곧바로 등장하는 배가 체현하는 공화국의 모습이 나온다. 나중에 등장하는 '강남(江南)이란 / 어느 봉우리의 끝을 말하는가'라는 구절의 '강남'에 관해 김시종은 '1년 내내 상춘(常春)인 전설상의 이상향'이라는 주를 붙였다. 일본의 식민지 지배와 한국전쟁을 거치면서 매우 피폐해진 북한이 그런 '강남'과 거리가 매우 멀다는 것을 그는 꿰뚫어보고 있었다. 그렇지만, 여기서 '귀국'에 대한 사람의 바람은 단지 들뜬 것이 아니라 절실한 것으로 묘사된다. 다음은 제3부 파트 1의 중간 부분부터이다.

계절이
풍물風物인
그런 계절이 아니라면
수확은
시들기 전의
푸르름밖에 없을 것이다
구름 끝에 비를 쏟는 듯한
흐름을 보고 싶다
네이팜으로 숯이 된

마을을
치유하고
불타버린
코크스 숲에
무성함을 되찾아 준
그 혈관 속에
도달하고 싶다

그리고 '칠흑의 어둠에 / 길을 보여준 / 그분의 숨결에 감싸여 / 밤
은 / 얼어붙은 / 압력계의 바늘 끝에 / 미동도 하지 않는다'는 구절에
등장하는 '그분'은 틀림없이 김일성 장군일 것이다. 물론 니가타에서
귀국선을 기다리던 동포의 생각을 대변한다는 측면도 있겠지만, 김시
종의 내면에도 고국의 해방자 김일성과 그가 다스리는 '공화국'에 대해
뜨거운 생각이 자리 잡고 있었을 것이다. 드디어 귀국선이 모습을 드
러낸 제3부 파트 1의 말미는 첫머리에 호응하여 이렇게 끝을 맺는다.

요란한
비는
수맥水脈을
비트는
배의
키舵에
흐려지는 편이 낫다
차단된

바다의

거리를

뚫고 온

사랑이

밀려오는

비에

실렸다는

증거가

고국의

깃발이라고

아는 것은

좋은 거다

망막網膜에

산을

씌우고

배가

다가온다

　이처럼 제3부 파트 1에서 김일성과 공화국에 대해 강렬한 생각을 품은 동포의 모습은 결코 부정적으로만 묘사되지 않았다. 오히려 자신도 배를 기다리는 등 당시 사람의 생각에 녹아든 것처럼 보인다. 그러나 이러한 텍스트의 흐름은 제3부 파트 2에서 결정적으로 단절된다. 음악적인 비유를 쓰면, 균형 잡힌 조성(調性) 음악에 갑자기 불협화음이 끼어드는 느낌이라고도 하겠다. 여러 번 말했지만, 여기에는 『카리온』 창간호에 실린 「종족검정」이 거의 그대로 포함되었다. 상정되는 장면 자체는 재일이 밀집해 사는 오사카의 어느 후미진 장소일 것이다. 거기서 일본 사복형사에게 미행을 당한 '내'가 그 형사를 동포가 모여 있는 선술집으로 유인한다(다음 인용에서 강조는 원문에 따른다).

나는
천천히
놈과 시선을
마주한 채
좁은 골목을 지나가기 시작했다
놈의 보행이
멈췄다
그 반동으로 상체가 숙여졌다
질풍을 만난 듯
나는 공중제비를 돌며 외쳤다
개다!
기름내 나는 흙방이
총궐기했다.
나는 놈을 덮치고
친애하는 동포가
그를 문초했다
진정
친애하는 동포 말이다!
기름과 마늘과
사람들의 훈기 속에
나는 당연한

보수^{報酬}를 기대하며 말했다

여름은 역시 개장이지!

사발을 바꾸던 여주인이

의아한 듯

멀뚱멀뚱하게 나를 보았다

그리고 돌아서며

아저씨 이놈도 개야!

　오노 도사부로는 『니가타』에 기고한 '해설'에서 '여기서는 얻어맞거나 발로 차인다는 실감조차도 그대로 읽는 이에게 전달될 만큼 촉각과 후각 등 오감을 다 드러낸 인간이 작품 위에서 행동한다'고 지적하는데,[35] 지금 인용한 구절의 장면이 전형적으로 그러하다. 이 부분에서 그의 문체는 극단적 클로즈업을 통한 카메라 눈(camera-eye)의 시선을 취하고 있어, 극히 복잡하게 얽힌 상황이 투영된다. '나'는 미행하는 일본인 사복경관을 선술집까지 유인하여 동포들에게 '개다!' 하고 적발했지만, 그런 '나' 역시 '친애하는 동포'들로부터 '이놈도 개!'라는 시선을 받는다.

　매우 인상적인 장면인데 해석이 갈릴 수도 있다. 왜 '여주인'은 '아저씨 이놈도 개야!' 하고 외쳤을까.[36] 나는 여기서 동포의 자연스럽고 친밀한 공동체에서 배제를 당할 수밖에 없는 활동가이자 지식인에 속

---

35) 『들판의 시』, 477쪽.

36) 가령 오세종은 '개장(보신탕을 말함-역자)'의 '발음이 나빴기 때문'이라고 해석한다. 다음을 참조. 『リズムと叙情の詩学-金時鐘と'短歌的叙情の否定'』, 237~239쪽. 그러나 내가 보기에는 재일 2세도 많이 살고 있는 마당에 특별히 조선어 발음이 문제가 되었다고는 보이지 않는다.

하는 젊은이의 모습이 묘사되었다고 해석한다. 사복형사를 적발하는 것은 활동가는 몰라도 생활하는 동포로서는 고마운 얘기는 아니다. 그런 가운데 젊은 활동가가 짐짓 '여름은 역시 개장'이라고 발설하는 것을 동포로서는 도저히 받아들일 수 없었을 것이다. 형사는 호된 추궁을 받으면서도 집요하게 '나'에게 묻는다. '외국인등록서를 보여라! / 등록서를 내놔! / 등록서를 내놔!' 하고. 그에 대해 '나'는 이렇게 답한다.

태어나기는 북선北鮮이고
자란 것은 남선南鮮이다
한국은 싫고
조선이 좋다
일본에 온 것은
정말 우연한 일이었다
한국에서 밀항선은
일본에 오는 것밖에 없었으니까
그렇다고 북조선에 지금 가고 싶은 것도 아니다
한국에
오직 어머니 한 분이
미이라가 되어 기다리니까
하물며
하물며
난 아직
순도 높은 공화국 공민이 안 되었거든
때마침 아저씨의 나무막대가

놈의 힐문을 멈추게 했다
딱,
딱,
딱,
눈톱이 내 뇌 천장에 박혔다.

이 부분은 김시종의 육성에 가까운 것을 여실히 써넣은 구절이다. 『니가타』의 기밀적인 텍스트에 내포된, 작품의 주요한 핵의 하나다. 그러나 이러한 본심의 토로, 특히 '순도 높은 공화국 공민이 안 되었다'는 고백은 동포인 '아저씨'를 자극했고, 나무막대로 세차게 얻어맞는 결과를 가져온다.

이를 이어받은 제3부 파트 3에서는 '내'가 귀국센터에서 '심사관' 앞에 서는 장면이 묘사된다. 바로 신체검사 장면인데 그것은 동시에 '나'의 내면의 심사이기도 하다. 그러나 거기에는 제3부 파트 2에서 나온 사복형사가 있고, 그때 내가 본심을 토로한 것을 심사관에게 이미 발설한 듯하다.

일제히
머리를 쳐든
심사관
끝까지 숨기는
나야말로 내보여야 한다고
시시콜콜 심부深部를 들이대며
추궁해 온다

〔중략〕

어차피 돌아가진 못해

척 달라붙는

뒤통수의 조소에

뒤돌아보니

이놈!

개로 잘못 생각한

그놈 아닌가!

최소한 확인해 보라구

진짜로

매부리코

어깨를 두드리고 밖에 나갔다

아뿔싸!

막판에 쑤시는 마음으로 토로한 걸

까발린 거다!

무슨 비열함인가

여기에 직접 이어지는 구절은 제3부 파트 2 본심의 토로보다 더 중요한 부분이다.

나야말로

추호의 의심 없는

북의 직계다!

바다 근처 조부에게 물어봐라~

조부?

의심 많은 턱에

수염이 길게 자랐다!

나요!

종손인 시종時鐘입니다!

외침이

하나의 형태를 갖춰 떨어지는 순간이

이 세상에는 있다.

내 손자라면 산에 갔소

총을 들고요……

서늘한

이 일별一瞥

아아

육신肉身조차

나의 생성生成의 싸움을 알지 못해!

그 조국이

총을 들 수 있는

나를 위해 필요하다!

여기서 '나'는 자신이야말로 공화국에 귀국해야 할 인간이라고 심사관에게 강력히 호소한다. 특히 '나야말로 / 추호의 의심 없는 / 북의 직계다!'라는 구절은 통절한 울림이 있다. 또한 '시종'이라고 작가 이름을 분명히 써넣었다('종손'이라는 것은 일본에서 말하는 본가의 손자, 그 중에도 장남을 말한다). 그 외침은 조부의 환영을 일순간 현장에 증인으로 호출하는 듯하지만 '순도 높은 공화국 공민'이 되지 못했음을 스스로 시인하고 공언한 '나'에게는 그 조부의 모습조차 서늘하게 다가온다.

이 파트에서도 변함없이 '나'의 분신인 '그놈' 내지 '놈'이 등장하여 귀국의 의의를 설명하고, 결국 '그놈' 내지 '놈'은 귀국길에 오르지만, '나'는 머무른다. 게다가 귀국하는 '소녀' 내지 '딸'에게 '내'가 의탁한 '비취'마저 주위 사람에게 빼앗긴다. 그 '비취'는 사회주의 이념하에 통일된 조국의 상징으로 생각할 수 있는데, 경우에 따라『지평선』내지『일본풍토기』등의 시집을 구체적으로 상정할 수도 있다(혹은『카리온』의 창간호). 그 경우에도 '그놈' 내지 '놈'은 늘 '나'를 방해하는 위치에 있는 듯하다. 그러나 그 귀국하는 '놈'과 '나'는 어디까지나 쌍둥이 같은 관계에 있음이 확인된다. '내가 나라는 / 방법은 하나. / 평생 / 서로 등지고 / 연결되고 / 으스댄 놈의 / 철저한 부담이 / 나라는 것' 직접적으로 말해 자기와 대척적인 위치에 있는 동포까지 자신의 의심할 바 없는 분신으로 받아들이는 것이다. 이로써『니가타』전편을 관통하는 분신 이야기에 하나의 결말이 이루어진다.

최후의 제3부 파트 4는 귀국선이 출항한 뒤의 니가타의 풍경이다. 물론 귀국사업은 이후에도 계속되고 최종적으로 1984년까지 실로 187차에 걸쳐 귀국선이 니가타를 출항했으나 제3부 파트 4에서는 귀국하지 않은 자들, 혹은 이미 사자로서 귀국할 수 없었던 자들의 상념이 주제가 된다. 이하는 제3부 파트 4의 첫머리이다.

지평地坪에 담긴
하나의
바램을 위해
많은 노래가 울린다

서로를 찾는

금속의

화합처럼

갯벌을

가득 채우는

밀물이 있다

돌 하나의

목마름 위에

천 개의 파도가

무너진다

여기서 '하나의 / 바램'은 북위 38도선이 진정한 의미에서 넘을 수 있는 것, 즉 고국이 통일되는 것으로 받아들일 수 있다. '서로를 찾는 / 금속의 / 화합'은 이뤄져야 할 만남을 얘기할 때 김시종이 종종 사용하는 메타포이다. 그러나 여기서는 돌조차 '목마름'이고 '천 개의 파도가 / 무너진다' 그 '파도' 하나하나에는 제주도 바다 밑의 사자들과 마이즈루 앞바다 사자의 웅얼거림도 포함되었을 것이다. 거기에 있는 풍경 그 자체가 '노래'를 울려 퍼지게 한다.

그 가운데 제3부 파트 4에서 인상적인 형상은 안테나이다.

지붕이라는 지붕

위에 세운

메마른 목소리의

하얀 묘표^{墓標}를

안테나라고 말하지 마라

집집마다 지붕에 안테나가 서 있는 극히 일상적인 풍경이 김시종의 시선 아래서는 '메마른 목소리의 / 하얀 묘표'로 전화한다. 매우 인상적인 부분이 아닌가. 안테나는 전파 형태로 된 소리를 붙드는 것이며 또한 육성(肉聲)이 단절된 표시이기도 하다. 마치 집 안에서 각자 농성을 하듯 우리는 문과 창을 걸어 잠그고 지붕에 안테나를 세운다. 그러나 그 안테나는 소리를 붙잡을 뿐 아니라 사실은 발신하고자 한다. 김시종은 『지평선』 이래의 저 '벙어리매미'를 거기에 등장시킨다. 다음은 제3부 파트 4의 중간 부분에 있는 한 구절이다.

바싹 마른 땅이
소금을 닦는
백주白晝
파라볼라 안테나에
붙어 있는
그것은
한 마리
벙어리매미이다

이 '파라볼라 안테나'에 붙은 '한 마리 벙어리매미'의 이미지는 매우 선명하고 강렬하다. 들리지 않는 목소리에 귀를 기울이고, 낼 수 없는 목소리를 안으로 감싼 '벙어리매미'. 바로 강어귀에 통나무배 한 척이 토사 범벅이 되어 잠겨 있는 듯, 각각의 파라볼라 안테나에는 반드시 '벙어리매미'가 한 마리 붙어 있을 것이다. 그러한 풍경 속에서 가만히 '지렁이'가 매미 허물에 몸을 넣으며 죽음에 이른다. 다음은 제3부 파트 4의 후반부터이다.

> 번데기를 꿈꾼
> 지렁이의 입정入定이
> 한밤.
> 매미 허물에 숨어들기 시작한다.
> 차가운 응시凝視에
> 감싸여
> 번지는 체액이 다 마를 때까지
> 저 멀리 반짝이는
> 눈부심에
> 몸을 비튼다
> 너무나
> 관계없는 소생蘇生이
> 골목 속 소굴에 득실거린다

양잠이 성한 니가타에서 누에 번데기는 나방으로 변태를 이루는데, 진정한 변태는 '지렁이'가 번데기로 변태를 이루는 곤란성에 있다. 그런 것은 있을 수 없다는 '차가운 응시' 하에 그래도 '지렁이'는 '저 멀리 반짝이는 / 눈부심에 / 몸을 비튼다'. 그러나 여기서 지렁이는 변태를 이루기보다 단지 바짝 말라 경직될 뿐인 것 같다. '체액'이 마르며 마치 하나의 미이라처럼. *미이라*처럼? 그렇지만, 그건 김시종의 '어머니'의 이미지였다. 그렇다면 안테나에 붙어 있던 벙어리매미는 역시 어머니였을까? 그 벙어리매미의 남은 허물에 이제 지렁이가 몸을 넣는다. 결국 여기에 이르러 지렁이는 어머니의 죽음으로 메타모르포제를 이루려 한다. 실제로 허물은 죽음으로 가는 '지렁이'의 관(棺) 같이 생각한다.[37]

그러나 '지렁이'의 메타모르포제가 『니가타』 전체를 관통하는 하나의 모티브였다고 한다면, 이 구절은 결국 그것이 실패로 끝났음을 고하는 것일까. 모친의 죽음에 대한 메타모르포제는 또 하나의 죽음을 낳을 뿐일까. 내 생각에 꼭 그렇지는 않은 듯하다. 일부러 '입정'이라는 불교 용어를 쓴 것은 그것이 성스러운 죽음, 그런 의미에서 한층 고차원적인 '소생'으로 통하는 것으로 규정할 수 있다고 볼 수 있으니 말이다.

다음은 제3부 파트 4, 따라서 『니가타』라는 텍스트 전체의 결말 부분이다.

해구海溝를 기어 올라온

균열이

남루한

니가타

시市에

---

37) 앞 장에서 고찰한, 1961년 8월 14일이라는 날짜를 부기한 「도달할 수 없는 깊은 거리로」라는 작품에는 다음과 같은 구절이 등장한다. '바싹 메마른 / 한국에서 / 미이라가 된 어머니여. / 우주궤도에서 본 지구는 / 마리모*처럼 아름답다 합니다. / 마음 속 깊이 / 당신께 안긴 나날은 / 아름다웠습니다. / 불모의 한국을 껴안고 / 움직이지 않는 어머니에게 / 한밤중. / 언젠가 부화(孵化)할 / 싱싱한 푸르름을 바친다' 이 부분과 『니가타』의 해당 부분을 중첩시켜 이해할 수 있다고 생각한다.

*마리모 : 북위 45도 이상에 있는 담수호에서만 서식하는 희귀한 녹조식물로, 가느다란 수초들이 엮여 동그란 녹색 구슬 같은 모양이다.

나를 붙잡아둔다

꺼림칙한 위도는

금강산 절벽에서 끊어졌으므로

이건

아무도 모른다

나를 빠져나온

모든 것이 사라졌다

망망히 펼쳐지는 바다를

한 남자가

걷고 있다

여기서 다시 '포사 마그나'와 38도선이 중첩된다(여기 등장하는 '금강
산'은 물론 북한의 대표적인 산이다. 북위 38도선은 바로 그 산기슭을 지난다). 그
러나 최후의 '한 남자'를 우리는 어떻게 이해해야 할까. '나를 빠져나
온 / 모든 것이 사라졌다'는 말은 『니가타』 전편에 일관된 분신극이 종
언을 고했다는 의미일 것이다. '한 남자'는 확실히 '지렁이'의 메타모르
포제의 최종적인 모습이다. '지렁이'의 '입정'을 통해 다름 아닌 이 '한
남자'가 '소생'한 것이다.

그러나 제3부 파트 3에서 '시종'이라는 고유명사가 등장한 것과 비
교하면 여기에서는 그러한 '개성', '개별성'이 완전히 박탈되는 듯이 생
각한다. 이 '한 남자'는 비로소 한 개의 실존으로 이제 이름조차 불명인
상태로 거기에 존재한다. 모든 메타모르포제의 극이 끝내 도달한 이
실존적 존재는 아직 진짜 '인간 부활'과는 거리가 멀지도 모른다. 그러
나 착실히 자기 발로 걷는다. 바다 위의 길을, 아마도 '어머니'의 단 한

장 새하얀 수의를 입고.

또 하나 우리에게 확실한 것은 이 '한 남자'가 니가타와 한반도 사이에 펼쳐진 바다를 30년간, 40년간 계속 걸었고, 지금도 걷고 있다는 것이다. 기억의 단층을 밟고 넘어 이 '한 남자'와 만나기 위해서는 우리 역시 한 마리의 '지렁이'로 메타모르포제가 필요할지 모른다. 본 장의 첫머리에서 기술했듯이 유례없는 지렁이의 지성(촉각)으로 『니가타』를 지금 바로 우리를 향해 늦게 배달된 편지로 읽는 것이 우리에게는 필요하다. 『니가타』라는 텍스트의 단단한 지층을 무엇보다 자신의 기억을 밭을 갈 듯 파며 지나가는 것, 편지의 수신자 이름에 다시 자신의 이름을 몸부림치듯 쓰는 것, 아마 한 사람 한 사람이 추호의 의심 없는, 혹은 헷갈리기 쉬운, 또 하나의 '북의 직계'로 말이다.

제4장

김시종과 하이네, 첼란
—『이카이노 시집(猪飼野詩集)』의 사정(射程)

제3장에서는 장편시집 『니가타』를 큰 구조체로 파악하고 얼마간 세부적으로 파고들며 내 나름대로 고찰해 보았다. 『니가타』는 스이타·히라카타 사건이나 우키시마마루 사건 등 일본의 전후(戰後)에 관한 중요한 기억을 극히 압축적인 형태로 포함한다. 특히 동아시아에서 20세기라는 시대를 재고할 때 빼놓을 수 없는 4·3 사건의 기억과 관련하여 『니가타』라는 텍스트가 껴안은 선명한 기억은 경이로운 바가 있다. 더욱이 그것은 중요한 사건에만 국한된 것이 아니다. 필경 『니가타』라는 방대한 텍스트를 구성하는 모든 행, 모든 언어, 모든 문자에 그 사건과 상황에 조응하는 경험과 장면의 기억이 풍부하게 충전되어 있다. 거기에는 뭔가 가공스러운 느낌조차 있다. 물론 내가 그 모든 행을 다 이해할 수 있는 것은 아니다. 『니가타』에는 틀림없이 내가 지금도 말할 수 없는, 말하자면 동결된 기억과 장면이 아직도 숨어 있다.

『니가타』에서 사건의 기억은 극도로 압축되고 치환되고 변형되어 그 문맥에 쉽게 접근할 수는 없다. 우리의-나의- '무지'와 '불명(不明)'이 큰 이유라는 것은 부정할 수 없다. 그러나 그 접근 불가능성이야말로 『니가타』를 일체의 부식작용에서 지켜 온 바로 그것이 아니었을까. 『니가타』에 그렇게 각인되고 동결된 수많은 기억. 아니 오히려 기억이 다이너마이트의 폭약처럼 단단히 충전되어 지금이라도 도화선이 바작바작 불꽃을 발하는 듯한 인상마저 준다. 그런 '작품'이 내화금고에 담겨 있던 10년 이상의 시간, 간행되고 나서도 역시 기밀성을 지니는 시간, 그리고 저자 스스로 그 봉인을 풀고자 하는 시간, 사건과 기억과 언어를 둘러싸고 아주 새로운 시간개념이 우리에게 필요하지 않나 하는 생각마저 든다.

그는 1970년 조직과 관계를 완전히 끊고 『니가타』를 간행함과 동시에 봇물 터지듯이 에세이와 평론 집필을 개시한다. 또한, 일본 각지에서 정력적으로 강연해나간다. 『들판의 시』의 '연보'에 기재된 것만 해도 놀랄만한 숫자이다. 1973년부터는 일본의 공립고등학교(정시제〔定時制〕고등학교)에서 일본 최초의 조선인 교사로 조선어를 가르치게 되었다. 이후 평일은 고등학교 교원으로 근무하고, 토, 일요일에는 반드시 어디선가 강연을 하는 현기증이 날 듯한 왕성한 활동을 계속했다.

그러한 가운데 1975년 최초의 평론집 『드러나기와 드러내기』를 간행하고 1978년에는 새 시집 『이카이노 시집』을 마무리했으며, 나아가 1980년 제2평론집 『클레멘타인의 노래』를 간행하고 1983년 『광주시편』을 출판한다. 이 두 권의 평론집과 2권의 시집은 김시종의 표현과 사상을 진정 세계적인 수준에 올려놓았다고 할 수 있다. 1970년대 중반부터 80년대 중반에 걸쳐 이 정도의 깊이와 실질성을 갖춘 시집과 평론집을 내놓을 수 있었던 시인은 일본은 물론 아마 세계적으로도 드물 것이다.

그것이 가능했던 것은 타고난 자질도 두말할 나위가 없지만, 그의 포지션도 크게 작용했을 것이다. 황국 소년의 과거, 4·3 사건의 기억, '재일'로서의 조직활동, 일본어로 쓰는 것에 대한 조직으로부터의 금압……. 나는 그가 짊어진 이 무지막지한 중압을 생각할 때, 당돌한 생각일 수 있지만, 카프카가 친구 막스 브로트에게 보낸 서간 한 구절을 떠올린다. 카프카는 1921년 6월 브로트에게 보낸 장문의 편지에서 프라하에서 독일어로 쓰는 유대계 작가가 직면한 세 개 내지 네 개의 '불가능성'에 관해 인상 깊은 서술을 남긴다.

> 그들은 세 개의 불가능성 사이에 살고 있는데(나는 이를 단지 우연히 언어의 불가능성으로 부르는 데 지나지 않고, 그렇게 부르는 것이 가장 간단하지만 전혀 다른 호칭도 가능할지 모르겠다), 즉, 쓰지 않는 것의 불가능성, 독일어로 쓰는 것의 불가능성, 다른 글쓰기를 하는 것의 불가능성, 여기에 아마 네 번째의 불가능성을 덧붙일 수 있을지도 모르겠네. 즉 글쓰기의 불가능성(이것은 이러한 절망이 글쓰기를 통해 잦아들 수 없고, 사는 것과 *그리고 쓰는 것*이 적[敵]이었기 때문이네. 글쓰기란 이 경우 목을 매달기 직전 유서를 쓰는 인간처럼 하나의 잠정 조치에 불과했지. 잠정 조치라도 실은 한 생애 동안 계속되지만, 말이네), 그러니까 그건 모든 측면에서 봐도 불가능한 문학이었네.[1]

---

1) 吉田仙太郎訳, 『決定版カフカ全集9-手紙-1902~1924』, 新潮社, 1992, 370쪽. 강조는 원문에 따른다.

체코어 화자(話者)가 다수를 점하는 프라하에서 독일어로 글을 쓴 카프카와 오사카에서 일본어로 글을 쓴 김시종은 물론 사정이 크게 다르다. 그러나 그들의 표현 언어가 위화감이 없는 투명한 매체가 결코 아니라는 점은 공통된다. '독일어'는 빌린 언어라는 감각을 카프카는 평생 지울 수 없었다.[2]

조직의 비판을 받고 시집 출판마저 중단한 김시종은 일본어 글쓰기와 조선어 글쓰기가 전혀 불가능했다. '일본어' 글쓰기도 '민족허무주의'라는 비판과 함께 금압을 당했지만, 그렇다고 '조선어' 글쓰기는 그가 애초에 가장 읽어주기를 바란 2세, 3세 재일 동포로부터 멀어지는 것이었다. 또한 4·3 사건의 기억에 관해서는 그야말로 쓰는 것도 쓰지 않는 것도 불가능했다. 그래서 바로 '머리를 매달기 직전 유서를 쓰는 인간'처럼 그는 『니가타』의 텍스트를 써내려간 것이 아닐까.

나아가 『심판』의 '편자 후기' 등에서 친구 브로트가 증언하는 바로는, 카프카는 유일한 유언으로 브로트에게 자신의 사후 작품과 편지를 모두 태우라고 부탁했다. 다행히도 브로트가 이 약속을 지키지 않음으로써 그의 작품은 우리에게 남았다(브로트는 카프카의 진의가 실은 그 반대라고 해석했다[3]). 반면에 김시종은 『니가타』 원고의 소실을 두려워하여 스스로 그것을 10년 이상 내화금고에 넣고 자물쇠를 채웠다.

카프카가 쥐, 독충, 나아가 '오드라데크' 같은 기괴한 생물에 빗대

---

2) 카프카는 가령 독일어의 '무터(Mutter=어머니)', '파터(Vater=아버지)'를 사용한다면 유대인 '어머니'와 '아버지'를 진정으로 사랑하는 것은 불가능하다고 1911년 10월 24일자 일기에 적었다. 다음 참조. 谷口茂訳, 『決定版カフカ全集7-日記』, 新潮社, 1992, 85~86쪽.

3) 中野孝次訳, 『決定版カフカ全集5-審判』, 新潮社, 1992, 218~223쪽 참조.

어 글을 썼듯이 김시종 역시 지렁이, 쥐, 개, 번데기(蛹) 등 작은 동물이나 생물을 끌어다 표현한다. 거기에는 양자가 끌어안은, 글쓰기를 둘러싼 3중, 4중의 가능성/불가능성과 관계가 있다. 단적으로 말하면 양자가 철저히 마이너리티의 위치에서 글을 쓰는 사람이라는 것과 깊이 연관된다. 따라서 불가피하게 김시종의 작품은 단지 '일본어문학'이라는 영역을 넘어 고찰할 수밖에 없다. 실제로 김시종의 작품에는 적어도 유럽의 유대계 문학과 강렬하게 들어맞는 점이 있다고 생각한다.

본 장에서는 거기에 초점을 두고 김시종의 『이카이노 시집』을 하인리히 하이네, 그리고 새삼 파울 첼란과 관련지어 고찰하고 싶다.

1. 『이카이노 시집』의 두 개의 리듬

1978년에 간행된 『이카이노 시집』은 첫머리부터 『니가타』와 전적으로 이질적인 리듬을 부각한다. 그것은 김시종 내부에 천성적으로 존재하면서, 장편 「샤리코」는 소수의 예외지만, 앞에서 확인했듯이 3중, 4중의 불가능성 중에 단단히 압축된 듯이 생각한다. 그 리듬이 약속이라도 한 듯 일거에 독자의 가슴 속을 울린다. 이하는 첫 번째 시 「보이지 않는 동네」의 첫 부분이다.

없어도 있는 동네
그냥 그대로
사라져 버린 동네
전차는 애써 먼발치서 달리고

화장터만은 잽싸게

눌러앉은 동네

누구나 다 알지만

지도엔 없고

지도에 없으니까

일본이 아니고

일본이 아니니까

사라져도 상관없고

아무래도 좋으니

마음 편하다네

거기선 다들 목청을 돋우고

지방 사투리가 활개치고

밥사발에도 입이 달렸지

엄청난 위장은

콧등에서 꼬리까지

심지어 발굽 각질까지

호르몬이라 먹어 치우고

일본의 영양을 몽땅 얻었노라

의기양양 호언장담[4)]

구어 리듬을 기조로 한 이 씩씩한 노래는, 역시 「샤리코」는 예외지
만, 김시종 자신의 작품에서도 또한 그때까지의 일반적인 일본어 시에

---

4) 『들판의 시』, 125~126쪽. 이하 이 작품을 인용할 때는 출전을 제시하지 않는다. 「보이지 않
는 동네」는 유숙자, 『경계의 시』, 85~92쪽 참조. 인용 부분은 85~86쪽.

서도 좀처럼 보이지 않는다. 『니가타』의 고난에 찬 모든 행, 모든 문자가 암호화된 듯한 텍스트의 전개와 비교하면 모든 것을 털어버린 듯한 명쾌함이 여기서는 텍스트의 움직임을 구성한다. 실로 상쾌한 작품이다. 한편 시집 타이틀인 '이카이노'에 관해 그는 시집의 첫머리에 이렇게 주를 붙였다.

> 오사카시 이쿠노구(生野区)의 한 구역이었으나 1973년 2월 1일에 없어진 조선인 밀집지이며 옛 정명(町名). / 옛적에는 이카이노쓰(猪甘津)라고 했고 5세기 무렵 조선에서 집단 도래한 백제인이 개척했다는 백제향(百濟鄕)의 터전이기도 하다. 다이쇼 말기 백제천을 개수하여 신히라노가와(新平野川, 운하)를 만들었을 때 이 공사를 위해 모인 조선인이 그대로 살게 된 마을. 재일 조선인의 대명사와도 같은 동네이다.[5]

그는 이 '이카이노'라는 지명의 말소에 직면하여 '이카이노'에서 살아온 조선인의 고유한 기억을 시집 속에 새겨 넣는다. 시는 개별적인 인간이 현재 사는 모습 속에 있고 시인은 어쩌다가 그것을 말로 나타내는 데 지나지 않는다고, 그는 되풀이하여 말한다.[6] 바로 『이카이노시집』은 한 권의 시집 전체가 이카이노에 사는 조선인의 모습을 그대로 시의 언어로 말하려 한 혼신의 시적 행위이다. 표현 언어 역시 이카

---

5) 『들판의 시』, 125쪽.
6) 가령 양석일과의 대담에서 김시종의 다음과 같은 발언 참조. "그럼 시인이란 무엇인가 하면 문학이나 말로 자기의 생각을 말하지 않아도 자신의 시를 살아가는, 그런 사람들의 생각을 말로 할 수 있는 인간이지요. 어쩌다 말할 수 있는 그뿐인 얘기나 다른 것과 다른 건 말이죠."(『わが生と詩』, 115쪽)

이노에서 조선인 1세가 '큰 소리로 떠드는', '일본어가 아닌 일본어[7]'로 규정한다. 바로 일본어로 쓰는 것도 조선어로 쓰는 것도 불가능한 자가 '일본어가 아닌 일본어'로 쓴 시집이다. 그러면서도 김시종 고유의 문체로 한층 다듬어져 있다. 이와 같은 「보이지 않는 동네」의 약간 앞부분에서부터 인용해 보자.

어때, 와보지 않을 텐가?
물론 표지판 같은 건 있을 리 없고
더듬어 찾아오는 게 조건
이름 따위
언제였던가
와르르 달려들어 지워 버렸지
그래서 '아카이노'는 마음속
쫓겨나 자리 잡은 원망도 아니고
지워져 고집하는 호칭도 아니라네
바꿔 부르건 덧칠하건
猪飼野는
이카이노
코가 안 좋으면 못 찾아오지.

오사카의 어디냐고?
그럼, 이쿠노라면 알아듣겠나?
거스르는 자네의 무언가가

---

7) 작품 「보이지 않는 동네」에 등장하는 표현이다.

멀리한 악취에라도 물어보게나[8]

이 한 구절을 읽을 때마다 김시종의 '일본어'의 깊은 음영이 나를 강타한다. 일체의 미사여구, 시적인 은유 같은 것을 모두 도려낸 문체이면서도 '시'라고 밖에 부를 수 없는 것이 거기에 조형되어 있다. 가령 '더듬어 온다(たぐってくる)'라는 동사가 가진 생생한 육체 감각, '쫓겨나 자리 잡은 원망도 아니고 / 지워져 고집하는 호칭도 아니라네'라는 굴절된 말솜씨, 특히 인용 말미의 '거스르는 자네의 무언가가 / 멀리한 악취에라도 물어보게나'라는 철저히 끊어내는 표현. 이는 김시종밖에는 못 쓰는 '일본어'이다. 이 문체는 『이카이노 시집』에서 「노래 또 하나」, 「이카이노 도깨비」 등의 걸작으로 연결된다(특히 「노래 또 하나」에 관해서는 다음 절부터 중심적으로 다루겠다).

또한, 연작인 「하루의 깊이로」, 「그림자에 그늘지다」를 비롯하여 전혀 다른 리듬을 새긴 작품도 이 시집에 수록되었다. 이들 작품은 행(行)의 운용, 말의 움직임이 끊임없이 제자리로 돌아오는 듯한 문체이다. 다음은 「하루의 깊이로(1)」의 첫머리이다.

이리 밀리고
저리 밀려
어긋나는 나날만이
오늘이기 때문에
오늘만큼 내일이 없는 나날도 없다

---

8) 유숙자, 『경계의 시』, 87~88쪽 참조.

어제가 그대로 오늘이니
일찌감치 오늘은
기울어진 위도緯度 등짝에서
내일인 것이다
그러니 그에게는
어제조차 없다
내일도 없고
어제도 없고
익숙해진 나날의
오늘만 있다[9]

일본의 패전으로 고국이 '해방'되었으나, 냉전구조하에서 분단을 겪고 세계사의 동향에 완전히 농락당한 한반도였다. 따라서 '재일'을 사는 것은 통일된 조선을 선취하는 의미가 있다는 것이 김시종이 내건 입장이었다. 그러나 그것은 동시에 해방과 동떨어진 채 하루하루를 살고자 고통스러운 일본 생활을 반복하는 것이기도 하다. '어제', '오늘', '내일'이 똑같은 '익숙해진 나날'이라면 거기에는 본질적으로 '어제'도 '내일'도 없다. 그것은 표기에서 '日々(나날)'이라는 통상적인 생략기호를 허용치 않는, 하나하나가 확고한 '날'과 '날'의 연속임과 동시에 바로 글자마저 같은 '일일(日日)'인 것이다.

이 내성적인 리듬으로 김시종은 저 일본 패전의 날의 자신을 묘사한다. 그것이 「그림자에 그늘지다」의 작품세계이다. 다음은 「그림자에 그늘지다」 첫 부분이다.

---

9) 『들판의 시』, 164~165쪽.

그늘진 여름을 알지 못할 것이다

빛으로 채색된

내장안內障眼의 여름을

찬란히 비치며

뿌옇게 흐린

햇살 속

그늘의 방사放射를

노오란 여름

하얀

기억을[10]

'내장안'이란 시력을 빼앗는 눈의 병인데, 김시종이 '여름'을 얘기할 때 종종 등장하는 어휘이다. '내장안의 여름'이란 눈부신 빛을 쐰 찬란한 기쁨을 나타내는 것이 절대 아니다. 그것은 바로 일본의 패전＝해방을 황국 소년의 한 사람으로 맞이한 날 자신의 모습이다. 다음은 같은 작품의 중간 부분부터이다.

정말 나는

오전 내내 어둠 속에 있던 사내다.

아무런 전조도 없이

회천回天은 태양 틈새에서 내려온 거였다

돌연 피어오른 열풍에

---

10) 『들판의 시』, 265쪽. 「그림자에 그늘지다」는 유숙자 번역, 『경계의 시』, 112~117쪽, 인용 부분은 112쪽 참조.

넵다 눈이 멀어 버린 밤의 사내다
나의 망막에는 그때 이후 새가 깃들었다
날마다 초록 날개를 펼쳐
그윽이 빛나는 여름을 그늘 지운다[11]

여기에는 이중의 어긋남이 있다. 하나는 일본의 패전을 고하는 '옥음(玉音)방송'이 흘러나온 것이 8월 15일 정오였다는 사실이다. 즉 8월 15일이 온전히 '해방'의 날이라는 것은 정확하지 않으며 정오까지 조선은 아직 일본의 식민지 지배하에 있었다. 8월 15일이 '해방'의 날이라는 것은 그 하루의 후반만 해당한다. 그리고 동시에 이 어긋남에는 김시종이 8월 끝 무렵까지 아직 조선인으로 돌아오지 못했다는 어긋남이 겹쳐진다. 자기의 실존적 체험을 통해 '여름'을 해방이 아니라 그 어긋남이자 뒤처짐이라고 파악하는 관점은 이후의 『화석의 여름』(1998년)을 거쳐, 현재 최신 시집인 『읽어버린 계절-김시종 사시 시집』(2010년)까지 계승된다.

냉전구조하에서 미국 진영의 반공 국가를 앞장서 만들고자 한국에서는 구 '친일파'가 복권된다. 그 '해방'이 가진 기만성을, 8월 15일이 '회천(回天)'의 날이 아니었음을 확언하는 그의 시선은 날처럼 예리하다. 즉 동포와 함께 '해방=회천'을 경축할 수 없었던 그의 뒤처짐은 8월 15일이 원래 가진 반나절의 지체를 확대시킨 듯한 입장이었고 그것을 통해 여전히 달성되지 않은 '해방'을 드러낼 수 있었던 것이다. 이

---

11) 유숙자 번역, 『경계의 시』, 116쪽 참조.

시를 1977년 9월호『문예전망(文芸展望)』에 처음 게재했다는 것도 확인해 두고자 한다. '머리말'에서 다룬 바 있는 에세이 「클레멘타인의 노래」를 썼을 때보다 1년 반 정도 앞선 시기에 해당한다.

이처럼『이카이노 시집』은 '이카이노'에 사는 조선인의 모습을 시의 형태로 새겨 넣는다는 지향과 그 '여름'의 자기 모습을 작품 속에 정착시킨다는 지향, 이 두 개의 모티브를 리드미컬하고 약동하는 문체와 지극히 내성적인 문체로 써낸 작품이다. 또한, 그것은 멀리 유럽의 유대인과 호응하는 듯한 의외의 사정(射程)을 잉태한다. 이하에서는 바로 하이네와의 관계에 초점을 두고 생각해보기로 한다.

2. 하이네와 김시종

이쯤에서『이카이노 시집』에 수록된 「노래 또 하나」에 관해 짚어보자. 이미 서술했듯이 이 작품은 '이카이노'라는, 당시 지명이 사라진 오사카의 재일 조선인 밀집지의 삶과 사람의 생각을 인상적인 리듬으로 탄탄히 노래한 것 가운데 하나다. 25연이나 되는 긴 작품이지만, 모두의 우선 몇 개의 연을 인용한다.

두드린다
두드린다
바쁜 것만이
밥벌이 보증
마누라에 어린 것에

어머니에 여동생
입으로 떨어지는 못질 땀을
뱉고 두드리고
두들겨댄다

일당 5천 엔
벌이니까
열 켤레 두드려
50엔
한가한 녀석일랑
계산허이!

두드리고 나르고
쌓아 올리고
온 집안 나서서 꾸려 간다
온 일본 구두 밑창
때리고 두들겨
밥을 먹는다[12]

헵번 샌들[13]을 비롯하여 일본의 신발산업을 지탱한 것은 재일 조선인이라고 한다. 오사카, 고베의 작은 공장에서 그야말로 땀을 비 오듯 흘리며 밑창을 하나하나 박는 노동이 일본 생활을 떠받치는 원동력이

---

12) 『들판의 시』, 151~152쪽. 「노래 또 하나」는 유숙자 번역, 『경계의 시』, 100~107쪽, 인용 부분은 100~101쪽 참조.
13) *역자 주 – 헵번 샌들(Hepburn sandal) : 구두와 샌들을 절충한 신발을 말함.

었다. 1995년의 한신(阪神)·아와지(淡路)대지진 때 고베시 나가타구(長田区)의 샌들공장이 밀집한 지역에서 화재가 일어나자, 드디어 그러한 역사적 관계가 매스컴을 통해 널리 보도되었다(불행하게도 그것은 신발산업이 지진 피해로 다시 일어서지 못하게 된 사태와 동시에 이루어졌다).

이 작품에서는 밑창을 박는 동포의 모습이 온전히 작품의 고통스러운 리듬으로 바뀌어, 집요하게 반복되는 리듬 속에 재일 조선인과 일본의 관계를 깊은 음영으로 노래했다. 일본어 시에는 드문 '고통스러운 쾌감'이라고 할 만한 것을, 독자들은 여기서 충분히 맛볼 수 있을 것이다. 그러나 이 작품에는 간과해서는 안 될 하나의 중요한 배경이 존재한다.

실은 「노래 또 하나」를 관통하는 이 리듬은 젊은 날 김시종 내부에 깊이 새겨진 「슐레지엔의 직공(Die schlesischen Weber)」의 리프레인(후렴)이 훗날에 이르러 실현된 것이다. 김시종 자신이 『하이네 산문작품집』 제2권의 권두에 실린 「사라진 '하이네'」라는 글에서 그렇게 밝혔다.[14] 전 4권으로 이루어진 『하이네산문작품집』은 당시 고베대학 교수였던 기바 히로시[15]가 '책임 편집'을 했는데, 1979년부터 고베대학에 비상근강사로 출강하던 김시종에게 이 글의 집필을 의뢰했다고 추측한다.[16]

---

14) 木庭宏外訳, 『ハイネ散文作品集』 제2권, 松籟社, 1990, 3~10쪽. 이 에세이는 나중에 金時鐘, 『草むらの時』(海風社, 1997)에 수록된다.

15) 기바 히로시(木庭宏): 1942~ . 독일 문학 연구자, 전 고베대학 교수. 특히 하이네의 연구와 번역으로 알려졌다.

16) 이보다 앞서 기바 히로시와 김시종의 대담이 있었다. 기바는 하이네와 김시종의 중복성에 관해, 각자의 처지 뿐만 아니라 표현 언어에도 초점을 맞춰 얘기한다. 다음을 참조. 金時鐘/木庭宏, 「大談-ハインリヒ・ハイネについて」, 『近代』 제63호, 神戸大学, 1987, 239~255

너무나도 김시종의 문장답게 짧은 글 속에 많은 테마를 응축했을 뿐 아니라 어투와 구성, 나아가 타이틀까지 실로 주도면밀한 짜임새를 보인다. 「사라진 '하이네'」라는 타이틀을 축으로 보면, 거기에는 세 가지의 의미 부여가 가능하다.

이 에세이의 첫 부분에는 하이네에 관해 이 원고를 쓰려고 새삼 고서점과 신간서점을 들렀으나 하이네 관계 서적이 전혀 눈에 띄지 않은 체험을 기술했다. 물론 그것은 단지 고생스러운 집필담이 아니다. 1990년 시점에서 하이네는 일본의 출판문화에서 이미 '사라졌다'고 할 수 있지 않을까 하는 것이 첫 번째 층이다. 그러나 그는 또한, 젊을 때 즐겨 있었던 하이네가 자기 내부에서도 사라지지 않았나 하고 자문한다. 이것이 「사라진 '하이네'」의 말하자면 두 번째 층이다. 그리고 하이네와 자신의 처지가 원래 신기할 만큼 겹쳐 있었다면서 다음과 같이 쓴다.

내 내력을 하이네의 궤적과 비교하는 것 자체가 대단히 주제넘는 일이지만, '옛 독일'과 화합할 수 없었던 채 이국 프랑스에서 생애를 마친 것, 유대계라는 이유로 동족인 '독일'에서도 소외되고 조국조차 저주와 축복의 대상으로 놓아야 했던 하이네의 생애는 뭔가 나의 '재일'과 부합하고도 남는다. 나도 재일 조선인운동의 전환기(1950년대 후반)에 필화사건을 일으켜 조직 전체의 비판이라는 무시무시한 알력을 겪고, 한창 뻗어 나가야 할 시기에 10여 년에 걸쳐 일체의 표현활동을 차단당한 경험이 있다.[17]

_____

쪽(또한 끝머리에 기바가 쓴 '부기(附記)'를 보면, 이 대담은 1986년 12월 10일에 이루어졌다).
17) 『ハイ ネ散文作品集』 제2권, 4~5쪽.

그럼에도 자신 속에서 어느 사이에 하이네가 사라진 이유는 하이네의 '코스모폴리타니즘'을 '민족허무주의의 온상'으로 간주하는 발상에서 벗어나 있지 않았기 때문이라고, 그는 다음과 같이 회고한다.

극히 최근까지, 정확히 기바 히로시 씨의『민족주의와의 투쟁』을 만나기 전까지 나는 하이네가 신봉해 마지않은 코스모폴리타니즘을, 그의 과다할 정도의 문학 지상주의적인 로맨티시즘으로 치부했다. 분단이라는 고난의 역사적 시련에 처한 조국이 사회주의 체제하에서 통일되기를 신앙처럼 믿어 온 나로서는 민족허무주의의 온상으로 운위되는 '코스모폴리타니즘'을 계율처럼 자계(自戒)하며 멀리 했다.[18]

이 무렵의 '코스모폴리타니즘'에 대한 강한 혐오는 '일본인'으로서는 이해하기 어려울지도 모르겠다. 그러나 스스로 차별과는 무관하다고 생각하는 '일본인'이 '재일 조선인'에 대해 종종 발화하는 '일본인인지 조선인인지 하기 이전에 똑같은 인간이 아닌가' 하는 말은 실제로는 자명하게도 '일본인'으로 '동화'를 촉구하는 데 불과했다. 관대한 '코스모폴리탄(cosmopolitan)' 일본인은 '그러니까 함께 기미가요를 부르자' 하고 종종 아무렇지 않게 말을 이어간다. 이 사실은 우리에게 상기되어야 한다. 이 부분은 과연 '유대인'을 둘러싼 유럽 상황과 기본적으로 같은 것이다.

그러나 김시종은 여기서 하이네의 코스모폴리타니즘이 '문학'이라는 특권적인 장에서 현실을 호도한 것이 아니라 오히려 독일의 내셔널

---

18)『ハイネ散文作品集』제2권, 5~6쪽.

리즘과 명확히 투쟁한 것이었다고 확인한다. 기바 히로시는 하이네의 '유대성'을 둘러싸고 뛰어난 저서를 간행한 연구자이기도 하므로 그러한 측면에서도 '문학 지상주의적 로맨티시즘'에 도저히 수렴되지 않는 하이네의 모습을 그는 새삼 알게 된 것이다.

그러나-이것이 「사라진 '하이네'」의 세 번째 층인데-, 그는 코스모폴리타니즘을 둘러싸고 하이네를 멀리한 그 긴 세월을 넘어 하이네의 '슐레지엔의 직공'의 리듬이 자신 속에 소멸하지 않고 존재한 것과 그것이 「노래 또 하나」라는 작품에 솟구치듯 결정(結晶)된 것을 이렇게 고백했다.

> 거의 40년 전, 차곡차곡 포개듯 자리 잡은 「슐레지엔의 직공」의 그 리프레인,
> 옛 독일이여 너의 수의壽衣를 짠다.
> 세 겹의 저주를 거기에 짜 넣어 / 우리는 짠다 우리는 짠다
> 그 딱딱 맞는 리듬은 내 몸속에서 20여 년이나 맥박을 치며, 「노래 또 하나」라는 내 시에 숨을 불어넣었다.[19]

이어서 그는 「노래 또 하나」를 스스로 전행 인용하고 에세이를 다음과 같이 간결하게 맺는다. '내게서 없어진 하이네는 실은 철저히 숨겨진 나의 하이네였는지도 모른다'.

그렇다. 하이네는 표면적으로는 그의 의식에서 사라졌어도 눈에는 보이지 않는 리듬으로 그 안에서 '20여 년'이나 은밀히 맥박을 치고 있

---

19) 『ハイネ散文作品集』 제2권, 6쪽.

었고, 최초의 만남부터 40년 후 그는 거기에 새삼 눈을 돌린 것이다. 「슐레지엔의 직공」의 하이네는 일본에서 한때 '사랑의 시인'으로 사람들 입에 한창 오르내린 하이네가 아니라 바로 그런 하이네를 일본에서 망각한 것을 넘어서서 김시종 안에 존재해 온 '나의 하이네'였다. 다음 절에서는 이 의외의 결론을 좀 더 추적해 보자.

3. 하이네의 「슐레지엔의 직공」

하이네는 마르크스와 파리에서 친밀하게 교류한 1844년 시기에 「슐레지엔의 직공」의 원형을 썼다. 이하에서는 이노우에 쇼조(井上正藏)의 『하이네서설』[20]을 참조하여 이 작품의 큰 배경이 된 사실에 관해 간단히 기술하겠다.

슐레지엔 직공들의 반란 또는 봉기에 관해서는 기계 파괴 운동인 소위 러다이트운동의 하나로 거론되었고, 또한 나중에 게르하르트 하우프트만의 희곡 『직공』(1892년)의 충실한 묘사로 비교적 잘 알려졌다. 1844년 6월 4~6일 당시 프로이센령(현재는 폴란드령)의 슐레지엔에서 가난한 직공들이 과감히 봉기한 투쟁이다.

1840년대에 슐레지엔 직공들은 수직기(手織機)를 사용한 영세한 가내공업에 종사했으나 공장주들에게 심한 착취를 당하고 영주들에게 기계세(機械稅)도 납부했다. 곤궁한 생활에 아사하는 사람까지 속출했다고 한다. 일대에는 불온한 공기가 감돌고 직공들은 작자 미상의 과

---

20) 井上正藏, 『ハイネ序説』, 未來社, 1967.

격한 노래 「피의 재단(裁斷)(Das Blutgericht)」을 흥얼댔다. 그러던 중 1844년 6월 공장주의 집 앞에서 이 노래를 부른 직공이 체포되어 폭행을 당하는 일이 일어나고, 결국 가난한 직공들이 일어섰다. 그들은 부유한 공장주의 저택과 가게를 습격하고 장부를 불살랐으며 새 직기(織機)를 파괴했다. 수천 명의 직공이 참가했다고 하는데 최종적으로는 군대가 출동하여 폭동을 진압했다. 물론 많은 사망자를 동반한 폭력적인 '진압'이었다.

우선 봉기의 계기가 된 「피의 재단」이라는 노래를 『하이네서설』에서 인용해보자.

> 죄도 따지지 않고 / 바로 죽인다 / 비밀재판보다 더 지독해 / 여기의 학대·사람 죽이는 학대 / 마을 사람은 고문당하고 / 고통을 새기는 / 무수한 한숨 / 츠완치거의 나리들은 교수형 집행인 // 졸개들은 옥졸이라네 / 어느 쪽도 무도無道함은 뒤지지 않아 / 산 사람의 가죽을 벗기네 // 네놈들은 악당 악마의 패거리 / 지옥의 무뢰배. / 가난한 사람의 피를 빨고 살을 먹는 / 너희에게 저주를 걸어 주마……. [21]

파리에서 이 사건의 소식을 들은 하이네는 곧 4연으로 된 「가난한 직공(Die armen Weber)」을 써서 1844년 7월 10일 자 『포어베르츠』지 제55호에 발표했다. 당시 『포어베르츠』는 파리에서 주 2회 간행된 잡지로, 봉기가 일어난 지 1개월 뒤 하이네의 「가난한 직공」을 게재했다. 마르크스는 이 봉기의 분석을 포함한 글을 『포어베르츠』 1844년 8월 7

---

21) 『ハイネ序説』, 35쪽.

일 자 제63호, 8월 10일 자 제64호에 두 번에 걸쳐 발표했다.『포어베르츠』제60호에 실린 이 봉기에 관한 아노르트 루게의 논고를 마르크스 특유의 신랄한 어조로 철저히 비판하고, 직공들의 봉기를 프롤레타리아로서 명확한 자각에 기초하여 부르주아지에 대해 일어난 첨예한 계급투쟁으로 규정하며 높이 평가한 글이다.[22]

즉 하이네는 시를 통해, 마르크스는 논고를 통해 함께『포어베르츠』를 무대로 슐레지엔 직공의 봉기에 과감하게, 거의 실시간으로 응답했다고 할 수 있다.

『하이네 서설』에 따르면, 하이네의 「슐레지엔의 직공」은 이 「가난한 직공」을 약간 수정하고 새로 제5연을 추가하여 1847년의『아르밤』지에 발표한 것이다. 물론 후세에 잘 알려진 것은 개작 이후의 「슐레지엔의 직공」이며, 김시종은 최종연의 제3행을 이 에세이에서 인용했다. 『하이네시집』에 이노우에 쇼조가 번역한 「슐레지엔의 직공」을 전부 인용해보자.

침침한 눈에는 눈물도 마르고
베틀에 앉아 이를 악문다
독일이여 우리는 짠다 너의 수의를
세 겹의 저주를 거기에 짜 넣는다
우리는 짠다 우리는 짠다

---

22) 마르크스의 이 논설의 번역문은 다음에서 볼 수 있다. 大内兵衛·細川嘉六 監訳,『マルクス=エンゲルス全集』제1권, 大月書店, 1959, 429~446쪽.

첫 번째 저주는 신에게
추위와 굶주림에 떨며 매달렸건만
부탁도 기대도 무자비하게
우롱하고 조롱거리로 삼는다
우리는 짠다 우리는 짠다

두 번째 저주는 왕에게 부자들의 왕에게
우리의 불행을 외면하고
마지막 한 푼마저 빼앗아 가고
개처럼 때려죽인다
우리는 짠다 우리는 짠다

세 번째 저주는 그릇된 조국에게
더러움과 모독만이 들끓고
꽃이란 꽃은 피기가 무섭게 꺾이고
부패와 속에 구더기가 스는 곳
우리는 짠다 우리는 짠다

북이 날고 베틀이 덜그렁댄다
밤이고 낮이고 쉬지 않고 짠다
낡은 독일이여 네 수의를 짠다
세 겹의 저주를 거기에 짜 넣어
우리는 짠다 우리는 짠다[23]

---

23) 井上正藏, 『世界詩人全集3-ハイネ』, 新潮社, 1968, 256~258쪽.

김시종이 앞의 에세이에서 인용한 3행과 비교하면 거의 동일하지만 '옛 독일이여'가 '낡은 독일이여', '너의 수의'가 '네 수의'로 약간 다르다. 김시종의 인용에는 출전과 역자를 명시하지 않았으나 아마도 이 이노우에 번역본보다 더 오래된 버전을 젊을 때부터 읽었을 것이다. 김시종은 1990년에 쓴 에세이에서 '거의 40년 전에'라고 썼으므로, 아마도 1950년경 그가 일본에 건너와서 얼마 지나지 않은 무렵 틀림없이 그 오랜 버전과 조우했을 것이다. 그렇다 해도 그는 5연으로 된 하이네 시의 리듬에서 25연이나 되는 장대한 작품을 짜내고 혹은 두드려 만들었다.

그리고 새삼스럽게 하이네의 「슐레지엔의 직공」과 김시종의 「노래 또 하나」를 나란히 놓고 느끼는 것은 김시종의 「노래 또 하나」가 작품 자체의 환기력이 훨씬 강렬하다는 것이다. 물론 이에 관해서는 하이네 쪽이 어디까지나 번역이라는 것을 전제해야 할 것이다. 하지만 하이네의 작품이 매우 명확한 구성을 이루고 있는 것도 큰 관계가 있다. 하이네의 작품은 첫머리에서 독일의 '수의'를 짜는, 더욱이 '세 겹의 저주'를 짜 넣는다는 선언이 이루어지고 다음 3연에서 각각 '신', '왕', '조국'을 저주하고 마지막 연은 다시 제1연과 같은 형태를 취하면서 한층 인상 깊게 마무리한다. 그러나 이 완결된 구성이 오히려 해가 된 부분이 있는 듯하다.

참고로 여기서 '신', '왕', '조국' 세 가지가 저주의 대상이 된 것은 당시 왕당파가 이 세 가지를 프로이센 권력의 지주(支柱)로 주장했기 때문이다. 이에 관해서는 엥겔스가 「가난한 직공」의 영역을 소개하면서 최초로 지적했다.[24] 아마도 하나하나의 시구를 주의 깊게 독해하면 그 외에도 다양한 배경을 지적할 수 있을 것이다.

그러나 하이네의 「슐레지엔의 직공」, 하물며 번역된 시에서 직공들의 비참한 처지와 과감한 봉기를 상상하기는 그리 간단치 않다. '독일이여 네 수의를 짠다'는 교묘한 표현, '우리는 짠다 우리는 짠다(Wir weben, wir weben!)'이라는 연속된 리듬, 확실히 뛰어난 작품이지만, 전체적으로 어딘가 추상적인 작품이라는 인상을 주기도 한다. 그러나 김시종은 에세이에 스스로 인용한 이 시의 말미 3행을 축으로 이 '직공'들의 모습에 밑창을 박는 동포의 모습을 사실적으로 중첩할 수 있었다.

앞에서 슐레지엔의 직공봉기의 직접적인 계기가 된 것이 노래 「피의 재단」이라고 언급했지만, 하이네의 「슐레지엔의 직공」이 「피의 재단」을 전제로 하는 것은 확실하다고 생각한다(마르크스도 앞에서 소개한 논고에서 이 노래에 주목했다). 하이네는 지극히 민중적인 '저주'의 노래를 「슐레지엔의 직공」의 '세 겹의 저주'로 말하자면 '이론화'한 것이다. 결국, 너무나 간결하고 완결적인 형태의 「슐레지엔의 직공」은 그토록 잘 정리된 결구(結構)에 차마 담아낼 수 없는 저 「피의 재단」 노래와 수면 아래로 연결된다. 김시종이 「노래 또 하나」를 쓸 때 「피의 재단」을 알았는지 여부와는 별개로-아마 알았으리라고 추측되지만-, 「노래 또 하나」는 하이네의 「슐레지엔의 직공」의 리듬을 「피의 재단」이 가졌던 구체적인 민중적 전파방식에 근접시킨 형태이기도 하다.

---

24) 『ハイネ序説』, 50쪽 참조.

「슐레지엔의 직공」의 번역을 접한 김시종은 「노래 또 하나」라는 작품을 통해 번역에서 표면적으로는 잘 안 보일 수도 있는 시의 본질을 훌륭히 복원한 것이 아닐까. 그는 하이네의 「슐레지엔의 직공」의 리프레인이 '내 시에 숨을 불어넣어 주었다'고 썼지만, 실제로는 그 역(逆)도 성립한다. 적어도 내 입장에서는, 「노래 또 하나」는 하이네의 「슐레지엔의 직공」이 본래 내포했던 시의 박동에 다시금 숨을 불어넣었다고 말할 수 있다.

4. 유창한 말과 보복의 말

　김시종의 에세이에도 쓰여 있듯 하이네와 김시종의 처지는 분명히 유사한 부분이 있을 것이다. 그가 스스로 밝히지 않은 문제이지만, 하이네 입장의 독일어와 김시종 입장의 일본어 사이에는 중요한 연관을 파악할 수 있다. 김시종에게 일본어가 결코 '모국어'가 아니듯이 하이네에게도 독일어는 단순히 '모국어'라고 할 수 없기 때문이다.

　하이네가 자란 뒤셀도르프의 집에서 일상적인 회화는 이디시어(Yiddish)로 이루어졌다. 이디시어는 주로 동유럽의 유대인들이 홀로코스트 이전에 일상어로 쓴 언어이다. 독일어 고어에서 유래하면서도 히브리어에서 기원한 단어와 슬라브계 단어가 많고, 표기는 어디까지나 히브리 문자를 사용했다. 독일어에 가까운 만큼 독일어 화자들은 이디시어를 천박하고 단정치 못한 방언이라며 멸시했다. 독일의 유대인 커뮤니티에서도 이디시어가 난무했는데, 독일인이나 사회적인 상승을 바라는 유대인도 스스로 이를 전근대적인 유대인의 상징으로 간주했다. 하이네 역시 그런 환경에서 자랐다. 가령 하트무트 키르허(Hartmut Kircher)의 『하이네와 유대주의』에는 다음과 같은 서술이 있다.

　부모의 집에서는 일종의 이디시어(유대·독일어)를 사용했지만, 하이네는 독일어로 교육을 받았다. 그의 모친의 편지를 보면 꽤 유창하기는 했으나 세밀한 점에서는 틀린 곳이 많은 독일어를 쓴 것을 알 수 있다. 하이네가 서둘러 쓴 문장 중에 때때로 야릇한 정서법(正書法)을 볼 수 있는 것은 아마 이와 관련이 있을지 모른다.[25]

　여기서 하이네의 '모국어'를 명확히 지적하지는 않았지만, 적어도 하이네의 어머니 베티의 모국어는 이디시어였다. 따라서 괴테와 함께 독일 문학의 대명사적 존재인 하이네의 모국어도 실은 독일어가 아니라 이디시어였을 가능성을 충분히 생각할 수 있다.

　독일 문학을 대표하는 하이네의 모국어가 독일어가 아니라면 이는 얼핏 보기에 극히 기묘한 역설적인 사실로 생각한다. 그러나 사실, 제2차 대전 후 일본어 시와 산문의 대표적인 저작자 중 하나인 김시종의 '모국어'는 일본어가 아니다. 우리는 하이네와 같은 유대계의 표현자들, 그리고 이디시어가 모국어인 표현자들이 유럽에서 처했던 위치를 김시종이라는 존재를 매개로 하여 명료하게 볼 수 있다.

　하이네가 자란 시대에는 이디시어로 학교 교육을 받거나 이디시어로 표현활동을 하는 것은 도저히 불가능한 상황이었다. 아니 애초부터

---

25) ハルトムート·キルヒャー, 小川眞一, 『ハイネとユダヤ主義』, みすず書房, 1982, 88쪽.

그런 발상이 없었다고 해야 할 것이다. 이디시어를 모국어로 하는 유대인 아이는 학교에 가면 러시아어, 독일어, 프랑스어 중 하나를 익히는 것이 당연시되었다. 나아가 '민족성'을 고려한다면 히브리어의 본격적인 습득도 목표였다. 이디시어만으로 지적(知的)인 상승을 이룩하는 선택이 아직 존재하지 않았다.

한편 여러 차례 확인했듯, 김시종이 자란 한반도 및 제주도에서는 일본의 식민지 지배로 점차 조선어가 추방되었다. 그가 자란 시대는 특히 일본의 문화지배가 철저하게 추진되던 때였다. 김시종 자신이 강제로 황국 소년이 되었으며 모국어인 조선어는 의식 저편으로 가라앉았다. 한글로 쓰인 조선의 근대문학도 출발하자마자 일본의 식민지 정책 과정에서 압살된다. 하이네에게 이디시어의 의식적, 무의식적인 '억압'과 비교해도 훨씬 폭력적인, 가타부타할 수 없는 가혹한 현실이었다고 할 수 있다.

되돌아 생각하면 이 이디시어 및 조선어의 억압과 압살의 차이는 그 후 하이네가 독일어로, 김시종이 일본어로 저작활동을 했을 때 일종의 결정적인 대조성을 초래했다. 하이네는 어쨌든 '유창한 독일어'로 쓰려 했고 보란 듯이 그에 성공한다. 무엇보다 하이네를 괴테와 나란히 평가하는 문학사상의 '상식', 혹은 적어도 괴테 이후의 독일어 시인으로는 우선 하이네의 이름을 거론하는 사실은 그것을 웅변적으로 말해 준다. 나치스조차 하이네의 「로렐라이의 노래」를 말소하지 못하고 독일명시선집에 '작자 미상'으로 게재할 수밖에 없었다.[26] 한편, 김

---

26) 『ハイネとユダヤ主義』, 4쪽 참조.

시종은 그야말로 '유창한 일본어' 글쓰기로 한결같이 저항을 시도했다. 그의 시와 산문에서는 그야말로 '데니오하(てにをは)'[27]마저도 그 저항의 밀도를 알아차릴 수 있다고 나는 생각한다. 그는 스스로 그것을 '일본어에 대한 보복'이라고 명료하게 규정했다.

그렇지만, 가령 하이네 사후 100주년을 기념한 아도르노의 강연 「하이네라는 상처」에 따르면, 일견 유창한 하이네의 언어, 흐르는 듯한 독일어의 리듬 속에도, 독일어 속의 외국인이라 할 수 있는 하이네의 악전고투를 읽어내는 것이 가능하다. 아도르노가 날카롭게 파악한 것은 언어를 '존재의 집'으로 삼는 하이데거와는 대척 지점에 있는 하이네의 모습이다. 아도르노는 강연에서 이렇게 말했다.

유통하는 언어에 대한 하이네의 무방비성에는 배제된 자가 모방 시에 발휘하는 열성이 나타난다. 동화적인 언어는 실패한 동일화의 언어이다. 〔중략〕 언어마저 건반으로 연주하는 듯이 사용한 하이네의 기량은 탁월한 것이어서 그로서는 자기 언어의 불충분함을 표현의 매체로까지 고양시킬 수 있었고 자신의 고통을 말하는 재능이 그에게 부여된 것이다.[28]

만약 독일인으로 '동일화'하는 것이 '성공'했더라면 이미 매끄러운 '동화적인 언어'를 사용할 필요는 없다. 우선 독일인 측의 배제 때문에

---

27) *역자 주 – 데니오하 : 일본어에서 한문을 훈독할 때 쓰는 조동사, 조사 등의 총칭.
28) アドルノ, 三光長置訳, 『文学ノート』, みすず書房, 2009, 114～115쪽. 다만 인용한 번역문은 호소미에 따른다. 또한 아도르노의 하이네론에 관해서는 다음의 졸론을 참조하기 바란다. 「テクストと社会的記憶-アドルノのハイネ論にそくして」, 『アドルノの場所』, みすず書房, 2004.

'동일화'가 거부당했으므로 하이네는 너무나도 독일인에게 받아들여지기 쉬운 '동화적인 언어'를 '건반으로 연주하듯이' 사용했다는 해석이다. 아도르노가 보기에 하이네의 경우, 독일인과 독일어에 대한 위화감이야말로 과잉스러운 유창함의 획득을 지향하게 했고 역으로 말하면 지극히 역설적이지만, 거기에는 독일어를 자연스러운 모국어로 구사하는 자와는 또 다른 위화(違和)의 흔적이 남게 된다. 따라서 아도르노적인 관점에서 하이네와 김시종은 표리의 관계에 있다는 의미가 된다.

지금까지 살펴보았듯이 「슐레지엔의 직공」과 「노래 또 하나」는 이러한 착종된 배경을 갖고 있다. 표현언어와 환경을 둘러싸고 끊임없이 경계를 살아온 하이네와 김시종이 백수십 년의 시간을 뛰어넘어 온전히 작품을 통해 구체적인 연결을 보여주는 것은 지극히 특권적이라 할 만한 국면이다.

5. 「죽음의 푸가」와 「슐레지엔의 직공」

하이네, 김시종과 마찬가지로 끊임없이 경계를 살았던 또 한 시인, 파울 첼란을 소환하고자 한다. 첼란에 관해서는 이미 제2장에서 양친과의 관계가 김시종과 유사하다는 관점에서 언급했다. 이미 서술했듯이 그는 당시 루마니아령이었던 체르노비츠에서 의심할 나위 없이 독일어를 모국어로 삼아 성장했고, 양친을 홀로코스트에서 잃은 뒤 전후에는 파리에서 가족과 함께 프랑스어를 생활언어로 쓰며 살았다. 그러나 첼란은 독일어로 글쓰기를 계속했다. 전후, 홀로코스트라는 단절로 인해 강한 위화를 품게 된 독일어, 말하자면 양친을 살육한 자들의 '국어'로 계속 시를 쓴 것이다.

나로서는 첼란과 김시종, 그리고 하이네, 이 3자의 관계를 의외의 형태로 알게 된 사유가 있는데 잠시 소개하기로 한다.

2003년 나는 고베에서 개최된 미나토 오히로(港大尋)가 이끄는 소시에테 콩트르 레타(Societe Contre L'etat)라는 밴드와 함께 자리한 세션에서, 김시종 및 고베의 시인 기무라 도시오(季村敏夫)와 함께 낭독 무대에 섰다. 나는 중간에 첼란의 「죽음의 푸가」를 독일어로 낭독했다. 그때의 마지막 라이브가 김시종의 「노래 또 하나」의 낭독이었다. 밴드의 연주도 격렬하게 고양되는 그날의 클라이맥스였다. 그때였다. 김시종의 '우리는 짠다 우리는 짠다'는 리듬과 첼란의 '우리는 마신다 우리는 마신다(wir trinken und trinken)'의 리듬이 내 귀에 강한 공진(共振)을 드러냈다. 그리고 그때 나는 처음으로 첼란의 「죽음의 푸가」에 다름 아닌 하이네의 「슐레지엔의 직공」의 리듬이 자리 잡고 있다는 걸 깨달았다.

나는 이 '발견'에 약간 흥분하여 첼란 연구서 몇 권을 다시 보니, 가령 미국의 펠스티너의 방대한 첼란론에 이러한 관계가 이미 지적되어 있었다.[29] 몇 번이나 읽은 책이고, 해당 부분에 나 자신이 밑줄을 그었는데도 확실히 깨닫지 못했으니 무슨 아둔함인가. 하지만 아마 펠스티너가 괴테의 『파우스트』와 하이네의 「로렐라이의 노래」 등 아주 일반

---

29) Felstiner, John, Paul Celan: poet, Survivor, Jew, Yale University Press, 1995, pp.35-37.

적인 전거를 들면서 「슐레지엔의 직공」의 리듬과의 관련성을 지적했기 때문에 크게 주의를 기울이지 않았는지도 모른다. 「죽음의 푸가」를 독일어로 낭독한 뒤 김시종의 「노래 또 하나」의 낭독을 접하면서 그제야 그 관계에 내 귀가 뜨인 것이다(나는 그 시점에서 「노래 또 하나」가 「슐레지엔의 직공」의 리듬을 내재시켰음을 알고 있었다).

그렇다고 해도 「죽음의 푸가」에 등장하는 '금빛 머리카락'과 「로렐라이의 노래」의 이미지가 겹친다든가 '마르가레테'가 『파우스트』의 등장인물의 이름과 동일한 것, '우리는 짠다 우리는 짠다(Wir weben, wir weben!)'와 '마신다 마신다(wir trinken wir trinken)'의 중복된 리듬은 과연 동등하게 논해야 할 사항일까. 나에게 이것은 수수께끼를 푸는 듯한 각각의 시구에 관한 문학사적 영향 관계보다도 훨씬 결정적으로 중요한 점이라고 생각한다. 다시 말해 나는 그것을 그날 밤 김시종의 「노래 또 하나」의 낭독에서 배운 것이다.

다시 첼란의 「죽음의 푸가」의 첫머리를 내가 학창시절부터 접한 이요시 미쓰오(飯吉光夫)의 번역으로 인용해 보자.

새벽의 검은 우유. 우리는 그것을 저녁에 마신다.
우리는 낮에 마신다. 아침에 마시고 우리는 그것을 밤에 마신다.
우리는 마신다 또 마신다.
우리는 공중에 무덤을 판다. 거기서는 눕기에 비좁지 않다.
한 남자가 집에 산다. 그는 뱀을 가지고 논다. 그는 쓴다.
그는 쓴다. 어두워지면 독일로 너의 금빛 머리카락 마르가레테.
그는 그걸 쓰고 집 밖에 나오면 별들이 번득인다. 그가 휘파람으로 개들을 불러낸다.

그가 휘파람으로 자기 유대인들을 불러낸다. 땅에 무덤 하나를 파게
한다.

그가 우리에게 명령한다. 연주하라, 이제 무도곡이다.[30]

베껴 쓰면서 역시 훌륭한 번역이라는 생각이 안 들 수 없다. 적어
도 「죽음의 푸가」에 관해 이를 넘는 번역은 어려울지 모르겠다. 그러
나 다시 이 번역과 이노우에 번역의 「슐레지엔의 직공」을 나란히 놓고
볼 때, 거기서 공진하는 리듬을 느끼기는 어렵지 않을까. 말하자면 김
시종의 「노래 또 하나」는, 내 입장에서 이 두 번역작품의 깊은 단절에
하나의 리듬 다리를 놓아준 것이기도 했다.

첼란은 1948년 「죽음의 푸가」를 현재의 형태로 발표했다. 김시종
의 에세이에 따르면 하이네의 그 리듬이 처음으로 자기 내부에 각인
된 것은 그로부터 2년 정도 지난 후이다. 5연으로 된, 정돈된 하이네의
「슐레지엔의 직공」을 장대한 「노래 또 하나」로 전개해 보였듯이 첼란
역시 「슐레지엔의 직공」의 리듬에서 하이네와는 전혀 다른 기념비적
인 작품을 산출한 것이 아닐까. 나 자신이 『아이덴티티/타자성』(1999년)
이후 김시종과 첼란을 대조시키는 작업을 시도해 보았지만, 하이네의
「슐레지엔의 직공」을 구체적인 기점으로 하여 첼란과 김시종이라는
두 명의 시인을 논하는 것도 충분히 가능하다고 생각한다.

언젠가는 「죽음의 푸가」를 '우리는 마신다 우리는 마신다'의 리듬

---

30) 飯吉光夫訳編, 『パウル・ツェラン詩集』, 思潮社, 1984, 27~28쪽.

으로 번역해 보고 싶다. 아니면 오히려 '짜 준다(織ってやる)'-'마셔 준다(飲んでやる)'-'두드려 준다(打ってやる)'를 원어의 울림-독일어와 일본어뿐만 아니라 억압받은 이디시어와 압살된 조선어의 울림을 포함하여-을 내포한 리듬으로 표현(번역)하면 어떨까. 하이네, 첼란, 김시종이라는 트라이앵글은 그처럼 실현되지 않을 꿈으로 나를 이끈다. 일본식 영어로 빗대 말하면 이 3자가 그리는 삼각형, 트라이앵글은 내 입장에서 그 자체로 하나의 경계적인 표현=번역을 시도하고자 하는 대체할 수 없는 시각이기도 하다.

그런데 만년의 괴테는 '세계 문학(Weltliteratur)'이라는 말을 새로 만들고 이제 '국민문학'이 아니라 '세계 문학'의 시대가 왔다고 했다. 괴테가 상정한 것은 각국 문학을 끌어모은 '세계 문학 전집' 같은 것이 아니라 각국의 문학자가 서로 알고 '애정과 공통의 관심을 통해 공동으로 활약할 계기를 찾는 것'을 기반으로 성장하는 것이었다.[31]

아이러니하게도 괴테 이후 문학은 '세계 문학'보다 '국민문학'이 주류였다. 뭐니 뭐니 해도 19세기 후반부터 20세기 전반에 걸친 시기는 '국민국가'의 시대이자, 두 번에 걸쳐 괴멸적인 '세계전쟁'이 일어났다. 그러나 그 과정에서 바로 괴테가 생각한 보편적인 '세계 문학'은 독일 문학이나 프랑스 문학, 나아가 일본 문학의 확대를 통해서가 아니라 오히려 벌어진 틈에서 생겨났다고 할 수 있다. 그리고 '이카이노'라는

---

31) 괴테에게 정형화된 '세계 문학론'이란 없었지만, 만년에 등장하는 '세계 문학'이라는 개념에 주목하여 湖出版社의 『ゲーテ全集』 제13권(小岸昭外訳, 1980)에는 '세계 문학'이라는 항목에 '세계 문학'에 관한 괴테의 말을 모아놓았다. 그 가운데 '베를린에서의 자연과학자들의 회합, 1828년'에서 인용했다.

일본이면서 일본이 아닌, 매우 로컬한 장에서 출발한 김시종의 표현이 하이네와 첼란이라는 먼 지역 시인의 표현과 깊이 공진하는 데서도 괴테가 기대한 '세계 문학'의 선명한 달성, 적어도 그 맹아가 존재한다고 할 것이다.

다른 각도에서 파악하면 김시종의 표현은 단적으로 들뢰즈(Gilles Deleuze)와 가타리(Félix Guattari)가 카프카의 사례를 통해 '마이너 문학'이라 부른 것의 구체적인 동아시아적 사례라고 해야 하지 않을까. 그들의 마이너 문학의 정의는 이렇다. '마이너 문학이란 마이너 언어에 의한 문학이 아니라 마이너리티가 다수파의 언어를 써서 창조하는 문학이다[32] 이 정의는 카프카보다도 오히려 김시종 등의 '재일 문학'에 어울릴 것이다(프라하의 지배적인 언어는 어디까지나 체코어였으니까).

또한 들뢰즈와 가타리가 제시한 마이너 문학의 세 개의 지표, 즉 '탈영역화된 언어', '모든 것이 정치적이라는 점', '모든 것이 집단적 가치를 가진 점' 역시 바로 김시종의 표현상의 특징으로 꼽을 수 있다. 즉 들뢰즈와 가타리가 '마이너 문학'이라 부른 것이야말로 '세계 문학'이라는 역설을 아마도 우리는 지금 직면하고 있는지도 모른다.[33]

---

32) ドゥルーズ/ガタリ, 宇波彰·岩田行一訳, 『カフカ-マイナー文学のために』, 法政大学出版局, 1978, 27쪽.

33) '세계 문학'에 관해, 히라오카 마사아키는 '양석일은 세계 문학이다'라는 명언을 남겼다. 세계 문학에 관한 히라오카의 정의는 실로 간결하다. '제국주의 안과 밖을 묘사하는 문학'(『梁石日は世界文学である』, 118쪽). 나는 이러한 히라오카의 주장을 김시종, 하이네, 첼란에 의거하여 다시 '마이너 문학'으로 파악하고 싶다.

제5장

요시모토 다카아키와 김시종
─ '전후' 의 마땅한 도래(到來)를 위하여 -

　본 장에서는 일본의 전후에서 김시종이라는 표현자가 차지하는 위치를, 일본의 전후를 대표하는 시인이며 사상가의 한 사람인 요시모토 다카아키[1]와 대조시켜 생각하고자 한다. 일본의 '전후'는 김시종을 통해 볼 수 있는 체험과 표현을 배제하면서 출발했고 이후 한층 그 경향을 강화시켜 왔다고 볼 수 있다. 그런 문제가 이 두 사람을 대조시킴으로써 명료해진다고 생각하기 때문이다.

　그리고 또한 이 두 사람에 대해 큰 관심을 두었던 시인 구라하시 겐이치[2]를 참조하고자 한다. 구라하시는 요시모토 다카아키의 '자립의

---

1) 요시모토 다카아키(吉本隆明) : 1924~2012. 일본 전후를 대표하는 시인이자 사상가. 시인의 전쟁 책임문제를 제기하는 데서 출발하여 기성 좌익을 혹독히 비판했고, 일본의 학원투쟁에도 큰 영향을 주었다. 1980년대 이후 소비사회와 서브컬처에 대한 비평을 전개했고, 그의 비평에는 항상 찬반양론이 터져 나왔다. 그의 둘째 딸이 작가인 요시모토 바나나이다.
2) 구라하시 겐이치(倉橋健一) : 시인, 비평가. 다니가와 간(谷川雁)의 영향하에 시를 쓰기 시

사상'을 원점으로 하여 1960년대부터 김시종과 가깝게 지냈고, 가장 본질적인 김시종론을 전개한 비평가이기도 하다. 그러나 구라하시조차도 요시모토 다카아키와 김시종의 단절을 메울 수 없었다. 나는 그 곤란함 속에서 특히 1980년대 이후 일본의 문화와 비평이 본질적으로 안고 있던 공백이 드러났다고 생각한다.

그렇지만, 요시모토 다카아키와 김시종, 이 두 사람만큼 접점이 없는 듯한 시인이나 사상가도 달리 없을지 모른다. 각자가 상대방의 저작을 주의 깊게 읽었는지 여부도 의심스럽다. 아마 김시종에게 요시모토 다카아키는 일본의 고도소비사회를 오로지 긍정하는 사상가이고 시인으로서는 김시종이 '오래전에 싫증이 났다'고 늘 말하는, 실감이 부족하고 관념적인 일본의 '현대시'의 원류라는 이미지인지도 모른다. 한편 요시모토에게는 김시종이 '재일'이라는 입장을 고집하는 것은 너무 협소하게 자기를 한정하는 것으로 보이지 않을까. 숙명적인 자신의 '재일'이라는 입장을 어느 정도 상대화할 수 있는가, 거기에 바로 문학이나 사상의 본질적인 가치가 존재한다고 그는 간주할지도 모른다.

그러나 과연 이 두 사람은 그처럼 동떨어진 존재일까. 혹은 양자를 오로지 동떨어진 존재, 말하자면 근본적으로 공통분모가 없는 존재로 만든 것이 바로 우리의 '전후'가 아닐까. 이 장에서는 그러한 물음을 김시종의 『이카이노 시집』에서 『광주시편』의 전개를 보며 나름대로 생각하고 싶다.[3]

작고 오노 도사부로, 김시종과 오사카에서 친밀하게 교류한다. 대표시집은 『추운 아침(寒い朝)』.

3) 실은 요시모토 다카아키의 전후의 출발점의 하나로 오사카에 발행된 시지 『詩文化』가 있다.

1. 두 사람의 '패전' 체험

요시모토는 1924년생, 김시종은 1929년생이므로 거의 같은 세대이다. 그러나 저 '대동아전쟁' 세대에게 5년의 차이는 결코 적지 않다. 경우에 따라 5년이라는 시간은 결정적인 체험의 차위를 가져올 수 있다. 하물며 요시모토는 도쿄에서 태어났고 김시종은 이미 여러 차례 확인했듯이 일본 식민지 치하의 한반도 원산에서 태어나 제주도에서 유소년기를 보낸 조선인이다. 그러나 양자의 '패전[4] 체험'을 비교하면 거의 동질적인 듯이 우리에게는 보인다. 다음은 잘 알려진 요시모토의 『다카무라 고타로(高村光太郎)』의 한 구절이다.

일본의 패전은 쇼와 20년(1945년) 8월 15일이다. 8월 6일 히로시마, 8월 9일 나가사키에 '신형' 폭탄이 투하되고, 8월 8일 소비에트군이 선전포고와 함께 중국 동북지구(만주)에 진격을 시작했다. 나는 철저하게 전쟁을 계속해야 한다는 과격한 생각을 품고 있었다. 죽음은 이미 계산에 넣었다. 젊은 나이에 자기의 생애가 전화(戰禍) 속에서 사라지는 것에 대해, 당시 미숙하나마 사고, 판단, 감정 모든 면에서 내적으로 성찰하고 분석

오래전부터 시인이며 회사 경영자이기도 했던 후지무라 마사미쓰(藤村雅光)와 후지무라 세이치(藤村青一)라는 형제가 출자했고, 오노 도사부로와 상의하여 시작한 시지이다. 1947년부터 1949년까지 2년간 20권을 간행했는데, 후지무라형제의 회사가 도산하여 잡지도 종간했다. 요시모토는 『詩文化』의 유력한 집필자였다(이상은 小野十三郎, 『奇妙な本棚/詩についての自伝的考察』, 第一書店, 1964, 232~238쪽에 근거한다.). 요시모토 자신이 '오사카의 후지무라 세이치씨가 주재하는 『시문화』에 시를 투고했다. 이 사람으로부터는 말로 다할 수 없는 은혜를 입었다'고 말한다(吉本隆明, 『背景の記憶』, 平凡社ライブラリー, 1999, 32쪽). 이 점에서 보면, 오노 도사부로를 기점으로 요시모토 다카아키와 김시종의 관계를 파악할 수 있다.

4) *역자 주 – 일본 입장에서는 패전이고 중립적으로는 종전이지만, 원문 그대로 패전으로 번역한다.

했다고 믿고 있었다. 물론 논리화가 불가능하다면 죽음을 긍정하기가 불가능했기 때문이다. 〔중략〕 전쟁에 지면 아시아의 식민지는 해방되지 않는다는 천황제 파시즘의 슬로건을 내 나름대로 믿었다. 또한, 전쟁 희생자의 죽음도 무의미해진다고 생각했다. 따라서 전후, 인간의 생명은 그 무렵의 내 생각보다 훨씬 귀중한 것이라는 것을 실감하고, 일본군이나 전쟁권력이 아시아에서 저지른 '살인과 마약공세'가 도쿄재판에서 폭로되었을 때, 거의 내 청춘의 전반부를 지탱한 전쟁의 모럴이 아무 쓸모가 없다는 충격을 받았다. 패전은 돌연했다.[5]

한편 김시종은 식민지 조선에서 조선어가 모국어였지만, 조선어를 배척하는 일본어로 황국신민화 교육을 무방비로 받는 가운데 창가와 국어(일본어)가 뛰어난 소년으로 자랐다. 그는 패전(종전) 당시의 자신에 관해 이렇게 회고했다.

한글로 아이우에오의 '아'도 못 쓰는 내가 망연자실한 가운데 떠밀리듯 조선사람이 되었다. 나는 패주한 '일본국'에서도 내버린 정체불명의 젊은이였다. 이제는 인정할 수밖에 없는 '패전' 앞에서 나는 결의를 굳혔다. 이제 곧 진주해 올 미군 병사 어떤 놈이든 제대로 찌르고 죽을 각오였다.[6]

종전. 조선인에게는 '해방'이었던 해에 나는 17세였지만, 조국 '조선'이 일본의 멍에(軛)에서 해방되면서 아버지에 관해 겨우 알게 되었습니다. 얼굴을 들고 차마 말을 못하겠습니다만, 돌연한 '해방'에 일본이 졌다는

5) 吉本隆明, 『高村光太郎決定版』, 春秋社, 1966, 119쪽.
6) 『'在日'のはざまで』, 13쪽.

것을 믿지 못하고 나는 일주일이나 거의 밥이 목에 넘어가지 않을 정도
로 충격을 받았습니다. 이제 가미카제(神風)가 불어 이 '패전'을 한꺼번에
되돌릴 거라고 주문하듯 믿었습니다.[7]

　앞에서 요시모토와 김시종의 패전체험을 '동질적'이라고 서술했는
데, 세부적으로는 물론 5살이라는 확연한 연령차와 함께 요시모토가
줄곧 '논리'와 '모럴'을 운위하는 데 반해 김시종은 좀 더 감정적이고 육
체적이다('밥이 목에 넘어가지 않았다'). 그러나 물론 김시종의 경우에는
'조선인으로 되돌아가는' 결정적인 반전이 개재한다. 나중의 인용문에
서 '아버지에 관해 겨우 알게 되었다'고 말하는 '아버지'는 일본어를 잘
했음에도 식민지 치하에서 일본어를 절대 안 쓰고 조선인의 풍습을 지
켰으며, 온종일 바위에서 낚싯줄을 드리웠던 그런 '아버지'였다. 요시
모토의 경우 일본의 패전과 도쿄재판의 경과는 '청춘 전반부를 지탱
한 전쟁의 모럴'의 괴멸을 초래했지만, 김시종이 경험한 것은 '일본인'
에서 '조선인'으로, '일본어'에서 '조선어'로 자신의 존재가 뿌리째 흔들
리는 반전이었다. 김시종의 체험은 식민지 지배란 무엇인가 하는 것을
우리에게 뼈저리게 보여준다.

　하지만 요시모토의 패전 시의 모습에도 일종의 *내적인 식민지 체
험*을 알아차릴 수 있지 않을까. 말할 나위도 없이 요시모토보다 약간
윗세대나 동 세대 사람들까지도 성전이데올로기 하에서 연달아 젊은
목숨을 떨궜다. 그것을 부채질한 것은 훨씬 윗세대 사람들이었으나,

---

7) 『在日'のはざまで』, 33~34쪽.

종종 얘기하듯이 전후 그들 대부분은 GHQ 점령하의 민주주의 일본에 놀랍도록 잘 순응했다. '패배한 일본국'이 '내팽개친' '정체불명의 젊은이' 그것은 틀림없이 패전 시의 요시모토의 자화상이기도 했을 것이다. 실제로 '대동아전쟁'이 2, 3년 더 계속되었다면 요시모토 다카아키와 김시종 모두 '성전' 중에 목숨을 잃었을 가능성이 크다.

그러나 다시 양자의 차이는 소멸하지 않는다. 전시하의 요시모토는 '아시아 식민지의 해방'이라는 이데올로기를 나름대로 믿었다고 한다. 그 점은 김시종 또한 마찬가지였을 것이다. 그러나 김시종은 바로 그 '아시아 식민지'의 한복판에서 조선인의 모습을 빼앗긴 채 자란 존재이다. 젊은 요시모토가 신봉한 이데올로기가 막연히 해방할 것으로 생각한, 구체적인 대상이 김시종과 같은 존재였다. 그렇다면 그들에게 요시모토 세대가 생각한 '해방'이란 도대체 무엇이었나.

본시 일본의 '전후'는 요시모토 등이 품었을 일종의 내적인 식민지 체험과 김시종 등 조선인의 진정한 식민지 체험, 이 두 개의 식민지 체험이 어떻게 만나는가를 통해, 바로 거기서 출발해야만 하는 것이 아니었을까.

2. '자립의 사상' 을 둘러싸고

그러나 일본의 전후는 이 두 개의 식민지 체험이 만나는 것을 불가능하게 했다. 일본국 헌법은 재일외국인을 헌법이 보장하는 인권의 대상 밖에 두었고, 일본 패전으로 해방된 한반도는 냉전구조하에서 분단으로 내몰렸다. 이어 한국전쟁이 발발하자 일본은 이를 다시 없는 호기로 활용하여 경제 회복을 이루었다. 그동안 김시종은 '벽에 오이를 세우듯' 조선어를 다시 배우고 1948년 제주도 4·3 사건에서 남조선노동당 젊은 게릴라의 일원으로 관여했으며, 섬의 주민이 연달아 살육을 당하는 가운데 목숨만 부지한 채 일본에 건너갔다. 여러 번 확인했듯이 1949년 6월의 일이었다. 오사카에서 재일 조선인 젊은이와 만난 김시종은 일본어로 시를 쓰기 시작했다. 한편 요시모토는 난관에 찬 조합활동에 종사하면서 문학자의 전쟁 책임을 제기하고, 그와 연결되는 과제로 기성 좌익에 대한 비판을 전개하며 '자립의 사상'을 형성했다······.

그런데 '자립의 사상'이란 김시종 역시 한결같이 체현해 왔다고 할 수 있다. 제1장에서 상세히 보았듯이 오사카에서 시지『진달래』를 근거로 전개한 문학운동은 재일 조선인운동의 노선전환을 계기로 조직의 비판을 받았으며, 일본어 표현활동은 '민족허무주의'라며 압살을 당한다. 그는 젊은 재일 세대의 일본어 표현활동을 추구하여 양석일, 정인 등 소수의 동지들과『카리온』을 발간했다. 또한, 1960년경부터 조선민주주의인민공화국으로 귀국하는 운동이 사회당(당시), 공산당은 물론 자민당의 지원을 얻어 전국적으로 전개되었을 때, 그는 이에 대해 근본적인 의문을 제기하여 계속해서 조직의 비판을 받았다. 물론 그는 당시 한국의 반공군사독재정권에 대한 철저한 비판을 전제로 행동했으나, 결과적으로 10년 이상 실질적으로 집필 정지 상황에 처했다. 1970년 그는 결국 일체의 조직활동에서 떨어져 나와 그야말로 봇물 터지듯 강연·집필활동을 개시했다······.

요시모토와 김시종의 '자립의 사상' 동일성과 차이에 대해서는 매우 거칠기는 하지만 다음 두 개의 시구(詩句)로 압축하여 이해할 수 있을 것이다.

내가 쓰러지면 하나의 직접성이 쓰러진다
서로 기대는 것을 싫어한 반항이 쓰러진다
내가 쓰러지면 동포는 내 시체를
음습한 인종忍從의 구덩이에 묻을 것이 분명하다[8]

나야말로
추호의 의심 없는
북의 직계다![9]

요시모토는 '작은 무리'와의 결별을 통해 자신의 실존과 반항의 '직접성'을 선명히 제시한다. 그것에 대해 김시종은 제3장에서 고찰했듯이 '나야말로 / 추호의 의심 없는 / 북의 직계다!'고 외침으로써 당시의 조선민주주의인민공화국, 한국, 일본의 모든 현상에 대한 결정적인 위화를 표명한다. 우뚝 솟은 김시종의 실존이 거기에 나타나며 그것은 '북의 직계!'라는 의식과 조응할 수밖에 없었다.

여러 번 말했지만, 니가타는 귀국선이 출항한 항구이고 니가타시 약간 북쪽에는 한반도 분단선인 북위 38도선이 지난다. 여러 번 확인했듯이 『니가타』라는 시집은 1960년경 귀국운동이 가장 왕성했던 시기

---

8) 吉本隆明, 「ちいさな群への挨拶」(『現代詩文庫8-吉本隆明詩集』, 思潮社, 1968, 46쪽)에서 인용.
9) 김시종, 『니가타』(『들판의 시』, 455쪽)에서 인용.

에 그에 대한 과감한 반대와 함께 거의 완성된 상태였으나 결국 1970년에 출판된 점도 상기할 필요가 있다. 「작은 무리에 대한 인사」를 포함한 요시모토의 『전위(轉位)를 위한 열 편』이 출판된 1953년 9월은 저자의 나이 28세 때이며, 김시종의 『니가타』 초고 집필 시점 역시 30세 무렵이었다.

김시종은 자기 '반항'의 '직접성'을 그야말로 자기의 실존을 걸고 제시했고, 그것은 '나야말로 / 추호의 의심 없는 / 북의 직계다!'라는 그 자체로 날카로운 비틀림을 내포한 '직접성'이었다. 이 '북'(조선민주주의인민공화국)은 '작은 무리'로부터 가장 거리가 먼 '북'이고, 물리적·지리적으로 바다 건너에 있는 '북'이 아니다. 단지 유토피아로의 '북'이 아니라 자기의 발아래, 혹은 스스로 감성의 가장 깊은 끝에 침잠한 '북'이다. 가령 이를 '나야말로 / 추호의 의심 없는 / 사회주의의 직계다!'라는 말과 가령 대비시켜 본다면 그 차이는 명백하지 않은가. 김시종에게 '북'이란 어디까지나 이념이고 빼어난 의미에서 암유(暗喩)이다.

그런데 앞의 인용에서 볼 수 있듯이 「작은 무리에 대한 인사」도 그렇지만, 요시모토의 『전위를 위한 열 편』에는 '동포'라는 어휘가 종종 등장한다. 그러나 전후의 일본 현실에서 이토록 내실을 상실한 단어는 없을 것이다. '대동아 전쟁'에서 패전까지 적어도 겉치레로는 일본어의 이 '동포'에 김시종을 비롯한 조선인도 포함되어 있었고, 황국 소년이었던 김시종은 그것을 겉치레가 아닌 '사실'로 받아들였던 것이다.

그러나 요시모토가 패전 8년 뒤, 『전위를 위한 열 편』에서 '동포'라고 기술할 때 그 '동포'에 김시종 같은 재일 조선인이 포함되었을 가능성은 단지 사회적으로뿐만 아니라 감성적으로도 거의 없었다고 할 수 있다. 어쨌든 요시모토는 그러한 '동포'에 등을 돌림으로써 자신의 실존을 명료하게 빛낼 수 있었다. 그러나 김시종은 자신의 실존에 이르는 과정에서 잃어버린 동포를 다시 '북'으로 표상할 수밖에 없었다. 이는 김시종 내부의 노만주의(낭만주의)적 공동성 또는 민족성의 잔존이라는 식으로 치부할 문제가 아니다. 요시모토는 도쿄에서 태어나 도쿄에서 계속 살았지만, 김시종은 일본에서 사실상의 망명생활을 이어나갈 수밖에 없었다.

확실히 1970년까지 김시종은 형식적으로는 재일 조선인 조직의 일원이었다. 그것은 정치적인 당파성을 거부하는 요시모토의 '자립'과 상충할지도 모른다. 그러나 원래 요시모토의 '자립'은 단순히 조직에 소속되었는가의 문제는 아닐 것이다. 요시모토는 기성 정당이나 직장조직에서 단절된 자유인의 입장을 훌륭히 관철했지만, 그도 역시 당연한 얘기지만, 대부분의 일본인과 마찬가지로 일관되게 '일본 국민'이었다. 신청만 하면 패스포트를 취득할 수 있고 자유로이 외국에 도항할 수도 있다. 패스포트에는 '일본국 외무대신' 명의로 소지자에게 '필요한 보호'를 제공하라는 요구가 찍혀 있다. 그처럼 근본적으로 일국 정부의 보호를 받는 존재방식을 전후 일본에서 김시종 등은 결코 향유하지 못했다(오히려 끊임없이 일본정부는 김시종을 비롯한 재일 조선인을, 오랜 기간 군사독재정권이 지배한 한국에 '강제 송환'하겠다고 위협했다).

다시 확인하면 김시종은 조직의 가열한 비판을 받으면서 현실의 공화국(조선민주주의인민공화국)에 대한 위화와 함께, 망명지 일본에서 '북의 직계!'라는 격렬한 의식을 명멸(明滅)시켰다. 현상적으로 요시모토와 대척점에 있는 듯한 김시종이 바로 '자립의 사상가'라고 할 수 있다.

아주 소박한 얘기지만, 나는 요시모토 다카아키와 김시종이 자기 생각을 솔직하게 말하는 공통적인 태도가 있다고 느낀다. 요시모토의 '자립'의 근저에 있는 것 역시 실은 이 점이 아닐까. 조직이나 지식인이 집단으로 만들어내는 자명한 듯한 지적 분위기에 결코 동조하지 않고, 개인으로서 자기의 직감에 기초한 판단을 늘 끌어내면서 그것을 묻어 두지 않고 입 밖에 내는 것. 그것은 바로 김시종의 태도와 일치한다.

가령 본서에서 보았듯이 김시종이 귀국운동에 대해 애초부터 단호한 비판의 글을 썼을 때, 그 출발점에는 한국전쟁에서 엄청난 폭격을 당한 공화국이 '낙원'일 리가 없다는 아주 냉정한 직감적 판단이 존재했다. 그러나 당시 그것을 표현하는 것은 사회주의의 공화국을 폄하하고 한국의 군사독재정권을 편드는 태도로밖에 보지 않았다. 역시 『전위를 위한 열 편』의 「폐인의 노래」에 나오는 잘 알려진 표현 '내가 진실을 말하면 거의 전 세계를 얼어붙게 할 것이라는 망상 때문에 나는 폐인이라고들 한다'를 빌린다면, 스스로 속한 재일 조선인 조직, 나아가 친척과 지인, 친구가 '낙원'으로 귀국한다며 눈을 빛내고 있을 때 그 '진실'을 말하는 것은 거의 '전 세계'를 얼어붙게 하는 것과 다름이 없었다.

이는 원래 김시종이 젊을 때부터 갖고 있던 체질이라고 할 수 있을 듯하다. 예를 들어 '대동아전쟁' 때 일본인 목사가 일본의 승리를 신에게 기도하자고 말하는 걸 듣고, 크리스천은 미국에 압도적으로 많으니 기독교의 신은 미국 편이 아닌가 하고 정말 걱정이 되어 실제로 목사에게 그 질문을 했다가 얻어맞는다……. 혹은 이번에는 김일성 숭배

분위기 속에 김시종 자신도 휩싸여 있을 시기에 백마를 탄 김일성 합성 같은 사진을 보고 그것이 쇼와천황의 사진 구도와 똑같다는 걸 알고 이것은 김일성 장군에 대한 모독이 아닌가 하고 조직 간부에게 직언하여 호된 질책을 당한다…….[10] 그의 생애에 몇 번이나 반복된 일인 듯하다.

요시모토가 공산당의 저항신화를 해체하고 마루야마 마사오(丸山眞男)의 권위를 땅에 떨어뜨리며 반핵운동에 '이론(異論)'을 들이댔을 때도, 마찬가지로 출발점은 소박하지만 강한 위화감, 다들 느끼는데도 아무도 말을 안 하는 직감적 진실이었다고 나는 생각한다. 이러한 그때그때의 직감적 진실을 나중에 정합적으로 체계화 하면 아마도 거기에는 다양한 모순을 발견할지도 모른다. 그러나 중요한 것은 시대의 문맥에서 분리된 모순 없는 정합성이 아니라 당시의 문맥에서 가진 '진실'의 강도이다. 그리고 그 '진실'은 기성 조직, 기성 운동의 양상에 아주 아나키스틱한 작용을 미치게 된다. 그러한 '진실'을 얘기해온 사상가·시인으로서 요시모토 다카아키와 김시종은 전후 일본에서 희유의 존재라고 규정할 수 있다.

---

10) 앞의 에피소드는 내가 개인적으로 들은 것이지만, 후자의 에피소드에 관해서는 이하의 인터뷰에서도 언급되었다.「インタビュー -金時鐘さん·姜順喜さん-幻の詩集『日本風土記 Ⅱ』復元に向けて」, 145~146쪽.

3. 구라하시 겐이치와 요시모토 다카아키, 김시종

이처럼 김시종과 요시모토 다카아키는 일본 전후에 매우 인상적인 대조성을 구현하는데, 지금까지 이 두 사람을 나란히 놓고 논한 적은 없었다. 그런데 이 두 표현자(表現者)를 등거리에서 조망할 수 있는 위치에 있던 몇 명 가운데 구라하시가 있다.

구라하시는 1966년 제1시집 『구라하시 겐이치 시집』을 간행한 것을 시작으로 지구상(地球賞)을 수상한 『화신(花身)』까지 일곱 권의 시집을 냈고, 『미료성(未了性)으로써의 인간』, 『진애(塵埃)와 매화(埋火)』, 『제아미[11]의 꿈』, 『심층의 서정-미야자와 겐지[12]와 나카하라 주야[13]』 등 충실한 비평서도 간행했다. 그는 예리한 관점과 뛰어난 계몽성을 가진 문학비평가로 알려졌지만, 주로 간사이(関西)에서 활동하여 전국적인 지명도는 그리 높지 않다. 그러나 최근에 나온 『시가 원숙할 때-시적 60년대 환류(還流)』[14] 등은 일본의 시가 가장 활기에 차 있었던 1960~1970년대에 관한 뛰어난 증언자라는 구라하시의 위치도 잘 보여 준다.

1934년에 태어난 구라하시는 김시종보다 5, 6세 젊고, 10~11세 때 일본의 패전을 맞이했다. 부친은 황군 병사로 전장에 가서 돌아오지

---

11) *역자 주 - 제아미(世阿彌) : 1363(?)~1443(?). 전통 가무악극인 노(能)를 완성한 예능인.

12) *역자 주 - 미야자와 겐지(宮沢賢治) : 1896~1933. 문인, 교육자, 에스페란티스토이며, 애니메이션 『은하철도 999』의 원작인 『은하철도의 밤』의 작가로 유명하다.

13) *역자 주 - 나카하라 쥬야(中原中也) : 1907~1937. 1930년대 일본 문단에서 활동한 시인으로 대표 시집으로 『염소의 노래』(1934), 『지난날의 노래』(1938)가 있다.

14) 倉橋健一, 『詩が円熟するとき-詩的60年代還流』, 思潮社, 2010.

않았고, 외동아들인 구라하시는 모친의 손에 자랐다. 따라서 그는 소위 먹칠 교과서[15]로 배운, 전후 민주주의의 혜택을 입은 세대에 속한다. 아마도 10대 무렵부터 일본공산당 산하에서 활동하며 다니가와간(谷川雁)에게 이끌려 시 쓰기의 길에 들어섰고 60년 안보투쟁 무렵부터는 당의 받침에 뚜렷이 거리감을 갖고 여러 서클지 활동을 전개하며 요시모토 다카아키의 사상에 경도된다……. 역시 일본의 전후 지식인의 전형적인 모습인지도 모르겠다. 1981년 『구라하시 겐이치 시집』이 복각되었을 때 '신판 후기'에서 제1시집 무렵의 자신을 되돌아보며 구라하시는 이렇게 썼다.

> 일찍이 이 시집이 나오고 난 뒤 벌써 16년이 된다. 60년 안보투쟁 종언 후의 상황 속에서 그 무렵의 나는 총체로서의 스탈리니즘 비판을 하나의 바탕으로 하여 무엇보다도 자립의 사상을 지향하겠다고 계속 굳게 생각했다.[16]

여기서 구라하시가 '자립의 사상'으로 부른 것은 단적으로 말해 요시모토 다카아키의 입장이다. '굳게 생각했다(かんがえた)'와 같이 특징적인 히라가나식 표기마저 요시모토 글쓰기의 모방이다. 구라하시의 김시종론 「스스로 해방하지 않은 여름-김시종 『이카이노 시집』 노트」에 따르면, 그는 일찍이 1954년부터 김시종과 만났다.[17] 김시종의 제1

---

15) *역자 주 – 먹칠 교과서 : 전전의 교과서 내용 중 군국주의적 부분을 먹으로 검게 칠한 교과서로 전쟁 직후 사용했다.

16) 『新版倉橋健一詩集』, 境涯準備社, 1981, 113쪽.

17) 倉橋健一, 『塵埃と埋火』, 白地社, 1981, 92쪽.

시집『지평선』의 간행 이전부터 교류가 있었던 셈이다. 구라하시가 제1시집을 출판한 1966년, 김시종은 출판기념회에서 구라하시와의 만남에 관해 열렬히 얘기했다. 『들판의 시』의 '연보'에 실린 모리자와 유히코(森沢友日子)의 글에는 그 장면을 다음과 같이 기술한다.

지명을 받은 김씨가 창을 등지고 서서 얘기를 시작하니 회장의 열기는 그대로 그 김시종이라는 사람의 신체에 딱 들어맞는 듯, 혹은 역으로 김씨의 열기가 그 뜨거움의 원천이기라도 한 듯, 그는 구라하시라는 한 청년과의 만남부터 얘기를 시작하여 드디어 시집을 낸 경과를 칭찬하고 오로지 뜨겁게 친의를 표했다. 나는 거기에 감동했다. 한 인간의 정열이나 애정을 그런 날것의 언어로 표현할 수 있다고는 생각도 못 했었다.[18]

당시의 구라하시와 김시종의 강한 유대를 방불케 하는 뛰어난 문장이다. 이 출판기념회에 출석한 것을 계기로, 이미 구라하시가 관계를 맺었던 시인 오노 도사부로가 '교장'이었던 오사카문학 학교에 김시종도 강사로 참가한다. 거기에 당시 신진기예의 비평가 마쓰바라 신이치[19]도 가세하여 이제 이 세 명은 오사카문학 학교의 '중년 3불량(不良)'으로 불린다. 구라하시의 제1시집의 출판기념회로부터 20년 이상 지났지만, 오사카문학 학교 주변에서 나 역시 김시종의 열띤 어조를 여러 차례 접한 적이 있다. 참고로 나는 1985년 오사카문학 학교에 '입

---

18) 『들판의 시』, 847~848쪽(모리자와(森沢)의 글 전체는 다음에 게재되었다. 『文学学校特集金時鐘 · 人と作品』, 제174호, 葦書房, 1979, 92~93쪽).

19) 마쓰바라 신이치(松原新一) : 1940~ . 평론가. 교토대학 재학 중 비평가로 데뷔하고 1960년대부터 70년대에 걸쳐 김시종, 구라하시 겐이치와 친밀하게 교류.

학'하여 2년째에는 구라하시 겐이치의 클래스에 속했다. 1966년이라면 김시종은 아직 30대이고 더욱이 『니가타』의 원고를 내화금고에 넣고 집필 정지 상황에 있었던 때다. 어떤 의미에서 생애에서 가장 괴로운 시기였을 것이다. 재차 확언하자면 바로 김시종과 이런 관계가 있었을 때, 구라하시는 동시에 '무엇보다도 자립의 사상을 지향하겠다고 계속 굳게 생각'하고 있었다.

구라하시는 오사카문학 학교를 중심으로 김시종과 가까이 있었을 뿐 아니라, 특히 1970년대 초 매우 첨예한 김시종론을 썼다. 제1평론집 『미료성으로써의 인간』[20]의 첫머리에 수록된 세 개의 비평, 「조선어 속의 일본어-김시종과 접하며」, 「이국(異國)과 언어-그 지향적 변용을 둘러싸고」, 「반항과 소생-조선기행」이 대표적이다. 『미료성으로써의 인간』은 아마도 발행 부수도 적고 절판된 지 오래지만, 다행히도 논고 가운데 잎의 두 편은 마쓰바라 신이치가 쓴 몇 편의 귀중한 김시종론과 함께 2010년 간행된 구라하시와 마쓰바라의 공저 『70년대의 김시종론-일본어를 사는 김시종과 우리의 나날』[21]에 재수록되었다.

이들 논고에서는 1990년대 이후 왕성해진 문화 연구(cultural studies)의 조류 속에서라면 포스트콜로니얼리즘, 디아스포라, 하이브리디티 등 일런의 개념으로 얘기했을 문제가, 전문용어 같은 것은 일체 없이 때로는 손으로 더듬는 듯이 또한 때로는 날카롭게 직감하듯이 지극히 높은 밀도의 논지로 진행된다. 그러면서도 거기서는 무엇보다

---

20) 倉橋健一, 『未了性としての人間』, 椎の実書房, 2010.
21) 松原新一・倉橋健一, 『70年代の金時鐘論-日本語を生きる金時鐘とわれらの日々』, 砂子屋書房, 2010.

김시종의 표현언어에 초점을 둔다. 구라하시는 이 시점에서 이미 김시종의 '재일 조선어라고 이름 붙일 수 있는 또 하나의 일본어'[22]에 예리한 눈초리를 향했다. 또한, 구라하시는 김시종의 '일본어' 표현에 대해 일본인의 '일본어' 표현이 무엇인가 하고 질문하는 차원까지 미친다. 구라하시의 김시종론의 주요 부분을 인용해 보자.

> 김시종은 실제로 일본어를 통제로 유(喻)로 투사하려는 것이 아닐까.[23]

> 필경 재일 조선인이 일본어를 관용화하는 한정적인 정황 속에서는 여기서 사용되는 일본어는 역사적 존재에 비춰 볼 때, 그 자체로 은유의 능력을 가질 수 있을 것이다. 즉 일본 사회 내부에 있으면서 총체적인 추상적 조선인으로부터 사적인 조선인을 탈환하는 과정에서 알레고리컬한 조선어로서의 일본어를 상정하는 것이 가능하기 때문이다. 내가 정말 갈망하는 것은 이 한 가지이다. 역사성과 현실성의 조화로운 교차점이 거기서 열릴지 모르기 때문이다.[24]

> 내부에서 이국(異國)이 보이기 시작해야 한다. 조선인사를 주체적으로 탈환하는 일어를 통해 우리는 일본어를 글쓰기의 언어로 삼았을 때 이국이 된다는 망상에 도달해야만 한다.[25]

---

22) 『70年代の金時鐘論-日本語を生きる金時鐘とわれらの日々』, 173쪽.
23) 『未了性としての人間』, 24쪽(『70年代の金時鐘論-日本語を生きる金時鐘とわれらの日々』, 139쪽).
24) 『未了性としての人間』, 45쪽(『70年代の金時鐘論-日本語を生きる金時鐘とわれらの日々』, 163쪽). 강조는 원문.
25) 『未了性としての人間』, 50쪽(『70年代の金時鐘論-日本語を生きる金時鐘とわれらの日々』, 169~170쪽).

최초의 인용은 「조선어 속의 일본어」, 나머지 두 개는 「이국과 언어」에서 나온 것이다. '재일 조선어'에서는 '일본어' 그 자체가 '알레고리컬한 조선어'로 구현된다는 구라하시의 지적은 지금도 신선함을 잃지 않았을 뿐 아니라 말하자면 전인미답의 김시종론으로 우리 앞에 우뚝 서 있다. 그리고 '또 하나의 일본어'를 '유'로 운위하는 배경에는 아마도 요시모토 다카아키의 『언어에서 미(美)란 무엇인가』(1965년)가 있었을 것이다. 일본어의 총체가 유로 전화된다는 장대한 구상 속에서, 요시모토가 전혀 고려하지 않은 재일 조선인이라는 존재를 김시종을 통해 자신의 사상과 표현 속에 끌어들이는 것이야말로 1970년대 구라하시가 짊어진 큰 과제이고 사명이었음은 의심할 나위가 없다.

4. 요시모토 다카아키 『전후 시사론(戰後詩史論)』과 김시종 『이카이노 시집(猪飼野詩集)』

김시종의 『이카이노 시집』이 출판된 것은 1978년이다. 아이러니하게도 같은 해에 요시모토 다카아키의 『전후 시사론』[26]이 간행되었다. 『전후 시사론』의 '수사적(修辭的)인 현재'라는 규정은 이후 일본의 시 세계(詩世界)에 큰 영향을 미친다. 구라하시 겐이치는 요시모토의 저서가 간행되고 나서 어느 정도 시일이 지난 후, 적어도 두 번에 걸쳐 그에 관해 논했다. 최초는 『해석과 감상』 1979년 7월호에 게재된 「여기(勵

---

26) 吉本隆明, 『戰後詩史論』, 大和書房, 1978. 다만 내가 소지한 것은 1983년 大和書房에서 간행된 '증보판'을 기초로 1984년 大和書房에서 간행된 '신장판(新裝版)'이므로 이하의 인용도 그에 따른다.

起)²⁷⁾의 행방-요시모토 다카아키『전후 시사론』노트」, 두 번째는『문학 학교』1979년 9월호에 게재된「스스로 해방할 수 없는 여름-김시종『이카이노 시집』노트」이다. 모두 구라하시의 제2평론집『진애와 매화』에 수록되어 있다(후자는 마쓰바라 신이치와의 공저인『70년대의 김시종론』에 재수록). 즉 드디어 구라하시는 이 시점에서 요시모토 다카아키와 김시종을 구체적으로 대조하는 과제에 직면한다.

이 두 개의 비평에서 구라하시가 되풀이하여 질문하는 것은『전후 시사론』중에서도 절대적인 영향력을 가진 논고「수사적인 현재」의 첫 부분이다.

전후 시는 현재 시에 관해서도 시인에 관해서도 정통적인 관심을 불러 일으키는 부분과 멀리 떨어져 있다. 더욱이 누구와도 동등한 거리로 동떨어졌다고 해도 좋다. 감성의 토양이나 사상의 독립적 존재를 통해 시인의 개성을 구별하는 것은 무의미해졌다. 시인과 시인을 구별하는 차이는 말이며 수사적인 *배려*이다.²⁸⁾

전후 시의 수사적인 현재는 경향이나 유파로 있는 것이 아니라 말하자면 전체적인 존재로 있다고 할 수 있다. 굳이 경향을 특정하려 한다면 '유파'적 경향이라기보다 '세대'적 경향이라고 할 때 좀 더 진상에 가깝다. 그러나 정말 대규모이기는 해도 엄밀한 의미에서는 '세대'적이라고 할 수도

---

27) *역자 주 - 여기(勵起) : 양자역학에서 원자나 분자가 외부의 에너지를 받아 원래 에너지가 낮은 안정된 상태에서 에너지가 높은 상태로 이행하는 것.

28) 吉本隆明,『增補戰後詩史論』, 大和書房, 1984(新裝版), 172쪽. 강조는 원문.

없다. 시적인 수사가 모든 절실함에서 등거리로 멀어졌기 때문이다.[29]

80년대에 대두한 여성시 하나만 보아도 도저히 '수사적인 현재'라는 규정으로 담아낼 수 없는 전개가 나타나지만, 여기서 요시모토는 철두철미 냉정한 이해를 통해 '무거운 체험과 깊은 개성으로 뒷받침되는 전후 시의 종언'이라는 사태를 일면 날카롭게 포착하고 있다. 그러나 한 사람 한 사람이 글을 쓰는 현장에서 보면 요시모토의 관점은 너무나 조감(鳥瞰)적인 것도 사실이다. 구라하시 겐이치 역시 요시모토의 '수사적인 현재'라는 규정에 접했을 때 큰 위화감을 느꼈을 것이다. 요시모토의 '자립의 사상'의 연장선상에서 '개체사'(개인으로서의 역사)를 고집하고 절실한 '자기 표출'의 과정으로 시를 파악하는 것이 시인 구라하시의 입각점이고, 그러한 이상 어떤 정치적인 당리당략도 시대적인 풍속의 변천도 결코 두렵지 않다고 그는 생각하기 때문이다.

최초의 논고 「여기의 행방-요시모토 다카아키 『전후 시사론』 노트」에서는 구라하시의 위화감은 전면에 나오지 않는다. 오히려 요시모토의 제기를 정면으로 받아들여 새로운 절실함을 모색하는 방향이 큰 틀을 이룬다. 가령 구라하시는 이렇게 평한다.

> 내 생각으로는 요시모토 씨의 시사론은 표현으로서의 전후 시의 체험과 성과를 결코 놓치지 않는다는 기본선을 유지하여 철저한 획기성을 획득한 것 같다.[30]

---

29) 『增補戰後詩史論』, 172~173쪽.
30) 『塵埃と埋火』, 62쪽.

수사적 가능성을 극한까지 밀어붙이면 어디로 갈까. 개개의 생활체험과는 상이한 수사적 생애가 나타날 것이며, 거기서 현실상의 표출 언어의 문제와 관련지을 필요성 및 시의 임무를 추구하는 것도 마땅할 것이다.[31]

이러한 지적 자체는 요시모토의 '수사적인 현재'라는 논고에 대해 처음부터 전도된 이해를 포함하고 있는지도 모른다. 그러나 구라하시는 여기서 나아가 『언어에 있어서 미란 무엇인가』의 원형을 이루는 요시모토의 1961년의 장문 에세이 「시란 무엇인가」로 거슬러 올라간다. 거기서 자기 표출이 불가피한, '여기(勵起)'를 불러일으키는 의식의 '응어리'라는 문제에 다다른다. 그리고 '이 여기를 끌어내는 의식의 응어리가 절실함으로 형용되는 것'이라고 확인한다. 그리고 요시모토가 지적하는 '수사적인 현재'를 철저하게 니힐리스틱한 형태로 다음과 같이 새로이 파악한다.

이 의식의 응어리를 동반하지 않는 여기(勵起), 수사적인 현재에 덧씌워진 현재의 특징은 여기 속에서 역으로 의식의 응어리를 기르는 데 있을 것이다. 수사적인 가능성이 이르는 곳은 여기를 인공의 장으로 치환하는 데 있다. 여기를 컨트롤함으로써 유(喩)의 자기증식을 꾀해야 한다. 그렇다면 확실히 맞아떨어진다. 시를 쓰기 위해 일부터 지도(地圖)와 눈싸움하는 듯한 상태는 요시모토 씨에게는 절대 일어나지 않는 일이다.[32]

---

31) 『塵埃と埋火』, 63쪽.
32) 『塵埃と埋火』, 66쪽.

말미의 '지도'에 관한 언급은, '키르기즈(Kirghiz)', '소피아', '타쉬켄트' 등 지명을 등장시켜 신선한 서정을 자아낸 초기의 아라카와 요지[33]에 대한 비평을 포함하고 있을 것이다. 구라하시는 아라카와 같은 새로운 스타일이 마치 정기적으로 달걀을 낳는 양계장 닭인 양 삐딱한 관점으로 파악한다. 어쨌든 이러한 구라하시의 '이해'는 이후 요시모토의 『매스 이미지론』, 『하이 이미지론』의 흐름에서 읽는다면, 무릇 전도된 『전후 시사론』의 수용으로 생각할 수 있다. 구라하시는 이 논고에서 '수사적 가능성의 절실함[34]'이라는 다소 뒤틀린 표현까지 쓰고 있는데, 그 '절실함'을 고집하는 한, 요시모토 역시 '수사적인 현재'라는 규정을 부정적으로 감지했다고 그는 이해한 것이다. 하지만 나 역시 요시모토의 『전후 시사론』은 구라하시 같은 독해를 가능하게 하는 양의성(兩義性)을 분명히 내포한다고 생각한다.

당시의 구라하시 겐이치에게 '절실함'은 단지 주관적이거나 경우에 따라서는 시대에 뒤떨어진 고려의 대상이 아니었다. 바로 '수사적인 현재'와 완전히 대척점에서 쓰인 일본어 시를 구라하시는 생생하게 느끼고 있었다. 그것이 바로 김시종의 작품이고 특히 『전후 시사론』과 거의 동시에 간행된 『이카이노 시집』이었다. 구라하시는 이 두 권의 책, 즉 한 권의 '시사론'과 한 권의 시집의 결정적인 동시성과 괴리성을 철저히 사고해야 하는 위치에 있었다.

따라서 구라하시는 논고 「스스로 해방할 수 없는 여름-김시종 『이

---

33) 아라카와 요지(荒川洋治) : 1949~ . 일본의 현대를 대표하는 시인의 한 사람. 대표시집은 『스이에키(水駅)』.

34) 『塵埃と埋火』, 64쪽.

카이노 시집』 노트」에서 다시 '수사적인 현재'의 첫머리를 인용하며 '시적인 수사가 모든 절실함에서 등거리로 동떨어져 있다'는 요시모토의 냉정한 지적에 대해 '모든 절실함이란 도대체 무엇일까' 하고 반문하면서 이렇게 열변을 토한다.

> 이번에 김시종의 『이카이노 시집』을 다시 읽고 자꾸만 생각되는 것이 이 절실함이다. 더욱이 김시종은 이 연작시를 현재 시 속에서 쓴다. 그러면서도 더욱 절실하다! 쿡쿡 송곳으로 찌르는 듯한 절실함이란 무엇인가. 왜인가. 그것은 요시모토 씨가 말하는 현재의 일본 시가 지금 저 멀리 떠나버린 모든 절실함과는 다른 종류의 것이라고 생각해도 괜찮을까. 그렇지 않으면 전후 일본의 시가 품었던 모든 절실함에서 등거리로 멀어진 일본의 현재 시에 대한 깊은 경고를 내포한, 계속 긴박(緊迫)해야만 할 보편화된 절실함이라고 생각하면 될까.[35]

물론 마지막 질문에 대해서는 '그렇다'는 답을 시사하면서, 구라하시는 실질적인 김시종론을 전개한다. 자세한 부분까지 다룰 수는 없지만, '수사적인 현재'와 관련한 구라하시의 반문을 다시 인용하기로 한다.

> 수사적인 현재란 말할 나위도 없이 풍속화 된 오늘날의 시의 일반적인 상황이다. 모든 절실함이 저 멀리 동떨어졌을 때 수사적인 현재가 시작되었다고 요시모토 씨는 생각했다. 결국, 요시모토 씨의 생각은 현재 시는

---

35) 『塵埃と埋火』, 76쪽(『70年代の金時鐘論-日本語を生きる金時鐘とわれらの日々』, 188～189쪽).

무해한 것이 되었다는 것이다. 시 쪽에서가 아니라 시인이 먼저 말이다. 절실함을 멀리한 것은 시인 자신이다. [중략] 그러나 모든 절실함이 거의 사라진 현실 같은 건 없다. 현재 시는 자기 자신과 등거리로 멀어졌고, 그런 멀어진 것만이 현재 시가 되었다. 그때 내적 예감에 충만하여 프리미티브하게 지향의 극(劇)을 껴안은 김시종의 일본어 시는 어디로 가는 것일까. 일본 현재 시의 어디에 우뚝 서 있는가.[36]

구라하시의 질문은 당시의 저널리스틱한 일본의 시단을 비평한다는 컨텍스트에 파묻혀 전후 시, 혹은 일본어 시의 총체를 김시종의 표현까지 포함하여 체계적으로 파악하려는 지향으로 반드시 열려 있던 것은 아니었다. 그러나 구라하시에게는 그러한 가능성이 어렴풋이 보였을 것이다. 구라하시가 다른 비평에서도 반복하는, 구로다 기오[37] 론, 다니가와 간[38]론으로 소급한 데서 그러한 방향을 엿볼 수 있다. '수사적인 현재'가 아니라 김시종을 새로운 기점으로 '일본어'를 총체적으로 되묻는 형태로 전후 시를 다시금 깊이 훑어내는 것.

앞에서 보았듯이 1970년대 초에 쓴, '김시종은 실제로 일본어를 통째로 유로 투사하려는 것이 아닐까' 하는 질문을 축으로 한 구라하시의 김시종론에는 이미 '일본어' 그 자체를 상대화하면서 총체적으로 질

---

36) 『塵埃と埋火』, 89~90쪽(『70年代の金時鐘論-日本語を生きる金時鐘とわれらの日々』, 188~189쪽).

37) 구로다 기오(黑田喜夫) : 1926~1984. 일본 전후의 대표적 시인의 한 사람. 농민운동을 기점으로 프롤레타리아시와 전위시의 융합을 뛰어난 형태로 제시했다. 대표시집은 『불안과 유희(不安と遊戱)』.

38) 다니가와 간(谷川雁) : 1923~1995. 일본 전후를 대표하는 시인, 사상가. 1960년 전후에 탄광노동자 가운데에서 활동하고, 그 시와 비평은 일본의 신좌익에 큰 영향을 주었다. 대표 평론집은 『원점이 존재한다(原点が存在する)』.

문하는 차원을 포함한 '시사론'의 가능성이 분명히 있었다고 나는 생각한다. 그리고 그렇게 파악한 전후 시는 '수사적인 현재'로 수렴하는 것과는 다른 복수의 역선(力線)을 드러낼 수도 있지 않을까.

물론 이는 구라하시 한 사람이 담당하기에는 너무나 큰 과제일 것이다.『미료성으로써의 인간』을 읽으면, 그 가능성은 작가 이회성(李恢成)[39]과 '논쟁'하면서 일단 중단된 것 같다. 즉 구라하시의 1970년대 초의 김시종론과 '수사적인 현재'에 대한 강한 위화감을 배경으로 기술한 김시종론은 명확한 접속을 이룩하지 못한 채 공중에 붕 뜬 상태라고 해야 할 것이다.

5. 요시모토 다카아키『매스 이미지론』과 김시종『광주시편』

다만 구라하시 자신은 요시모토의 '수사적인 현재'라는 규정에 대해 작가로서 나름대로 답을 제시하려 했다. 그것이 1983년 간행된 구라하시의 제3시집『추운 아침』, 특히「가구(假構)와 현재」라는 타이틀로 된 작품군이었다고 나는 추정한다.[40] 구라하시는 거기서 1970년 전후의 젊은 세대와 함께 한 실제 체험을 배경으로 그 시대 경험의 의미

---

39) 이회성(李恢成) : 1935~ . 대표적인 재일 2세 작가. 가라후토(樺太, 현재의 사할린)에서 태어나 홋카이도 삿포로(札幌)에서 자랐다. 「다듬이질하는 여인(砧をうつ女)」으로 외국인 최초의 아쿠타가와상(芥川賞)을 수상했다. 대표작은『못다 꾼 꿈(見果てぬ夢)』.

40) 倉橋健一,『寒い朝』, 深夜叢書社, 1983(『現代詩文庫166-倉橋健一詩集』, 思潮社, 2001에 게재된 다수의 작품이 재록되어 있다). 이 뛰어난 시집이 김시종의『광주시편』과 같은 해에 간행된 것도 일종의 숙명이라고 느껴진다. 말하자면 실제의 작품현장에서 구라하시의 '수사적인 현재'와 김시종의『광주시편』이 가진 리얼리티로 찢겨지고, 일단 다쿠보쿠(啄木)나 주야(中也)에 관한 근대시론이나 제아미(世阿弥) 등에 관한 고전론으로 향하게 된다.

를 빼어난 산문시로 재고한다. 선술집에서 스무 살도 안 된 '불량배 야쿠자'에게 살이 찢기고 복부를 칼로 찔려 사망한 문학청년(그 청년은 나이와 학력을 모두 속인 것이 사후 판명되었다), 미묘한 데니오하의 차이를 포함한 동일한 시를 21편 연속으로 쓴 끝에 절벽에서 투신자살한 젊은이……. 연합적군(聯合赤軍)과 관계를 맺고 결혼식 날 홀연 모습을 보이지 않은 신랑…….

아마도 실제 체험을 배경으로 한 이들 작품은 현실과 꿈의 경계를 끊임없이 헤매는 듯한 감각을 독자에게 준다. 구라하시는 당시 '가구(假構)'라는 방법을 대치시킴으로써 요시모토의 '수사적인 현재'에 대해 일종의 방파제를 쌓으려 했다고 생각한다. 1970년대 전후의 실제 체험을 '가구=가공'함으로써 절대 놓칠 수 없는 '절실함'의 본질을 확인한 것이 아닐까.

그렇지만, 그때 김시종은 요시모토의 '수사적인 현재'라는 규정이나 구라하시의 '가구'를 어차피 관념의 유희라고 조소하는 듯한 가혹한 현실과 대치하고 있었다. 즉 1980년 5월 한국에서 일어난 광주사건이다.

민주화운동이 고양되고 박정희 대통령이 직속 부하에게 암살된 것이 1979년 10월이었다. 1980년 5월 18일 전두환 군부세력은 민주화를 요구하며 일어난 광주시민에 대해 피비린내 나는 무력탄압을 개시했다. 시민과 학생에 대한 무차별적인 살육이 열흘간 계속된 뒤 결국 5월 27일 새벽, 광주시가 '진압'되었다. 그러나 이후에도 민주화를 요구하는 한국의 학생·시민의 과감한 저항은 계속되었다. 실제로 80년대의 한국은 민주화운동이 격렬했던 시기이며 이는 90년대 이후의 '민주화'로 결실을 보았다.

광주시는 예전부터 민중의 저항이 새겨진 도시이다. 김시종은『광주시편』의 '후기'에 이렇게 썼다.

> 광주시는 인구 80만을 가진 한국 제5의 유수한 학원도시이다. 호남평야의 남서부에 위치하고 조선 말 세상을 뒤흔든 일대 농민봉기인 저 '동학혁명', 식민지하였던 1929년 11월, 반일 기운을 조선 전역에 지핀 '광주학생운동' 등에서 보듯이 이전부터 반골의 기풍이 강한 지방으로 알려진 전라남도를 통괄하는 도청소재지이다.[41]

광주는 이런 땅이었다. 더욱이 광주는 김시종이 중학교와 사범학교에 다닌 곳이고, 전후의 그가 식민지 지배의 잔혹함을 새삼 몸으로 알게 된 땅이기도 했다. 자신의 '인간 부활'을 걸고 조직과 단절한 채『니가타』를 간행하고『이카이노 시집』에서 '이카이노'에 사는 사람들의 모습을 빼어난 문체와 리듬으로 활사(活寫)한 뒤, 그는 광주의 학생·시민의 목숨을 건 투쟁과 마주하게 되었다. 그때 김시종의 몸을 찢는 듯한 심정은『광주시편』속의 작품「빛바랜 시간 속」의 첫머리에 현저하다.

> 거기엔 늘 내가 없다
> 있어도 아무 지장 없을 만큼
> 나를 에워싼 주변은 평정平靜하다

---

41)『들판의 시』, 120쪽.

사건은 으레 내가 없는 사이 터지고
나는 진정 나일 수 있는 때를 헛되이 놓치고만 있다[42]

저 일본 패전의 날에 온 '해방'조차 김시종에게는 본질적으로는 '내가 없는 사이의 일'이었다. 그리고 그 '뒤처짐'을 되돌리는 것이야말로 그의 시 쓰기에서 중요한 의미 가운데 하나였다. 그렇게 30년 가깝게 쌓아올린, 시인으로서의 힘든 행보가 있었다. 광주의 사태는 이제 다시 한 번 그를 덮쳤다. 광주사건의 추이를 일본 땅에서 주시하며 언어가 아닌 언어를 새겨낸 연작이 『광주시편』이다. 못으로 정(釘)으로 조각한 듯한 깊은 음영을 새긴 '문자'로 이루어진 이 연작 중 「뼈」라는 제목의 작품을 전행 인용해 보자. 교수형에 처한 5명의 젊은이의 죽음을 향한 작품이다.

날이 지나간다
나날이 옅어져
그날이 온다
새벽이나
저물녘
덜컹 판자가 떨어지고
밧줄이 삐걱거리고
5월이 끝난다
스쳐 지나가는 것만이 세월이라면

---

42) 『들판의 시』, 63쪽.

자네,

바람이야

바람

사는 것마저도

바람에 실려 가지

투명한 햇살 그 빛 속을

날이 간다

나날은 멀어지고

그날은 온다

꽉 들어찬 폐기肺氣가

늘어날 대로 늘어난 직장直腸을 똥이 되어 흘러내리고

검찰 의사는 유유히 절명絶命을 알린다

다섯 청춘이 매달려 늘어진 채

항쟁은 사라진다

범죄는 남는다

흔들린다

흔들리고 있다

천천히 삐걱대며 흔들린다

나락의 어둠을 빠져나가는 바람에

다갈색으로 썩어가는 늑골이 보인다

푸르딩딩 짓무른 광주의 청춘이

철창 너머로 그것을 본다

누군지 아는가

잊을 리 없건만

기억할 수 없는 이의 이름이다

날이 지나고

날이 가고

그 날이 와도 옅어진 채

흔들리며 사는 인생이라면

자네,

바람이야

바람

죽는 것마저도

실려 가는 거야

올려다볼 수 없는 햇살 속을

그렇지, 그렇고말고

광주는 요란스러운

빛의

암흑이다[43]

이것은 빼어난 연작으로 이루어진 시집 전체에서도 매우 걸출한 한 편일 것이다. 특히 '사는 것마저도 / 바람에 실려 가지', '죽는 것마저도 / 실려 가는 거야'는 너무나도 절절한 '노래'이다.

교수형 당한 시체를 흔드는 이 '바람'은 한편으로 매우 허무적인 인상을 줄지도 모른다. 실제로 '바람'은 『광주시편』의 곳곳에서 분다. 이 시집의 첫 번째 작품도 「바람」이다. 거기서 '바람'은 '강 언저리'를 지나 지평을 뒤흔든다. 두 번째 작품 「뒤엉킴」에서 바람은 '만장(輓章)'을 '히

---

43)『들판의 시』, 68~71쪽. 유숙자 번역,『경계의 시』, 130~132쪽 참조.

이이잉' 하고 공중에서 몸부림치게 한다.『광주시편』에서 바람은 어느 때는 조용히 초목을 물결치게 하고 또 어느 때는 폭풍우를 예감시키며 광주를 휩싼다. 그 '바람'이 여기서는 '나락의 어둠을 빠져나가', 매달린 젊은이의 시체를 조용히 흔든다. 그러나 '바람'은 단지 허무의 상징이 아니라, 여기서는 오히려 산 것과 죽은 것, 피의 사건과 퇴색되는 기억 을 쉼 없이 만나게 하는, 대체할 수 없는 목격자이고 증언자이다.

그리고 증언자라는 점으로 말하면 '광주'라는 지명이야말로 말을 뛰어넘는 사건의 증언자가 아닐까. 왜 그런 일이 바로 광주, 빛의 땅에 서 일어났을까. 김시종이 작품 「뼈」의 말미에서 '광주는 요란스러운 / 빛의 / 암흑이다' 하고 끝맺을 때, 그 '빛'과 '암흑'은 '광주'라는 지명과 결정적으로 대응관계에 놓인다. 눈부신 빛으로 인한 어둠. 수천의 빛 의 결정과 같은 어둠. 그때 '암흑'은 '빛'의 원형 그 자체이고, 마치 천 지창조 이전의 어둠으로 화한다. 그래서 광주라는 지명은 내부적으로 과거 저항의 역사 뿐 아니라 미지 사건의 흔적(그 의미에서 와야 할 사건 의 기억이라고도 할 수 있다.)을 환기하고자 왁자지껄 '요란스러운' 것이 아 닐까.

1980년 5월의 광주사건에 대치하여 1983년에 간행된『광주시편』속 이 한 편의 시에 대해 요시모토의 '수사적인 현재'는 물론 구라하시의 '가구'라는 방법 역시 무력하거나 혹은 관계가 없다고 생각한다. 이러 한 작품을 마치 규격 이외의 별종으로 방치함으로써 일본시의 '현재' 혹은 '현재 시'는 자족적인 영역에 스스로를 가두지 않았을까.

요시모토는『전후 시사론』에서 나아가『'반핵'이론(異論)』(1982년)을 거쳐,『매스 이미지론』(1984년)에 다다른다. 나는 이러한 요시모토 다카아키의 행보에서도 나름대로 중요한 관점을 배웠고, 지금까지도 귀중한 관점이 포함되어 있다고 정직하게 생각한다. 그렇지만, 요시모토의 『전후 시사론』에서 『매스 이미지론』이라는 흐름 속에 김시종의 『이카이노 시집』에서 『광주시편』의 결정적인 전개를 담을 수는 없지 않을까. '내적 예감에 충만하여 프리미티브하게 지향의 극(劇)을 껴안은 김시종의 일본어 시는 어디로 가는 것일까. 일본 현재 시의 어디에 우뚝 서 있는가' 하고 일찍이 구라하시는 뼈아픈 질문을 했지만, 여기서는 그것이 몇 배나 증폭된 것이다.

요시모토는 『매스 이미지론』에서 종래의 '문학'은 물론 포크송, 만화 등 서브 컬쳐에도 발을 내디뎌 '현재라는 작자'[44]의 형상을 포착하려 했다. 그러나 그 '현재'는 어딘가 관념적으로 실체화되었다는 인상을 부정할 수 없다. 김시종의 『광주시편』은 요시모토의 '현재'에 속하지 않는 것일까. 혹은 김시종의 작품 자체는 '현재'에 속하지만 그것을 적극 평가하려는 자는 이미 '현재'에서 벗어난 것인가. 이러한 물음은 구라하시를 비롯하여 어느 누구도 질문한 바 없다.

6. 편집자 데라다 히로시의 혜안

1970년대와 80년대에 걸쳐 한편에는 『이카이노 시집』에서 『광주시편』에 도달한 김시종이 있고, 다른 한편에는 『전후 시사론』에서 『매스 이미지론』에 다다른 요시모토 다카아키가 있다. 이 두 사람의 사상가·

---

44) 吉本隆明, 『マス·イメージ論』, 福武書店, 1984, 286쪽.

시인을 본격적으로 대조시키는 작업을, 가장 어울리는 위치에 있던 구라하시 겐이치 역시 말하자면 방기했다. 그러나 김시종과 요시모토 다카아키 두 사람을 온전히 시야에 넣었던 인물이 1980년대까지 없었던 건 아니다. 1983년 『광주시편』을 간행한 것은 후쿠무(福武)서점이라는 출판사인데, 이 후쿠무서점은 1984년 요시모토의 『매스 이미지론』을 간행한 출판사이기도 하다. 그리고 이 두 권의 '후기'를 읽으면 당시 후쿠무서점의 편집자, 데라다 히로시[45]가 이들 책의 출판에 깊이 관여한 것을 알 수 있다.

> 이 책은 잡지 『해연(海燕)』 1982년 3월호부터 1983년 2월호에 1년간 연재된 「매스 이미지론」을 가필 개고한 것이다. 〔중략〕 이 책을 만들 때 후쿠무서점의 데라다 히로시씨, 네모토 마사오(根本昌夫)씨의 도움을 받았다.[46]
>
> 후쿠무서점, 특히 시집 발간을 권해 주신 데라다 씨, 와타나베 데쓰히코(渡辺哲彦) 씨, 아울러 장정을 해 주신 다무라 요시야(田村義也) 씨에게도 똑같이 신세를 졌다.[47]

전자는 요시모토의 『매스 미디어론』의 '후기', 후자는 김시종의 『광주시편』의 '후기'에서 인용했다. 이런 글은 단지 '예의'만으로 쓴 것이 아니다.

---

[45] 데라다 히로시(寺田博) : 1933~2010. 편집자, 비평가. 나카가미 겐지(中上健次), 시마다 마사히코(島田雅彦) 등을 발굴한 명편집장으로 알려졌다.

[46] 『マス·イメージ論』, 286~289쪽.

[47] 『들판의 시』, 122쪽.

요시모토의 독자들은 다 알겠지만, 데라다는 『해연』의 명(名)편집장으로 요시모토의 「매스 이미지론」과 「하이 이미지론」 연재에 관여하고, 일관되게 단행본 작업에도 힘을 기울인 인물이다. 그러나 동시에 데라다가 김시종의 시집 출판에도 정열을 쏟은 것을 아는 독자가 얼마나 있을까. 실제로 『광주시편』의 몇몇 작품은 『해연』에 처음 게재되었고, 『해연』의 같은 호에 요시모토의 『매스 이미지론』과 김시종의 작품이 게재된 적도 있다. 또한 『광주시편』에 앞서 1978년 도쿄신문출판국에서 출판된 『이카이노 시집』의 '후기'에 김시종은 다음과 같이 간결하게 썼다.

이 시집은 오로지 데라다 씨의 진력으로 세상에 나온 것입니다. 시장성이 없는 시집을 굳이 선택해 주신 도쿄신문의 와타나베(渡辺哲彦) 씨의 후의와 함께 우선적으로 제가 감사를 표해야 할 분이므로 여기 기록합니다.[48]

이를 읽으면 적어도 『이카이노 시집』이 출판되는 과정에서 이미 데라다가 김시종의 표현에 큰 관심을 기울였음을 알 수 있다. 그리고 이미 서술했듯이 『이카이노 시집』이 간행된 1978년은 아이러니하게도 요시모토의 『전후 시사론』이 출판된 해이기도 했다. 요시모토가 『전후 시사론』, 『매스 이미지론』 나아가 『하이 이미지론』을 전개할 때 데라다는 명실공히 편집자로 활약했다. 이 데라다의 혜안에 필적할만한 시와 비

---

48) 『들판의 시』, 296쪽.

평의 편집이 지금까지 어느 정도 있었을까.

다만 이 경우 문제는 단지 김시종의 표현의 의미가 지금까지 소홀히 다루어졌다는 데 국한되지 않는다. 김시종의 시에 높은 관심을 갖고 동시에 요시모토의 사상, 특히 『매스 이미지론』 이후의 요시모토의 사상을 다루기가 어렵다는 점도 있다. 사실 『반핵』 이론(異論)』과 『매스 이미지론』 이후의 요시모토에 대한, '생각 있는' 지식인의 평가는, 가령 일본의 근세·근대 민중사의 대표적인 연구자인 야스마루 요시오(安丸良夫)의 다음 글에 집약되었다고 해도 좋다.

> 요시모토가 고도자본주의사회라는 일본의 현실을 사고의 전제로 받아들여 "국민대중이 풍요를 자유롭게 누릴수록 좋다. 또 그렇게 누린다면 불황이 아니다."라고 얘기할 때, 일찍이 그의 사상의 특징이었던 단절감, 심연을 곁에서 지켜보는 듯한 감각이 완전히 상실된 데 놀라게 된다.[49]

나 자신은 야스마루가 여기서 인용한 요시모토 다카아키의 말(1994년에 한 말이라고 한다)에는 물론 초기의 요시모토와는 다른 모습이지만, '고도자본주의사회'의 '심연'을 '곁에서 지켜보는' 감각이 분명히 존재했다고 생각한다. 역으로 야스마루는 자기가 살았던 '일본의 현실'에 대한 공포심이 본질적으로 결여된 것이 아닐까. 그런 의미에서 '일본의 현실'에 자족하는 쪽은 실은 야스마루일지도 모른다.

그러나 한편으로 『이카이노 시집』에서 『광주시편』으로 전개되는 김

---

49) 安丸良夫, 『現代日本思想論─歴史意識とイデオロギー』, 岩波書店, 2004, 76쪽.

시종의 강렬한 시 쓰기가, 요시모토의 『전후 시사론』의 중심을 이루는 논고 「수사적인 현재」에 도저히 담길 수 없는 것 또한 사실이 아닐까. 다시 말해 당시의 데라다의 관심은 확실히 이 양극에 걸쳐 있었던 것이다.

7. '자국어와 이민족어의 교환'

한편 요시모토는 2006년 간행된 논집 『시학서설(詩学叙説)』[50]의 타이틀 논고(초출 『문학계』 2001년 2월호)에서, 흥미롭게도 시의 지향성을 '서로 다른 민족어 표현의 교환'이라고 명명했다. 일찍이 '수사적인 현재'의 '수사'는 거기서는 이민족 언어와의 '교환'이라는 차원까지 확장된 듯하다. 요시모토는 거기서 도미나가 타로,[51] 요시다 잇스이[52], 이토 시즈오[53] 등의 작품을 구체적으로 논하고, 그에 기초하여 다음과 같이 썼다.

극단으로 밀어붙이는 한, 이민족어를 자국어처럼 표현하고 자국어를 이민족어의 문법처럼 기술화(技術化)하는 데까지 갈 수밖에 없다. 문명

---

50) 吉本隆明, 『詩学序説』, 思潮社, 2006.

51) 도미나가 타로(富永太郎) : 1901~1925. 시인. 보들레르, 랭보 등 프랑스문학에 친숙하고 고바야시 히데오(小林秀雄, 나카하라 주야(中原中也)와 친교가 깊었으나 폐결핵으로 24세에 사망했다.

52) 요시다 잇스이(吉田一穗) : 1898~1973. 시인, 동화작가. 독특한 미의식으로 일관된 작품으로 알려져 있다.

53) 이토 시즈오(伊東静雄) : 1906~1953. 전전과 전시기의 일본낭만파를 대표하는 시인. 대표 시집은 『우리 사람들에게 주는 애가(わがひとに与ふる哀歌)』.

은 단계이고, 높은 데서 낮은 데로 흘러가는지 모르지만, 이질적인 문명은 교환 불가능성에서 교환 가능성 쪽으로 흘러간다. 그리고 이 교환성의 흐름은 역류하지 않는 한 등가(等價)의 지점에 이른다고 생각한다. 가장 실험적으로 말할 수 있는 시인들이 그 역할을 담당한 것은 어쩔 수 없었을 것이다.[54]

요시모토는 요시다 잇스이의 한어(漢語)로만 된 「어가(魚歌)」, 독일어 직역체로 쓴 이토 시즈오의 「우리 사람에게 주는 애가」 등을 검토하고, 매우 장기간에 걸친 문명사적인 전망 속에서 이 글을 썼다. 그러나 그러한 자국어와 이민족어의 '교환'은 훨씬 더 폭력적인 과정에서도 생길 수 있다. 그러한 폭력적인 프로세스를 몸으로 살았던 김시종은 요시다, 이토와는 정반대 형태로 '이민족어를 자국어처럼 표현하고, 자국어를 이민족어의 문법처럼 기술화하는 데'에 도달한 표현자라고 불러야 할 것이다. 다음은 김시종의 『광주시편』의 마지막에 수록된 「나날이여, 무정한 내장안(內障眼)의 어둠이여」의 맺음 부분이다.

이제 돌아오지 않겠지요. 조국이 기도였던 저 청아한 연둣빛 계절은
모든 것이 바뀌어
마음을 한데 모았던 한恨의 나날들마저 멀어졌습니다.

얼마나 기다려온 내일이련만
변할 것부터 변해 버린, 내일은 똑같은 어제의 오늘이겠지요.
기다렸다 잃어버린 머언 후회입니다.

---

54) 吉本隆明, 『詩学序説』, 27쪽.

뒤돌아 볼 것도 없는, 떨쳐버린 사랑의 그늘입니다.

볼 만큼 보았습니다.

지나갈 것이 지나가지 않고 그저 지나갈 뿐인 나날을 지나왔습니다.

주의主義는 늘 민족 앞에 있었기에

사상에 넘어간 동족同族에 못내 아파하지 않는 세월이었습니다

그것이 흔들립니다. 식은 가슴에 푸른 불꽃이 갈라진 틈 속을 흔들리며 옵니다.

지켜봅시다. 지금은 고요히 내장안의 어둠에 잠길 때입니다.

어쩌면 보복을 당해야 하는 순일純一하지 않은 조국인지도 모르겠습니다.

지켜봅시다. 지켜봅시다. 끌어안은 어둠의 타는 불꽃으로.[55]

확실히 여기에는 요시다 잇스이의 한어시와 이토 시즈오의 독일어 직역체처럼 '이민족어'의 뚜렷한 현전(現前)은 없다. 그러나 나는 이러한 김시종의 표현에 통상의 일본어 원어민의 작품과는 이질적인 언어의 율동을 느낀다. 앞에서 인용한 요시모토의 좋은 의미에서의 관념적인 기술이 김시종처럼 언어의 육체 감각으로 바로 체현되는 장을 우리는 개척할 필요가 있지 않을까. 그것은 또한 본 장의 첫 부분에서 서술했듯이 요시모토 세대의 일종의 내적인 식민지 체험과 김시종의 진짜 식민지 체험이 만나는 장이기도 할 것이다.

되풀이하여 말하면, 이 두 사람의 식민지 체험이 어떤 식으로든 만

---

55) 『들판의 시』, 111~112쪽. 유숙자 번역, 『경계의 시』에는 「옅은 사랑, 저 깊은 어둠의 나날이여」라는 제목으로 번역되었다. 전체는 『경계의 시』, 136~141쪽, 인용 부분은 140~141쪽 참조.

날 수 없다면 일본의 '전후'는 애당초 시작할 수 없었던 것이다. 마쓰바라 신이치가 어디선가 데리다(Derrida)에 의거하여 사용한 말을 빌리면, 이 둘의 식민지 체험이 만남이 없다면 일본의 '전후'는 우리에게 아직 도래하지 않았다고 할 수 있다.[56]

8. 『광주시편』에 관해 덧붙임(『아이덴티티/타자성』에서)

일본의 전후 시와 김시종

김시종의 50년에 걸친 시 쓰기를 되돌아보면, 일본의 현대시와 비교하여 표현면에서 두드러지는 특질을 몇 개의 지표로 식별할 수 있다. 매우 거칠지만, 내 나름대로 정리하면 다음과 같다.

첫째, 김시종에게는 '시'를 결코 특권화하지 않는 태도, 타자의 살아 있는 '시'의 절실함에 걸맞은 작품의 언어를 늘 추구하는 태도가 있다. 이 자체는 일본의 현대시가 자칫 놓쳐버린 시각이라는 것을 새삼 확인할 필요가 있다.

둘째, 제3시집 『니가타』가 대표하듯이 구조화된 장편시에 대한 지향이 있다. 김시종은 이미 제1시집 『지평선』의 '후기'에서 허남기의 『조선 겨울이야기』를 예로 들며, 일관된 테마가 관통하는 작품집을 하나의 이상으로 삼는다는 취지를 표명했다. 그 이후 『니가타』, 『이카이노

---

56) 松原新一, 「戦後文学と大阪文学学校」, 『樹林』 제490호, 大阪文学学校 葦書房, 2005, 40쪽. 거기에서 마쓰바라는 데리다의 『죽음을 준다』(廣瀬浩司・林好雄訳, ちくま学芸文庫, 2004)에 나온, '기독교에 도래하지도 못한 것, 그것은 기독교이다'는 말을 기초로 '전후에 도래하지도 못한 것, 그것은 전후이다'라고 썼다.

시집』을 거쳐『광주시편』, 나아가『화석의 여름』에 이르기까지 이 지향은 기본적으로 유지된다. 이는 일본의 전후 시에서 생각하면 역시 드문 사례라고 할 수 있다.

셋째, 『이카이노 시집』의 몇몇 작품이 체현하는 독특한 리드미컬한 어조가 있다. 묵독을 위한 문장어(문어) 스타일에 크게 규정을 받은 일본의 전후 시는 구어체를 기본적으로 배제하는 경향이 있었다. 그에 비해 김시종의 몇몇 작품은 풍부한 구어를 통해 일본의 현대시가 가진 문어의 폐쇄성을 보기 좋게 타파한다. 더욱이 이들 작품은 과감하게 상황을 강타하는 풍자성을 지니는데, 그와 같은 풍자성은 일본 시에서는 웬일인지 성공사례가 적다. 그것은 그 '시'의 뿌리가 어디 있는지 하는 문제와 밀접히 관련될 것이다.

넷째, 정치적·사회적 사실을 어디까지나 개개의 실존 차원에서 받아들이는 자세가 늘 베이스에 존재한다. 일본 현대시의 주류는 특히 70년대 중반부터는 정치적·사회적인 테마에 고집스럽게 등을 돌렸다. 물론 80년대 이후에도 소위 정치시·사회시를 전혀 시도하지 않는 것은 아니다. 사실 '반핵·평화'를 노래한 시는 이후에도 대량으로 나왔다. 하지만 그 경우에도 일본 현대시에서는 개인적인 것을 취하면 사회적인 것이 상실되고 사회적인 것을 취하면 개별적 시점이 상실되는 사태가 전혀 변하지 않았다. 김시종은 재일 조선인 조직으로부터 자립된 표현의 압살이라는 경험을 겪고 사회적 관심을 닫아버린 시의 공허함 뿐 아니라, 사회적인 테마에 치우쳐 정형적 표현으로 일관하는 시의 공허함 또한 뼈에 사무치도록 알고 있다.

다섯째, 「클레멘타인의 노래」에서 확인했듯이 일본어를 내부에서 분쇄하는 듯한 '문체'가 있다. '유창한 일본어'에 휩쓸리기를 단호히 거부하고 뭉툭한 못으로 긁는 듯한 이질감을 항상 띠는 그 문체이다. 문체, 문체 하면 김시종의 표현을 뭔가 나쁜 의미로 모더니즘의 영역에 몰고 가는 듯이 느낄지도 모르겠지만, 물론 여기에서의 '문체'는 표현자의 사고와 감성 그 자체에 기반을 둔다. 오노 도사부로는 서정의 질이야말로 인간의 감성과 사고를 깊이 규정한다고 지적하고 영탄적 서정을 극복한 '서정의 과학'을 주창했다. 김시종은 이를 말하자면 '언어의 과학'으로까지 발전시켰다고 할 수 있다. 요컨대 언어 표현의 질(문체) 자체가 변혁되지 않는 한 사고도 감성도 실은 창고(蒼古)라는 것이다.

1980년 5월 광주

앞에서 김시종 작품의 특징을 일본의 전후 시 내지 현대시와 대조시켜 다섯 가지 점을 들었다. 그런 형태로 일단 정리해 생각하면 1983년 간행된 『광주시편』이라는 연작시집이 김시종의 시 쓰기에서 하나의 정점으로 존재함을 우리는 잘 이해할 수 있다. 민주화를 요구하는 광주 시민과 학생의 목숨을 건 '표현'을 자기 실존의 가장 깊은 내부에서 받아들여, 이를 「클레멘타인의 노래」나 『이카이노 시집』에서 도달한 '문체'로 영속적으로 형상화하는 시인의 전신적인 행위가 여기 있기 때문이다. 김시종은 「클레멘타인의 노래」에서 묘사했듯 자신의 '황국 소년'시대를 반추한 끝에 '광주사건'과 대치시켰다. 나는 거기서 무슨 운명적인 것을 느끼지 않을 수 없다.

1980년 5월의 광주! 다름 아닌 내가 대학에 입학한 해였다. 신문의 시꺼먼 표제가 날마다 제1면을 장식한 것을 기억한다. 1979년 10월 박정희 대통령이 암살된 이후 새로 등장한 전두환 군부세력은 1980년 5월 17일 계엄령을 선포하고 김대중 등 민주화 운동가를 다수 체포했다. 다음날인 5월 18일부터 전두환의 군부세력은 광주시민에 대한 피비린내 나는 무장 탄압을 시작했다. 시민·학생에 대한 무차별적인 살육은 열흘간 벌어졌고, 5월 27일 새벽, 광주시가 결국 '진압'되었다. 그러나 그 후에도 민주화를 요구하는 한국의 학생·시민의 과감한 저항이 계속되고 옥중 고문과 투쟁, 몸에 불을 붙이고 화염에 휩싸여 캠퍼스 높은 곳에서 떨어지는 학생의 모습 등이 매스컴을 통해 우리에게 전해졌다. 실제로 80년대의 한국은 격렬한 민주화운동의 새로운 고양을 맞이하여 현재의 '민주화'로 착실히 결실을 보았다.

나의 수험과 대학 입학 시기는 한국의 이러한 상황 진전과 평행관계에 있었다. 그러나 당시 내 기억에 한정해서 말하면, 내가 다닌 대학 캠퍼스에서 일본인 운동 그룹은 대부분 한국의 민주화 투쟁에 대해 아무런 방책이 없었다. 적어도 70년대 후반부터 김대중 씨 등에 대한 지원·구원운동이 계속되고 있었고 나와 관계한, 자치기숙사 수호투쟁을 벌인 학생들도 그에 동참했지만, 그들 역시 '광주사건' 때에는 거의 대응을 하지 못했다. 저런, 저런 하는 사이에 모든 일이 일어났다. 그렇게 1년, 2년이 지났다. 70년대 이후 재일 학생활동가들과의 사이에 벌어진 간격도 컸는지 모르겠다. 우리가 아무 방책 없이 방관했을 때 그들은 도대체 어떤 생각으로 그 사건을 지켜보았을까.

시집 『광주시편』

> 때론 말은
> 입을 다물고 색깔을 내기도 한다
> 표시가 전달을 거부하기 때문이다.
> 거절의 요구에는 말이 없다
> 다만 암묵이 지배支配하고
> 대립이 길항한다
> 말은 벌써 빼앗기는 것에서조차 멀어져
> 담겨진 말에서 의미가 완전히 박리된다.
> 의식이 눈을 부릅뜨기 시작하는 건
> 결국 이때부터다[57)]

 이것은 광주사건 3년 후에 간행된 시집 『광주시편』 속의 「함구하는 말」이란 제목의 작품 1연이다. 논리를 신속히 전개하면서도 머뭇거리는 듯한 말투가 전면에 뚜렷이 나온다. 이 작품에는 '박관현(朴寬鉉)에게'라는 헌사를 덧붙였다. 김시종의 주에 따르면 박관현은 전남대학교 학생회장으로 광주사건에 관련된 인물이다. 징역 5년의 판결을 받고 옥중에서 40일간에 걸친 '죽음의 단식투쟁'을 결행하고 1982년 10월 11일 밤 30세를 일기로 절명했다. 「함구하는 말」은 박관현이라는 청년의 행위 자체이고 또 그를 향한 김시종의 말 자체가 행동하는 것이다. 거기서 말은 의미의 전달이라는 통상의 움직임을 거부하고, 그러나 어디

---

57) 유숙자 번역, 『경계의 시』에는 「입 다문 언어-朴寬鉉)에게」라는 제목으로 번역되었다. 전체는 『경계의 시』, 133~135쪽, 인용 부분은 133쪽 참조.

까지나 '색깔을 내며' 나타난다(여기에 등장하는 '차배〔差配, 사하이〕'라는 말은 제1시집『지평선』이래 김시종이 특징적으로 쓰는 말이다. 물론 이 말은 일반적인 일본어 어휘지만, 통상 '지배〔支配, 시하이〕'가 쓰이는 문맥에서도 김시종은 '사하이'를 쓸 때가 많다. '시하이'와 '사하이'라는 말의 의미상, 음운상, 그리고 시각상의 미묘한 편차. 이것 역시 일본어 속에 김시종이 써넣은 의심할 나위 없는 이화〔異和〕의 하나일 것이다).

어쨌든 말이 색깔을 낸다, 무슨 근원적인 사태이고 표현인가. 가령 이를 우리는 어떻게 영어로 번역할 수 있을까. '말이 노기를 띠다'라든가 '말이 분노를 드러낸다'와 대치시킨다면 이 간결한 표현에 들어 있는 것이 대부분 상실될 것이다. 말이 색깔을 낸다-그것은 오히려 말이 의미를 박탈당하고 의미전달 영역을 넘은 부분에서 거친 실체로 나타나기 때문이다. 그때 비로소 '의식이 눈을 부릅뜨기 시작'한다.

이는 박관현이라는 옥중의 한 청년의 결사적 행위를 대하는 김시종의 말이 행동함과 동시에 '광주사건'을 대하는 그 본연의 말이다. 그러나 그렇기 때문에 김시종은 광주 사태에 대해 직접 분노를 터뜨리지도 않고, 비탄의 소리를 크게 내지도 않는다. 광주를 응시하는 그의 '의식의 눈'이 포착하는 것은 앞의 「뼈」라는 작품에서도 보았듯이 무엇보다도 '바람'이다. 「아직 있는 게 있다면」이라는 다음 시에서도 '바람'은 목격자이자 증언자가 될 수 있다.

아직 살아가고 있는 것이 있다면
견뎌낸 시대보다
더 참담한 부서진 기억

그걸 상기하는 동공瞳孔인지도 모르지

서리에 말라버린 나날
아직 죽지 않고 있는 것이 있다면
계속 빼앗은 복종보다도
더 원통한 창백한 인종
탄피가 녹슬어 달라붙은 들딸기의
붉은 복수인지도 모르지

아직 있다면
그건 피묻은 돌의 침묵.
아니 돌보다 진한 의식의 엉김
양달에서 녹아 가는
저 빈모貧毛의 점액일지도 모른다[58]

　여기 있는 것은 일본적인 화조풍월과 대척점에 있는, 썩어가고 어
지러운 '자연'이다. '동공' 역시 살아 있는 안구의 유기적인 부분이라
기보다 불길한 물질적인 존재로 거기 열려 있다. 그것은 버려진 해골
에 뚫린 안와(眼窩)의 한 점과도 같을 것이다(실제로 3연의 배후에 있는 것
은 바로 양지 속에 누워 썩어가는 사체처럼 생각한다). 그리고 그러한 '동공'과
'들딸기', '피묻은 돌', 그것들을 서로 만나게 하는 것은 '바람'이다. 그
때 침묵하는 '돌'은 돌보다 더 밀도 높은 '의식의 엉김'이 되고 '탄피가

---

58) 「아직 있는 게 있다면」, 『들판의 시』 52-53쪽. 유숙자 번역, 『경계의 시』에는 「아직 있다고
한다면」으로 실렸다. 유숙자 번역, 『경계의 시』, 126~127쪽.

녹슬어 달라붙은 들딸기'는 그 조그만 과육＝탄환 속에 보복의 의지를
배태시킨다.

한편 '탄피'는 일본어 사전에는 나오지 않는 한어(漢語) 표현이다.
나는 이것이 관용표현이거나 김시종의 조어라고 생각했지만, 손에 집
히는 대로 한국어-일본어 사전을 찾아보니 '약협[59]'이라는 의미가 있
다. 한국어로 읽으면 '탄피'이다. 그러나 이 표현은 일본어의 컨텍스트
로 볼 때는 들딸기의 표피 그 자체를 탄환에 빗댄 것이라 할 수 있다.
이 의미에서도 김시종의 시구는 일본어와 한국어 사이에서 역시 일종
의 결정 불능성을 짊어지고 있다고 생각한다.

지금까지 김시종의 표현＝문체를 『광주시편』을 중심으로 살펴보았
다. 현재의 김시종 또한 그 연장선상에서 시 쓰기를 계속하고 있다. 이
제 현재의 김시종으로 눈을 돌려보자.

---

59) *역자 주 - 약협(藥莢) : 총포의 화약을 넣은 놋쇠로 만든 작은 통으로 총포에서 탄알이 발
사된다.

제6장

『잃어버린 계절-김시종 사시 시집(四時詩集)』을 읽다

2010년 2월 김시종의 새 시집『잃어버린 계절-김시종 사시 시집』(藤原書店)이 간행되었다. 이 마지막 장에서, 현재 최신 시집인 이 작품에 관해 언급하고 싶다.

『잃어버린 계절』이 출판되기까지 단행시집으로는『화석의 여름』(해풍사, 1998년) 이후 실로 11년 이상의 세월이 흘렀다. 이 시기 동안 김석범[1]과의 대담『왜 계속 써 왔나, 왜 침묵해 왔나』(平凡社, 2001년) 간행, 윤동주의『하늘과 바람과 별과 시』(もず工房, 2004년)의 재번역, 강연·대담집『우리 삶과 시』(岩波書店, 2004년) 간행,『재역(再訳) 조선시집』(岩波書店, 2007년) 출판 등을 했다(그밖에 TV, 라디오 등 다수의 매스컴 출연과 인터뷰). 모두 김시종이 숙명적으로 대면한 생애의 테마와 깊이 관련된 작

---

1) 김석범(金錫範) : 1925~. 소설가. 재일 작가의 대표적인 존재. 오사카시에서 태어났으나 양친의 출신지인 제주도를 '고향'으로 삼아 4·3 사건을 테마로 한 대작『화산도(火山島)』를 집필했다.

업이었다.

최근 10년 정도 그의 활동에서, 우리는 두 개의 큰 테마를 식별할 수 있다. 즉 하나의 테마는 4·3 사건과 스이타·히라카타 사건 등 해방 후 한반도와 전후 일본에서 김시종이 깊이 관여했지만, 공공연히 말할 수 없었던 정치적인 사건의 증언이다. 또 하나의 테마는 첫 번째 테마와는 얼핏 대척적인, 시의 '서정'을 묻는 것이다. 전자와 관련해서는 김석범과의 대담, 강연·대담집『우리 삶과 시』의 생생한 증언이 있다. 후자의 '서정'이라는 테마는 윤동주 시의 번역과『재역 조선시집』에서 여실히 파악할 수 있다. 특히『재역 조선시집』은 그가 소년 시절에 식민지 지배하의 고향에서 만난 김소운 역『조선시집』을 재역한 것이다. 60년 이상의 세월을 넘어 원어인 조선어로 다시 대면하고 오랫동안 배양해 온 김시종 고유의 '일본어'로 번역을 시도했다.[2]

그러나 이 두 개의 중요 테마에 대한 작업은 김시종 내부에서 분리되어 있지 않았다. 오히려 양자는 늘 결부되어 있었다. 4·3 사건 같은 너무나도 크고 무거운 정치적인 문제와 외견상 지극히 개인적인 표현의 문제로 여겨지는 '서정'을 재검토하는 것이 서로 절실히 얽혀 있는 데에 시인 김시종의 실질이 있다. 최신시집『잃어버린 계절』의 모든 작품은 지금까지의 시집보다 속삭이듯 나직한 말씨로 그것을 우리에게 제시한다.

김시종 스스로 '김시종 서정시집이라는 이름을 새기고 싶었다'고

---

2) 그 의미에 관해서는「金時鐘による金素雲『朝鮮詩集』再訳」과 다음의 졸론을 참조하기 바란다.「戦争責任論への一視覚」,『言葉と記憶』, 岩波書店, 2005.

말하는 『잃어버린 계절』은 부제가 '김시종 사시 시집'인 데서도 알 수 있듯이 4개의 시간, 사계(四季)를 주제로 삼았다. 실제로 각각의 계절마다 8편씩 총 32편의 작품이 수록되었다. 덧붙이자면, 김시종은 늘 새로운 '노래'의 창출을 과제로 삼았다. 하지만 여기서는 종래의 서정시가 노래한 그대로 4계절을 제재로 삼은 것이 아니다. 오히려 세계를 파악하는 기존의 감성에 저항하는 것이 이 시집의 안목이다. 원래 사계는 춘하추동처럼 일본이든 유럽이든 봄부터 헤아려 겨울에서 끝난다. 반면에 『잃어버린 계절』에는 여름부터 봄까지라는 형식으로 시집이 구성되었다. 이는 사계에 대한 통념적인 틀의 전복이다.

그렇다면 왜 여름에서 시작하여 봄으로 끝나는가. 아니 애당초 김시종에게 '여름'이란 무언인가, '봄'이란 무엇인가. 김시종은 스스로 명확하게 주석을 붙였다.

> 필자에게 '4월'은 4·3 사건의 잔혹한 달이고 '8월'은 찬란한 해방(종전)의 백주몽(白晝夢)의 달이다.[3]

그에게 여름이란 우리가 통상 생각하는 일반적인 '여름'이 아니고 고향인 제주도에서 황국 소년으로 일본의 '패전'을 맞이하고 동포에게 뒤처졌다가 겨우 조선인이라는 자각을 되찾은 그 '여름'이다. 그리고 한편으로 봄 또한 초목이 싹트는 일반적인 '봄'이 아니라 저 4·3 사건의 검은 기억과 하나가 된 '봄'이다(또한 어머니의 기일이기도 하다). 김

---

3) 金時鐘, 『失くした季節-金時鐘四時詩集』, 藤原書店, 2005.(이하 『失くした季節』로 줄임)

시종에게 1년은 '여름'에서 시작하여 '봄'으로 끝난다. 그리고 그 '봄'은 다시 저 '여름'에 다다른다. 춘하추동이라는 사계의 순환을 당연시하는 사람 속에서, 김시종은 여름부터 봄에 이르는 계절의 순환을 살아왔고 지금도 살고 있다. 그는 자신의 고유한 기억때문에 동시대 한복판에서 별도의 시간의 질서, 별도의 달력을 살아야 한다.

디아스포라를 사는 자가 버려야 하는 것은 고향과 언어만이 아니다. 특히 김시종처럼 결정적인 체험을 통해 고향과 격리된 자는 통상적인 시간질서 밖으로 걸어 나와야 한다. 그러나 그로 인해 '자연'은 완벽히 다른 모습으로 출현한다. 흐드러지게 피어나는 꽃이나 냇물의 속삭임을 통해 인간에게 위안을 주는 자연과는 대조적으로 『잃어버린 계절』에 등장하는 자연은 굳게 입을 다문다. 거기서 새는 지저귀지 않고 (「조어(鳥語)의 가을」), 가을의 잎사귀마저 붉게 물들지 않고 겨울 길가에 떨어져 있다(「잎사귀 하나」). 그의 시선은 이미 '바이오 연료'를 개발한 인간과 자연의 관계를 응시한다(「두 개의 옥수수」). 작품 「마을」의 '달라붙은 정적에는 자연이 아주 포로다'는 김시종다운 1행, 바로 그의 선율을 통한 새로운 '노래'라고 할 수 있는 이 1행에, 이 시집의 과제가 잘 집약되어 있다.

종래의 서정으로 '자연'에 미사여구를 덧씌우는 것은 '포로'인 자연을 더욱 감금상태로 몰아가고, 결국 그 입에서 말을 빼앗을 뿐이다. 자연 스스로가 놓인 '포로'라는 본질에서 자연 자체를 해방하는 것이다. 따라서 그는 단지 자연의 침묵을 모사하지 않는다. 오히려 그의 시선 아래서 감나무 가지 끝에 달린 감, 내팽개쳐진 소라껍데기, 통행로에서 시드는 잎 하나, 그리고 내리는 비조차도, 하고 싶은 말을 온몸으로 끌어안고 울분을 삭일 길 없이 입을 꾹 다문 저 제주도의 한라산 같은 괴이함을 드러낸다. 이하는 작품 「여행」의 한 구절이다.

> 마음의 지평에는
> 구舊화산도 후끈후끈 살아있다
> 분화구의 연기를 뿜어도 누구 하나 도망치지 않는다
> 연달아 동굴에서 마을 사람이 나타나
> 저건 꿈이었나 하고
> 재난을 애태우는 산을 본다[4]

이 한라산이 간직한 용적과 중량과 에너지, 우리 주위의 작은 자연, 천연덕스러운 자연, 침묵하는 자연 하나하나에서 그 모든 것을 바라보는 것이 바로 『잃어버린 계절』의 '서정'이다.

그리고 그러한 시선과 청각을 통해서만 한국전쟁 때 '소식(消息) 불명'이 된 김억, 강처중[5] 등 문자 그대로 '사라진 숨결'(消えた息)과 고동(鼓動)에 귀를 기울일 수 있으며(「잃어버린 계절」), 영세공장 한 귀퉁이에

---

4) 『失くした季節』, 52쪽.

5) 김시종, 『잃어버린 계절』, 46쪽에는 같은 제목의 시에 김억, 강처중이 등장한다. 말미에는 다음과 같은 주가 있다(역자).

*(원주) 김억(金億)＝호는 안서(岸曙). 1893～? 평북 정주 출생. 1920년대 초 『폐허』, 『창조』 동인으로 활약. 프랑스 상징파 시인들의 시를 번역한 시집 『오뇌(懊惱)의 무도(舞蹈)』(1921)는 조선 최초의 번역시집이 된다. 또한, 뚜르게네프, 베를렌, 타골의 시와 중국 한시 등도 번역. 에스페란토어의 선구자이기도 하다. 한국전쟁 때 월북. 타지방의 공동농장에 강제 이주한 뒤 소식 불명.

*(원주) 강처중(姜處中)＝비명(非命)의 시인 윤동주의 유고를 대부분 모아 보관하여 세상에 낸 사람. 해방 후에 경향신문기자로서 윤동주의 시 소개와 유고시집의 출판에 핵심적인 역할을 했다. 남로당 당원으로 사형선고를 받았으나 북한군에 의해 풀려나 이후 월북. 소식 불명.

*(원주) '6·25동란' 발발 전후의 이 시기에 북한의 사회주의 건설을 동경하여 다수의 문학자, 예술가, 문화인들이 월북했는데 대부분 생사불명인 채로 소식이 끊겼다. 김억, 강처중도 그런 사람들이다.

숨죽이고 있거나 보호시설에서 사는 '재일' 올드 커머와 뉴커머들을 응시하는 것이 가능하다.

기존의 서정과 '서정'에 관한 통념을 철저히 뒤엎는 이 시집은, 의외로 시집 말미에 서정시의 한 전형이기도 한 릴케를 인용하며 끝을 맺는다. 인용은 「봄에 오지 않게 된 것들」의 최종 연이며, 주(註)는 원문에 따른다.

> 그래도 화창한 가운데 바람이 지나가고
> 끊어졌던 뭔가가, 그래도
> 봄이 저쪽 끝에서 지려고 한다
> 이렇게 우리는
> 매일 뭔가 잃어간다
> 결코 어렴풋하지 않다
> 먼눈으로 확실히
> 끝나는 것이 보인다
> 뒤섞이고 붕 떠서
> 꽃잎이 날고
> 아아 이 바람과 함께
> 우리의 운명이 불어온다[6]

릴케의 「춘풍」은 야요이서방(弥生書房)의 『릴케 전집』 제2권에 '후기의 시'로 실려 있다. 그리 길지 않은 작품이므로 전행을 인용하고 싶다

---

6) 『失くした季節』, 172~173쪽. (원주) 마지막 2행은 릴케의 시 「춘풍」의 한 구절.

(인용은 후지카와 에이로〔富士川英郎〕의 번역이며 강조는 원문에 따른다).

이 바람과 함께 운명이 불어온다 아아 오게끔 맡겨두라
이 모든 다가오는 것 맹목적인 것
그리고 우리를 불타오르게 하는 것을
(그게 너를 찾도록 너는 가만히 있도록 하라)
아아 우리의 운명이 이 바람과 함께 불어온다

이름도 없는 풀들을 짊어지고 비틀거리며
어디서부턴가 이 새로운 바람은 온다
바다를 건너 우리의 *본연의 모습*을

……만약 그것이 우리의 모습이라면 그렇게 우리는 낙착되리라
(하늘이 우리 속에서 솟아오르고 또 저물어간다)
하지만 이 바람과 함께 다시금
운명은 우리를 크게 훌쩍 넘어 간다[7]

김시종이 인용 또는 참조하는 것은 명백히 제1연 마지막 행이다. 어쨌든『잃어버린 계절』의 맨 마지막에 릴케를 참조했다는 것은, 무엇보다 김시종에게 릴케의 서정시가 얼마나 친숙한지를 보여준다. 하지만 릴케의 작품에는 역시 전통적인 겨울에서 봄의 순환이 배경에 깔렸다고 생각되는 반면, 김시종의 문맥에서는「춘풍」제2연의 의미에 새

---

7) 富士川英郎外訳,『リルケ全集』제2권, 弥生書房, 1973, 282쪽.

로운 빛을 비춘다는 데 주목할 필요가 있다. '어디서부턴가 이 새로운 바람은 온다 / 바다 건너 우리의 본연의 모습을' 즉 릴케에게는 미지의 봄(운명)을 가져오는 바람이 김시종에서는 바로 '바다 건너' 고향인 제주도에서 불어오는, 말하자면 디아스포라의 바람(風)으로 새롭게 읽혔다고 해석할 수 있다(앞의 인용에서 '본연의 모습'으로 번역된 부분은 원문인 독일어로 '우리가 그러한 바의 그것〔was wir sind〕'이다).

결국, 여기서는 릴케의 서정시 역시 김시종 고유의 문맥으로 통상적인 '서정'에서 환골탈태한 것이다.

디아스포라를 산다는 것은 무엇보다도, 철저히 개별적인 것이야말로 보편으로 통한다는 역설을 사는 것이다. 디아스포라의 바람을 맞으며 통상적인 달력의 질서와 달리 여름부터 봄에 이르는 사이클을 사는 김시종의 현재는 그의 고유한 문맥에 철두철미함으로, 우리가 세계화 시대의 한복판에서 직면한 사태를 또 하나의 '노래'로 제시한다. '봄'의 파트에 수록된 작품 「이어진다」의 담담하고 중요한 다음 구절을 인용하며 본서를 끝내고자 한다.

> 아무 일도 아닌 듯이 모든 이가 이어지고
> 이어지는 누구도
> 거기에는 없다[8]

---

8) 『失くした季節』, 153쪽.

역자 후기

　이 책을 번역한 계기는 작년(2012년) 11월 초 3박 4일간의 지리산, 전라도 일대 답사여행으로 거슬러 올라간다. 일행은 재일 시인 김시종 선생님 부부, 김시종 선생님의 자서전 출판을 맡은 이와나미(岩波)출판사의 편집자 히라타 선생, 시인이자 통역가인 정해옥 선생, 한국통 저널리스트이며 역사 연구자 가와세 선생 등 일본에서 온 다섯 명, 나와 화가 황태수 선생이 한국에서 합류하여 총 일곱 명이었다. 약 7년 전부터 잘 알고 지내는 가와세 선생이 나에게 여행안내를 부탁했고, 김시종 선생님께서 지리산 빨치산 유적과 여순사건 유적 등을 중심으로 일정을 짜기를 원하신다고 했다. 나는 지리산 빨치산 유적에 대해 별로 아는 것이 없었으나 급히 조사하고 방문지와 식당을 물색하는 등 여행일정을 준비했다.

　결과적으로 이 여행은 성공적이었다. 모든 참가자가 만족하고 고마워했고, 나 역시 처음 가 보는 곳을 포함하여 이분들과 늦가을의 근대사 여행을 할 수 있었던 기회에 감사했다. 남원의 지리산 뱀사골탐방안내소, 산청의 빨치산토벌기념관, 최명희 선생의 혼불문학관, 전주한옥마을, 순천과 여수의 여순사건 유적들, 광주 5·18묘지 등이 기억에 남는다. 뱀사골탐방안내소로 가는 지리산 길은 유난히 단풍이 아름 다웠다. 옛 광주지도에서 김시종 선생님께서 다니신 사범학교 자리를 짚어 주신 광주민속박물관 학예사 선생님, 5·18민주묘지에서 박관현 묘를 안내해 주신 안내원 선생님 등 처음 뵙는 분들이 여행에 일조해 준 것도 잊을 수 없다. 일행은 내가 근무하는 순천 청암대의 재일 코리 안연구소와 금수문고(錦繡文庫, 재일교포 윤용길, 박종명 선생이 기증한 2만 3 천여 권의 장서와 물품으로 설립)도 둘러보았다.

이 책『디아스포라를 사는 시인 김시종』을 처음 소개해 준 사람은 이 여행에서 처음 만난 정해옥 선생이다. 오사카에서 태어난 정해옥 선생은 마침 나와 같은 대학 동문으로 비슷한 시기에 학교를 다닌 사 이였다. 여행 중 서로 반갑다는 얘기서부터 이런저런 얘기를 하다가 김시종 선생님과 그분의 작품이 한국에 더 알려졌으면 좋겠다는 데 의 견을 같이하게 되었다. 부끄러운 얘기지만, 역사 전공인 필자는 재일 코리안 연구를 하면서도 김시종 선생님의 시 작품을 읽은 적도 없고, 재일 문학에 관해 아는 것도 많지 않았다. 정해옥 선생은 아직 한국에 서 김시종 선생의 지명도가 높지 않지만, 2011년 권위 있는 문학상인 다카미준상(高見順賞)을 수상하는 등 선생이 일본 및 재일 사회에서 얼 마나 확고한 위치에 있는지 얘기해 주었다. 또한, 호소미 선생의 책이 시인 김시종에 관한 훌륭한 해설서로 높은 평가를 받고 있다는 얘기도 덧붙였다. 그때 나는 '시집'의 번역은 무리라도 이 해설서는 꼭 읽고 싶 다는 바람을 가졌다.

여행이 끝나고 정해옥 선생과 히라타 선생이 시집,『디아스포라를 사는 시인 김시종』등 여러 단행본, 월간지『도서(図書)』(김시종 선생의 자전 에세이를 연재하고 있다.), 신문기사 스크랩 등 많은 김시종 관련 자료들을 소포로 보내 주었다. 특히 『디아스포라를 사는 시인 김시종』은 시인 김시종에 대한 길잡이로 한국에 소개할 가치가 있다고 여겨졌다. 여러 편의 시가 곳곳에 인용된 점은 솔직히 큰 부담이었지만, 이번에 새로운 분야에 도전해 보자 하는 생각도 들었다. 더구나 책 제목에, 내 연구 테마인 '디아스포라'가 들어 있지 않은가. 책 곳곳에 식민주의, 4.3사건, 분단, 북송사업, 5·18 같은 우리 근현대사의 상흔이 일본의 양심적 지식인의 입장에서 서술되어 있어 김시종이라는 개인뿐 아니라 '재일' 일반의 역사성을 되돌아보게 하는 점에서, 어떻게 보면 이 책의 번역은 내 의무인지도 모른다는 생각마저 들었다.

문학 번역 경험이 없는 내가 이 책을 번역하며 많이 고전한 것은 사실이다. 그러나 저자인 호소미 선생, 김시종 선생, 특히 정해옥 선생께서 이 번역작업에 큰 도움을 주신 것을 꼭 밝히고 싶다. 번역상의 의문점, 저자의 의도 등에 관해서는 정해옥, 호소미 선생과 메일을 주고받았고, 또 올해 2월에는 오사카에서 작년의 답사 참가자 전원과 식사를 함께하는 자리에서 호소미 선생을 직접 뵐 수 있었다. 초벌 번역이 난 시점이어서 저자를 만나 수정 방향을 논의한 것은 큰 수확이었다. 김시종 선생님은 이 책에『광주시편』에 관한 내용을 부가했으면 좋겠다는 의견을 내 주셨고 그 말씀은 그대로 실행되었다.

짧은 만남이기는 하지만 호소미 선생과 김시종 선생님이 30여 년이라는 나이 차이를 넘어 얼마나 가까운 사이이고, 호소미 선생이 김 선생님을 얼마나 존경하는지가 한눈에도 보였다. 이 책은 오랜 세월에 걸친 시인에 대한 공감과 작품에 대한 끊임없는 반추, 일본 문학계와

세계 문학계(특히 유럽 유대계 문학) 내에서 김시종의 위치를 규명하고자 하는 성찰 속에서 탄생했다고 생각한다. 독일 사상을 전공한 학자이자 시인인 호소미 선생은 이 책 이외에도 여러 편의 저술(『아이덴티티/타자성』[1999], 『언어와 기억』[2005] 등)과 인터뷰, 토론, 대담(『김시종의 시 또 하나의 일본어』[2000] 등), 강연 등을 통해 김시종에 관한 탐구를 계속해 왔다. 따라서 이 책은 호소미 선생의 김시종론이 집대성된 것이라 할 수 있다. 역자로서 우선 이 두 분과 만난 것이 큰 행운이며, 부족한 번역이나마 이 책이 한국 독자가 시인 김시종에게 다가가는 하나의 디딤돌이 되기를 희망한다.

김시종 시의 한국어 번역본으로 현재 유일한 것이 유숙자 선생의 번역으로 나온 『경계의 시』(소화, 2008)이다. 일본에서 출판된 김시종 시집들 가운데 주요 작품들을 선별하여 엮은 책이다. 문학 전공자인 유 선생이 오랜 시간 공을 들여 번역한 것으로 알고 있다. 유숙자 선생 역시 김시종 문학을 널리 알리고 싶다는 뜻을 가진 분이다. 이 책에 인용된 시를 번역하면서 유 선생의 번역을 상당 부분 참조할 수 있었던 데 대해 이 자리를 빌려 감사를 표한다. 경우에 따라 다소 다르게 번역한 부분이 있다는 것도 아울러 밝히며, 『경계의 시』에 나온 시는 모두 각주를 통해 페이지를 기재했으므로 참고를 바란다. 어문학사에서 책을 내는 것은 처음인데, 내가 이 책을 번역하겠다고 마음먹고 곧 어문학사를 떠올린 것에는 사연이 있다. 벌써 7년 전 이야기인데, 2006년 충북대에서 열린 역사학대회에 참가했다가 어문학사 윤 사장님과 우연히 만났다. 그때 아무 조건 없이 윤 사장님이 내 손에 쥐어 주신 책이 바로 호소미 가즈유키의 책, 『언어와 기억(言葉と記憶)』(이와나미서점, 2005)

이었다. 책을 번역해 보라거나 꼭 그런 말씀 없이 내 박사 논문을 본인의 출판사에서 출판하면 어떤가 하는 말씀을 하셨던 것으로 기억한다. 오랫동안 윤 사장님의 명함을 지갑 속에 넣고 다니며 언젠가는 이 출판사에서 책을 내야지 하고 무의식중에 생각했던 것 같다. 그때의 인연이 지금 이어진 것으로 생각하는데, 어쨌든 어려운 출판 상황 속에서 이 책의 출판을 흔쾌히 맡아 주신 사장님에게 감사를 드린다. 예쁜 정장을 꾸며 주시고 편집을 맡아 주신 어문학사 직원 여러분께도 고마움을 전한다.

이 책은 내가 근무하는 재일 코리안연구소의 재일 코리안 총서 시리즈의 하나로 세상에 선을 보인다. 이 책이 재일 코리안에 대한 관심과 이해를 높이는 데 일조한다면 바랄 나위 없겠다. 특히 재일 시인으로 우뚝 선 김시종, 성실하고 뛰어난 연구자 호소미가 한국 독자들과 만나는 데 내가 가교 역할을 한다면 얼마나 기쁜 일인가. 일본인조차 난해하다는 김시종 선생의 시가 행여 잘못 번역되지 않았을까, 호소미 선생의 유려하면서도 다소 독특한 문체가 번역 과정에서 자칫 영롱함을 잃지는 않았을까 걱정도 되지만, 나 또한 저자와 마찬가지로 새로운 독자와 만난다는 기대 때문에 가슴이 부푼다.

이제 곧 4월이다. 시인 김시종에게 큰 의미가 있는 달. 그리고 많은 원혼을 생각하게 하는 달. 고백하건대 나 또한 시와 별로 관계없이 살아온 사람 중의 하나지만, '시는 개별적인 인간이 현재 사는 모습 속에 있고 시인은 어쩌다가 그것을 말로 나타내는 사람'이라고 김시종 선생은 말한다. 이 책을 통해 4·3을 온몸으로 겪고, 삶이 시이고 시가 삶이 된 김시종의 생애와 표현을 마음으로 만나기를 바란다. 식민지의 자식

으로 태어나 정치적 격변 속에 과거의 식민제국으로 망명 아닌 망명을
한 시인에게 '일본어' 글쓰기란 과연 무엇이었을까? 그가 시도한 '일본
어에 대한 보복'은 무엇이며, 왜 이 책의 저자는 김시종의 작품이 '일본
어 문학'의 영역을 넘어 진정한 의미의 '세계 문학'의 모습이 깃들어 있
다고 하는가? 해답이 쉽지는 않겠지만, 이 책 제3장에 나오는 니가타
와 한반도 사이의 바다를 수십 년째 걷는 '한 남자'와 함께 김시종 시의
세계로 한 걸음 발을 내딛으면 어떨까.

2013년 3월 말 동선희

색인

디아스포라를 사는 시인 김시종

초판 1쇄 발행일 2013년 6월 12일

지은이 호소미 가즈유키
옮긴이 동선희
펴낸이 박영희
편집 배정옥·유태선·김미령·박희경
인쇄·제본 AP프린팅
펴낸곳 도서출판 어문학사
　　　　서울특별시 도봉구 쌍문동 523-21 나너울 카운티 1층
　　　　대표전화: 02-998-0094/편집부1: 02-998-2267, 편집부2: 02-998-2269
　　　　홈페이지: www.amhbook.com
　　　　트위터: @with_amhbook
　　　　블로그: 네이버 http://blog.naver.com/amhbook
　　　　　　　　다음 http://blog.daum.net/amhbook
　　　　e-mail: am@amhbook.com
　　　　등록: 2004년 4월 6일 제7-276호

ISBN 978-89-6184-301-0 93810
정가 18,000원

이 도서의 국립중앙도서관 출판시도서목록(CIP)은 e-CIP홈페이지(http://www.nl.go.kr/ecip)와
국가자료공동목록시스템(http://www.nl.go.kr/kolisnet)에서 이용하실 수 있습니다.
(CIP제어번호: CIP2013007456)

※잘못 만들어진 책은 교환해 드립니다.